DREAMBOOKS★

DREAMBOOKS

DREAMBOOKS

DREAMBOOKS★

두 번 사는 랭커

ORIGINAL FANTASY STORY & ADVENTURE

사도연 판타지 장편소설

두 번 사는 랭커 9 현자의 돌

초판 1쇄 인쇄 2019년 11월 7일
초판 2쇄 발행 2020년 11월 30일

지은이 사도연
발행인 오영배
편집 편집부
일러스트 우문
표지·본문 디자인 오정인
제작 조하늑

펴낸 곳 (주)삼양출판사 · 드림북스
주소 서울시 강북구 도봉로 173
대표 전화 02-980-2112 **팩스** 02-983-0660
편집부 전화 02-987-9393 **팩스** 02-980-2115
블로그 blog.naver.com/dreambookss
출판등록 1999년 3월 11일 제9-00046호

ⓒ 사도연, 2019

ISBN 979-11-283-9668-7 (04810) / 979-11-283-9659-5 (세트)

+ (주)삼양출판사 · 드림북스의 서면 허락 없이는 어떠한 형태나 수단으로도 이 책의 내용을 이용하지 못합니다.
+ 지은이와 협의하에 인지는 생략합니다. 잘못된 책은 구입한 곳에서 바꾸어 드립니다.
+ 이 도서의 국립중앙도서관 출판시도서목록(CIP)은 서지정보유통지원시스템홈페이지(http://seoji.nl.go.kr)와
  국가자료종합목록 구축시스템(http://kolis-net.nl.go.kr)에서 이용하실 수 있습니다. (CIP제어번호 : CIP2019043737)

드림북스는 (주)삼양출판사의 판타지 · 무협 문학 브랜드입니다.

사도연 판타지 장편소설

ORIGINAL FANTASY STORY & ADVENTURE

9

두 번 사는 랭커

| 현자의 돌 |

dream books
드림북스

목차

Stage 30. 악마대공 아가레스   007

Stage 31. 현자의 돌   121

Stage 32. 켈라트 경매장   277

Stage 30.
악마대공 아가레스

그 순간.

킨드레드가 양손을 앞으로 뻗더니 아무것도 없는 허공을 붙잡고 그대로 좌우로 크게 찢었다.

촤아악!

마치 종이가 찢어지듯이 가볍게 열린 공간 너머로, 킨드레드가 포악하게 웃으면서 튀어나왔다.

쾅!

킨드레드는 오른손을 갈퀴처럼 구부리면서 브라함의 머리를 내리찍었다.

브라함은 재빨리 블링크를 발동시켜서 공격에서 벗어날

수 있었지만, 완전히 피할 수 없어 손에 쥐고 있던 수성의 서는 겉면이 통째로 찢겨 난 상태였다.

 애초 이걸 노린 거였나. 브라함이 딱딱한 표정으로 킨드레드를 노려봤다.

 아니, 그보다 세계 침투에 이어서 시각 포착, 그리고 공간 접이까지. 녀석의 행동은 너무 자유로웠다.

 마치 이 심상 세계가 자신의 것이라도 되는 것처럼.

 하지만 킨드레드는 그딴 건 아무래도 상관없다는 듯, 다시 한번 더 공간을 거세게 박차면서 브라함에게로 와락 달려들었다.

 쐐애액―

 마치 먹이를 노리는 맹수처럼 맹렬한 움직임이었다. 브라함은 잇달아 블링크를 발동시키면서 트리플 캐스팅을 돌렸다.

⟨뇌전의 추(鎚)⟩
⟨불의 축제⟩
⟨범람하는 칼바람⟩

 하늘로부터 수십 개의 낙뢰를 응축시킨 벼락을 떨어뜨리고, 떨어진 자리에 일어난 폭발력을 증폭시키면서, 범위를 수백 배로 확산시키는 그의 연계기였다.

거기다 땅에서는 마독을 한껏 품은 각룡이 잇달아 소환되면서 킨드레드를 집어삼키고자 했다.

전부 하나같이 브라함의 심상 세계이기 때문에 가능한 것들. 세계를 구축하는 모든 법칙이 브라함을 중심으로 돌아가고 있는 중이었다.

하지만 킨드레드는 브라함을 쫓는 속도를 줄이는 것 하나 없이, 손을 거칠게 휘두르는 것만으로 벼락과 각룡을 모조리 찢어 버렸다.

십 년이 넘는 시간 동안 20층의 오행산에서 수련한 결과는 그만큼이나 대단했다.

더구나 언제부턴가 브라함의 눈에는 킨드레드의 주변을 따라 맴도는 검은 아지랑이가 보이기 시작했다.

'마령(魔靈)까지……?'

마군의 주교들이 그들이 모시는 신을 접신할 때에 나타난다는 독특한 현상이었다.

저것이 발생하는 동안에는 막대한 가호가 실려서 권능을 몇 배로 증폭시킨다고 알려져 있었다.

아무래도 킨드레드가 그의 권역에서 마구잡이로 날뛸 수 있는 건, 전부 마신의 가호 때문인 듯싶었다.

브라함은 이를 악물었다. 그는 마군이 모시는 신에 대해서 누구보다 잘 알고 있었다.

신이되, 신이 아닌 자. 악마이면서도, 악마가 아닌 존재. 그렇기 때문에 탑의 플레이어들은 마신이라 부르지만, 사실은 누구보다 빛에 가까워 모든 것을 부수고 다시 도로 세운다는 모순적인 이였다.

그래서 마군 내에서는 이렇게 불렀다.

하늘에 다다른 마(魔).

천마(天魔)라고!

콰콰쾅!

그리고 그런 천마는 설사 브라흐마 신이 모든 권능을 드러낸다고 해도, 절대 이길 수 있다고 장담할 수 없는 존재였다.

아니, 이길 엄두도 낼 수 없는 존재였다.

콰콰콰—

그런 천마의 막대한 가호를 받고 있는 만큼, 킨드레드를 당장 꺾기는 힘들 것 같았다.

이미 언제부턴가 심상 세계도 조금씩 천마의 색으로 물들고 있는 중이었다.

'그만큼 세샤를 필요로 한다는 건가? 하지만 엘로힘은 그렇다 쳐도, 마군은 왜?'

브라함은 결국 생각을 바꿔야만 했다. 킨드레드를 당장 이길 수 없다면, 찍어 눌러서 압살시키는 수밖에는 없었다.

심상 세계와 함께. 통째로!

〈천지 붕괴〉

브라함은 손을 높이 뻗었다가 아래로 세게 내리쳤다.

판단은 빨랐고, 상당한 기간에 걸쳐 고생 끝에 완성했던 심상 세계가 붕괴하는 건 그보다 훨씬 빨랐다.

하늘이 그대로 폭삭 주저앉는 듯한 끔찍한 광경과 함께, 주변을 이루던 공간이 통째로 찢기면서 킨드레드도 거기에 휩쓸리고 말았다.

곳곳에 설치했던 마법진들도 잇달아 이펙트를 토해 내면서 브라함의 스킬에 호응했다.

어차피 강적이 나타나면 자폭을 시킬 것을 염두에 두고 있었으니 전혀 거리낌이 없었다. 무너지면 다시 구축하면 그만. 소환 마법진만 남아 있다면 괜찮았다.

콰콰콰!

킨드레드는 이대로 있다간 무너지는 공간에 눌려 짓이겨지겠다는 생각에 탈출을 시도했다.

하지만 그가 지나는 공간마다 소용돌이를 그리면서 한쪽 지점으로 계속 붕괴해 잘못하다간 그대로 갇힐 것 같았다.

그때, 좌우로 다른 두 주교가 나타났다.

"이주교 님!"

한 명이 막대한 인력(引力)을 전개해 킨드레드를 잡아당기고, 다른 한 명은 마력탄을 날려 브라함을 요격했다. 스킬을 전개 중인 그가 훤히 노출된 탓이었다.

하지만 그런 공격은 곧 갈리어드가 나타나면서 무위로 돌아갔다.

팟—

갈리어드는 순보를 극성으로 밟으면서 화살을 잇달아 날렸다.

피피핑, 묵직한 무게가 실린 쇠 화살이 빗발치는 통에 두 주교는 배리어를 잇달아 중첩시켜야만 했다.

콰콰쾅!

브라함이 마법 도식을 새겨 특별히 만들어 준 화살답게, 부딪치는 족족 배리어가 연거푸 부서져 나갔다.

반발력으로 두 주교가 밀려나는 사이, 갈리어드는 바람의 정령을 부리면서 허공을 거세게 걷어차 단숨에 녀석들이 있는 곳까지 진입했다.

〈순보— 일위도강〉

마치 블링크라도 펼친 것 같은 엄청난 속도.

어느새 갈리어드를 맞닥뜨린 주교가 본능적으로 손을 크게 휘저었다. 로브 자락이 뒤집어지면서 검은 광채로 둘러싸인 손바닥이 드러나며 갈리어드를 덮쳤다.

〈마신의 인(印)〉. 손도장을 찍은 부위의 혈맥을 터뜨리는 마군 특유의 기술.

하지만 갈리어드의 기습으로부터 몸을 보호하기 위해 황급히 휘두르느라 동작이 클 수밖에 없었고, 갈리어드는 재빠른 신법으로 공격을 피하면서 단숨에 녀석의 품속으로 파고들었다.

허리띠에서 단검이 뽑혀 나와 단숨에 주교의 복부에 틀어박혔다.

퍽!

"터져라."

갈리어드의 주문과 함께 단검에 내장된 마법이 가동되었다. 단검이 폭발하면서 수십 개의 파편이 녀석의 내장을 짓이겨 놓았다.

아무리 천마의 가호를 받는 주교라 해도 절명할 수밖에 없는 치명타. 마군이 자랑한다는 아홉 번째 주교, 예비치는 그렇게 절명하고 말았다.

"놈!"

여덟 번째 주교, 드미트리는 분노를 드러내면서 마신의

인을 터뜨렸다. 갈리어드는 다시 일위도강을 펼쳐 몸을 뒤로 내뺐다.

드미트리는 곧장 그 뒤를 쫓으려 했지만, 위에서부터 무너지는 공간의 잔해에 발이 묶여야만 했다.

"제기라알!"

녀석의 욕지거리는 금세 공간에 묻혀 사라졌다.

그렇게.

모든 것이 엉망이 되어 버렸다.

심상 세계가 무너지고, 갖가지 폭발이 일어나면서 시야는 물론 모든 감각까지 어지러워졌다.

하지만 그사이, 브라함과 킨드레드는 각각 자세를 바로잡으면서 재차 공격을 시도할 수 있었다.

비틀린 세계가 다시 한번 더 뒤틀리면서 하늘까지 다다르는 거대한 회오리바람을 일으켰다. 브라함의 권능과 킨드레드의 권능이 그 속에서 뒤섞이면서 충돌했다.

와장창창!

콰콰콰—

결국 거울이 부서지는 소리와 함께 심상 세계가 완전히 무너지고, 바깥세상이 훤히 드러났다. 그리고 여태 안에서 몇 번씩이나 빠르게 돌던 회오리는 폭발적으로 팽창해 주변 일대를 모조리 초토화시켰다.

처음 연우가 아이테르 등을 물리치기 위해서 뿌렸던 불의 파도와는 비교도 할 수 없는 범위와 위력.

막대한 풍속과 기압을 자랑하는 회오리는 장장 수십 킬로미터에 달하는 범위를 통째로 휩쓸었다. 그 속에 있던 악마수들이며 마족, 각룡 어느 것 하나 가릴 것 없이 모든 게 형체조차 남기지 못하고 분쇄되고 말았다.

이대로 뒀다간 스테이지가 통째로 갈려 나가는 게 아닐까 싶을 정도로 어마어마한 충돌이었지만.

브라함과 킨드레드는 여전히 주도권을 놓치지 않기 위해 막대한 권능을 행사하는 중이었다.

회오리 속에서, 권능과 권능이 부딪쳤다. 신성과 신성이 충돌했다. 신력과 신력이 힘겨루기를 반복했다.

그리고 그럴수록 회오리의 크기도 점차 커져 가면서 악마의 숲을 집어삼켰다. 모래 해일이 수십 미터나 높게 치솟으면서 사방으로 뻗쳐 나가고, 마족과 유령이 피해 달아나다가 강풍에 휩쓸렸다.

"큭……!"

브라함은 금방이라도 팔이 떨어져 나갈 것 같은 고통에 이를 악물었다. 심상 세계가 무너지면서 신성과 권능이 물 빠지듯이 쑥 빠져나갔지만, 그런데도 그는 억지로 영혼을 쥐어짰다.

여기서 주도권을 놓친다면 반발력으로 죽음을 맞고 만다. 아니, 죽는 건 아무래도 상관없었다. 어차피 미련 따윈 없는 인생이었으니까.

하지만 그렇게 되어 버린다면 세샤를 녀석들에게 빼앗기게 되었다. 그렇게 내버려 둘 순 없었다.

'그렇게는, 안 돼!'

세샤. 세샤. 나의 불쌍한 아이. 평생 제 어미의 사랑도 한번 못 받아보고 살았던 아이다. 제 아비의 얼굴도 모른 채 살아야만 하는 아이다.

알 수 없는 병환으로 몇 년 안 되는 짧은 생애 동안 계속 누워만 있어야 했고, 이제야 겨우 털고 일어나 걷기 시작했다. 그리고 처음으로 웃기 시작하면서, 그 고사리 같은 손으로 자신의 손을 잡아 주었다. 그리고 웃어 주었다.

그때 보았던 작은 미소는 아마 평생 잊을 수 없을 것이다.

그런데 그런 미소를 다시 잃게 하라고? 절대 그럴 수 없다. 설사 신격이 바닥에 떨어지는 한이 있더라도.

─이 아이를, 부탁할게요.

야밤중에 곤히 잠든 갓난아기를 품에 안은 채 찾아왔던 아난타의 모습이 머릿속을 스쳤다.

슬픈 눈망울을 한 채, 처연한 얼굴로 말하던 모습.

　—네가 지금 제정신이더냐! 이 아이는 네 아이도 아니잖……!
　—아뇨. 제 아이에요. 제 배로 낳은 아이는 아니지만, 제 마음으로 낳은 아이에요. 그러니 부탁할게요.

그러면서도 내 아이라고 말하던 눈빛은 단호했다.

　—아버지.

여태껏 단 한 번도 '아버지'라고 부른 적이 없던 자식의 부탁이었기에. 언제나 자신을 원망하며 살았던 딸의 간절한 바람이었기에 거뒀고, 길렀다.
어쩌면 세샤에게 주었던 마음은 옛날의 못났던 자신의 잘못에 대한 속죄였는지도 모른다.
하지만 그런 속죄는 진심이 되었고, 이제 그는 세샤를 친손녀처럼 여기고 있었다.
콰아앙!
그때, 자꾸만 커져 가던 회오리가 어느새 구름을 뚫고 붉은 상공까지 다다르고 말았다. 멀리서 보면 마치 하늘과 땅을 잇는 기둥이 세워진 것처럼 보일 정도였다.

그리고 브라함은 어느새 회오리가 자신의 통제를 벗어난 것을 알 수 있었다.

회오리는 자신의 신성을 송두리째 빨아들였지만, 안에서 느껴지는 건 킨드레드의 권능이었다. 아니, 천마의 신성이었다.

이대로 있다가는 모든 신성을 빼앗기는 것으로도 모자라, 영혼과 격까지 뜯기고 말리라. 그리고 세샤까지 잃고 말겠지.

그래서 브라함은 생각했다. 이 상황을 타개할 수 있는 유일한 방법을. 다행히 딱 한 가지가 남아 있었다.

여전히 지하 깊숙한 곳에 박혀 있을 소환 마법진. 심상세계와는 별도로 설치했으니 지금쯤이면 막대한 제물을 집어삼켰을 게 분명했다.

엘로힘과 마군의 침입자들이며 수만 그루의 악마수, 마족과 각룡들까지. 충분하다 못해, 아예 넘쳐흐르겠지.

만약 그것을 통째로 소비해 버린다면?

그리고 거기에다 자신의 신격까지 갖다 바친다면.

브라함은 회오리를 겨우 붙잡고 있던 권능을 손에서 놓아 버렸다. 몸이 회오리 바깥으로 튕겨 났다. 마력 역류로 정신이 어지러웠지만, 가까스로 붙잡으면서 지상으로 손을 뻗어 마지막 스킬을 발동했다.

〈악마 소환〉

영혼에서 뭔가가 통째로 뜯겨 나가는 듯한 끔찍한 고통과 함께, 보이지 않는 무언가가 아래쪽으로 빨려 들어갔다.
 그리고 그 순간, 막대한 너비에 걸쳐 지면 위로 숨겨졌던 연성진이 떠올랐다. 역오망성 수십 개가 겹쳐진 연성진은 검은빛으로 물들다가, 그 위로 거대한 철문을 토해 냈다.
 흉측한 악귀들이 잡다하게 일그러진 문양을 가진 철문. 막대한 마기를 뿌려 대는 문이 곧 활짝 열렸다.
 쿵!
 세상이 내려앉는 듯한 어마어마한 충격과 함께, 문 너머로 어둠이 밀물처럼 차오르면서 한 남자가 둥실 떠올랐다.
 수십 개의 검은 날개를 갑옷처럼 두르고 있는 남자.
 『하층의 공기는, 위와 달리 참으로 상쾌하구나.』
 르 인페르날의 72악마 중 두 번째 서열을 자랑한다는 자. 또한, 파멸과 광기를 상징한다는 마계 동부의 대공.
 아가레스.
 그의 강림이었다.

『우선, 이 너저분한 것부터 치워야겠군.』

아가레스는 가볍게 손을 뻗어 옆으로 휘저었다. 그러자 영원히 이어질 것 같던 직경 수십 킬로미터의 회오리가 금세 가라앉았다. 거짓말처럼.

후두둑. 회오리에 갈린 마족의 사체 조각이나 악마수의 파편들이 무더기로 쏟아지는 가운데.

"아가레스……!"

킨드레드는 믿을 수 없다는 눈빛으로 아가레스를 올려다봤다.

98층에 억류되어 있어야 할 악마가 층계를 벗어나 강림했다. 그것도 대공의 작위를 가진 최고위 악마였다.

킨드레드는 신격까지 아무렇지 않게 내던진 브라함을 떠올리면서 이를 바득 갈았다.

한편으로는 엉덩이가 무거워 자신의 영지를 쉽사리 떠나지 않는다는 저런 악마가 왜 하찮게 여기는 저층 구간에 직접 강림한 건지 이해를 할 수가 없었다.

아무리 막대한 제물이 소비되었다고 하더라도, 하급이나 중급 악마가 아니고서야 녀석에게는 별다른 도움도 되지 않을 텐데.

하지만 이미 일은 벌어지고 말았다.

그렇다면 이 상황에서 어떻게든 타개책을 마련해야만 했다.

녀석의 강림 시간에 한계가 있다고 해도, 그는 그사이에 모든 것을 이룰 수 있는 존재.

그리고 녀석이 뭘 노릴지는 빤히 보였다.

용인.

자신들과 똑같은 목표였다. 엘로힘, 혈국, 마군에 이어 악마들까지. 이번에는 쉽게 생각했던 목표였었는데, 생각보다 일이 너무 복잡하게 꼬이고 말았다.

고생의 정도만 따진다면. 천마의 다른 얼굴, 제천대성의 허물을 만나기 위해 십 년이 넘는 세월을 허비한 것에 맞먹을지도 몰랐다.

킨드레드는 품에서 샛노란 철 조각을 다섯 개 꺼내 허공에다 띄웠다. 여의봉의 조각. 그것을 매개체로 쓴 순간, 곧 하늘에서부터 황금색 빛의 기둥이 내려오면서 그를 감싸안았다.

여의봉의 조각이 그의 주변을 뱅글뱅글 맴돌았다. 검은 기운도 거기에 스며들면서 막대한 신력을 불어 넣었다.

〈마령〉
〈접신 — 미후왕〉

화아악!

킨드레드는 막대한 신력을 손끝으로 집중시켰다. 원래대로라면 접신은 마령을 꺼내는 정도 선에서 끝내야 했다.

천마의 다른 얼굴까지 빌리는 것은 마력과 영력의 막대한 소모를 필요로 했다. 설사 빌린다고 하더라도, 브라함의 저항이 끈질겨 신격을 찍어 눌러야 할 때에 쓰려 했던 것이지만.

아가레스가 나타난 이상, 지금은 이것저것을 따질 겨를이 없었다.

파지직—

콰콰콰!

72선술 중 '벽(霹)'과 '응(凝)'을 섞은 오른손에는 강렬한 뇌기가 튀었다. '빙(氷)'과 '시(澌)'가 합쳐진 왼손에는 차가운 한풍이 맴돌았다. 양과 음. 두 개의 상반된 속성을 동시에 운용하면서, 그 위에다 여의봉의 조각으로 끌어당긴 미후왕의 힘을 불어넣었다.

킨드레드로서도 어떻게 감당하기 힘들 만큼 막대한 양의 힘이 몸에 바짝 실렸다. 피부 위로 핏줄이 금세 터질 것처럼 잔뜩 부풀어 올랐다.

더불어 그의 두 눈도 짙은 황금색으로 빛났다.

〈화안금정〉

킨드레드는 미후왕만이 얻을 수 있었다던 능력들을 내보이면서, 두 손바닥을 힘껏 마주쳤다.

"터져라!"

우르르, 콰콰쾅!

〈음양합벽〉. 극한까지 압축시킨 두 개의 상반된 힘을 합쳐서 단번에 커다란 폭발을 일으키는 킨드레드의 시그니처 스킬.

천마의 힘도 제법 실렸으니, 아가레스를 쓰러뜨리지는 못할지라도 현신을 깰 정도는 된다고 자부했다.

하지만.

『뭘 그렇게 열심히 하나 싶었더니. 이런 깜찍한 것을 준비하고 있었나?』

아가레스는 피식 웃음을 흘리더니 그쪽으로 손길을 뻗었다.

『하지만.』

그러다 그는 웃음을 뚝 그치면서, 두 눈을 가늘게 좁혔다.

『미후왕을 흉내 내기에는 아직 많이 어설프다.』

23층의 스테이지를 이대로 부숴 놓는 게 아닐까 싶을 정도로 강렬하게 내리꽂히던 음양합벽은 아가레스에게 닿기도 전에 허망하게 사라졌다.

그리고 마치 귀찮은 파리를 털어 버리듯. 아가레스는 몸을 두르고 있던 날개 하나를 가볍게 흔들었다.

『사라져라.』

그러자 짙게 깔리던 어둠이 해일처럼 범람하면서 킨드레드를 비롯한 남은 주교를 모두 쓸어버렸다.

어떻게 소리조차 내지 못하고. 마령을 키우거나, 새로운 접신을 시도해 볼 것도 없이 형체가 사라져 버렸다.

여태껏 스테이지를 마구잡이로 휘젓고 다니고, 마군의 두 번째 주교로서 자자했던 악명에 어울리지 않을 정도로 너무 허망한 최후.

하지만 아무리 강한 플레이어라 할지라도, 악마나 신에게는 한 줌의 모래에 불과한 법이었다.

하지만 아가레스는 뭔가 마음에 들지 않는다는 듯, 한쪽 눈살을 살짝 찌푸렸다.

『분신이었나? 언제나 잠만 자기에 바쁜 제 주인을 닮은 종놈다운 짓이로군.』

그러다 가볍게 혀를 차면서 다른 방향으로 몸을 돌렸다.

『뭐, 아무래도 상관없겠지.』

킨드레드 등이 사라지면서 23층에 개입하려던 천마의 손길은 완전히 차단되었다.

이제 여기서 그를 막을 수 있는 존재는 아무도 없었다.

『하면, 이제 방해꾼들도 전부 사라졌으니 그대의 소원을 말해 보라, 계약자여.』

악마는 소환자의 부름에 응답해 모습을 나타내어 소원을 이뤄 주고, 대신에 소환자는 대가로 영혼을 내준다.

브라함은 바위에 등을 기댄 채 쓰게 웃었다. 그의 입가에서는 쉴 새 없이 핏물이 쏟아졌다. 신격을 강제로 뜯으면서 생긴 반동. 영혼이 큰 타격을 입으면서 육체가 붕괴하고 있단 뜻이었다.

하지만 브라함은 그런 것은 전혀 아랑곳하지 않았다. 어차피 저층 구간으로 내려오면서 신격이니 신위니 하는 건 신경 쓰지 않은지 오래였으니까. 그리고 이미 각오도 했었다. 모든 게 계산 안쪽이었다.

그러나. 아가레스는 계산에 전혀 없었다.

"내가 부른 건, 끽해야 벨리알이나 단탈리안이었을 텐데…… 어째서 네가 나타난 거지?"

『글쎄. 왜일 거라고 생각하나?』

아가레스의 한쪽 입술 끝이 말려 올라갔다.

브라함은 이를 악물었다.

"용의 사체를 원하는 거라면, 이미 예전에 확보해 둔 게 있으니 그것을 내주겠다. 로드의 사체다. 너희들 눈에 용인은 쓸모없는 것투성일 테니, 그걸로 충분하겠지?"

드래곤 로드의 사체. 천금을 주어도 절대 바꿀 수 없는 아주 귀중한 재료였다. 악마는 물론, 신까지 탐낼 만한 조건이었다.

하지만.

『무슨 소리를 하는 거냐, 브라흐마. 설마 내가 아직도 모를 거라고 생각하는 건가?』

아가레스는 팔짱을 끼면서 가볍게 코웃음을 쳤다.

악다문 브라함의 입술이 쉽게 떼어지질 않았다.

설마? 어떻게든 관심사를 돌리려 했지만, 녀석은 사실을 알고 나타난 것 같았다. 하지만 어떻게? 분명히 그 사실은 신의 눈에서도, 악마의 귀에서도, 철저하게 숨겼을 텐데?

『난 용인을 가져갈 것이다. 재능도 크게 없는 하등 쓸모없는 쓰레기에 불과하지만. 헤븐윙의 자식이라면, 직접 이 몸이 다녀간 전리품으로 충분하지 않은가!』

"……!"

브라함은 설마가 현실이 된 순간 몸이 빳빳하게 굳어 버리고 말았다. 꽉 쥔 주먹에 힘이 잔뜩 실렸다.

그리고 그건 몸을 숨긴 채, 여차하면 브라함을 데리고 스테이지를 빠져나갈 생각이던 갈리어드도 마찬가지였다.

'뭐라고?'

갈리어드의 시선은 아가레스에게서 브라함 쪽으로 움직였다. 그의 두 눈이 크게 요동쳤다.

'세샤가…… 정우의 딸?'

헤븐윙. 차정우. 튜토리얼에서 햇병아리였을 때 만나 자신을 '스승'이라고 부르며 쫄래쫄래 따라다니던 녀석.

그 뒤로도 녀석은 이따금 튜토리얼을 찾아와 자신의 말상대가 되어 주고, 함께 아카샤의 뱀을 쫓으면서 유품을 찾는 것을 도와주기도 했다.

웃음기가 많고, 살갑기도 하던 녀석이었다.

그래서 그런 녀석이 주변 동료들의 배신으로, 탑의 공적이 되어 눈을 감았다는 말을 들었을 때.

갈리어드는 억장이 무너지는 줄로만 알았다.

하지만 그때는 이미 일이 벌어지고도 시간이 너무 많이 흐른 뒤였고, 자신만으로는 어떻게 녀석의 한을 달래 주기가 어려웠다.

그래서 억지로 화를 삭이면서, 언젠가 힘을 갖게 될 날만을 기다리고 있었는데.

그리고 브라함을 도우면서 녀석을 꼬드겨 힘을 키우자고 설득하려던 차였는데.

그 아이의 흔적이, 이렇게나 가까이 있었다고?

"아니. 그 아이는……."

하지만 브라함은 악에 받친 목소리로 소리쳤다. 두 눈은 시뻘겋게 달아오르고 있었다.

"아난타의 딸. 나의 손녀다!"

수성의 서를 쥐는 손길에 힘이 바짝 실렸다.

억지로 몸을 일으켰다. 파라락. 거기에 맞춰서 수성의 서가 빛을 뿌리면서 자동으로 책장을 넘기기 시작했다. 마도서의 발현이었다.

"아가레스! 그대에게 소원을 말하겠다."

『일단 들어주지. 말하라.』

"내 손녀를 위해 희생되어 줘야겠다."

그리고 그 말이 끝나는 순간.

화아악—

소환진보다도 더 깊숙한 곳에 박혀 있던 연성진이 일제히 가동되었다. 지면 위로 수십수백 개의 연성진이 떠올랐다. 연성진은 전부 크고 작은 톱니바퀴처럼 서로 맞물려 있어, 언제든지 작동할 준비를 하고 있었다.

브라함은 여기에다 마지막 남은 신의 증거, 신성을 전부 박아 넣었다.

끼릭, 끼리릭—

톱니바퀴가 돌아가기 시작했다. 연성진들이 일제히 회전하면서 사방으로 흩어지고, 대신에 그 위로 수천 개의 쇠사슬이 치솟았다.

　연우가 봤던 신진철의 구조식을 연성하면서 인위적으로 만들어진 신진철이었다.

　촤라락!

　쇠사슬은 단숨에 아가레스의 팔다리는 물론, 몸뚱이와 수십 개의 검은 날개까지 전부 칭칭 감았다. 그리고 브라함의 수신호에 따라 빳빳해지면서 아가레스를 단단히 구속했다.

　신성이 부여된 신진철. 이것이라면 아무리 아가레스라고 하더라도 쉽게 빠져나오지 못할 것이다.

　그리고 그것을 유지하는 중인 브라함의 육체는 금방이라도 쓰러질 것처럼 위태로워 보였다. 피부 위로 주름이 지고 검버섯이 폈다. 신성으로 멈춰 뒀던 노화가 빠르게 진행되는 중이었다.

　브라함은 이제 신격과 신성을 모두 잃은 평범한 인간이었다. 그런 상태에서 죽는다는 건 진짜 죽음을 맞는다는 것과 같은 뜻. 하지만 브라함은 자신의 남은 목숨을 전부 아가레스를 봉인시키는 것에 집중할 생각이었다.

　손녀가 건강한 모습으로 웃는 것을 못 본다는 게 아쉬웠지만. 그것을 이룰 수만 있다면, 무엇이든지 할 수 있었다.

　그래서 수성의 서에다 더 크게 마력을 불어 넣었다. 그의 분신이라 할 수 있는 수성의 서도 마찬가지로 빳빳해지면서 곧 바스러질 것 같았지만, 조금만 더 버텨 주기를 간절히 바랐다.

그리고 그사이, 브라함의 눈빛을 받은 갈리어드가 몸을 돌려 다시 움직였다.

친구의 마지막을 못 보는 것이 안타까웠지만, 그래도 그의 유지는 어떻게든 지켜 줄 생각이었다.

끼리릭!

톱니바퀴가 돌아가면서 다시 쇠사슬이 안쪽으로 움직이기 시작했다. 봉인진이 가동되면서 아가레스를 집어삼키기 위해 맹렬하게 움직였다.

그때.

쇠사슬에 꽁꽁 묶인 채. 아가레스가 흥미롭다는 듯이 울리는 목소리로 말했다.

『이것이로군. 그동안 그대가 준비했던 것이. 한데, 미안하게도 그대의 소원은 이뤄 줄 수가 없겠어.』

* * *

[대량으로 마의 인자를 터득했습니다.]

연우는 모든 흔적을 남기고 난 뒤, 손에 쥐고 있던 낡은 책자를 가볍게 찢었다.

각룡을 봉인시키고 보상으로 얻은 드 로이의 탐험일지였다.

['드 로이의 탐험일지(2번째 파트)'를 파괴하였습니다. 앞으로 같은 아티팩트에 대한 추가 습득이나 활용이 불가능해집니다.]
[숨겨져 있던 히든 피스가 드러납니다!]

드 로이의 탐험일지는 겉보기엔 그냥 단순한 낡은 일기장에 불과했다. 진짜 모습은 이것을 찢어서 흡수했을 때에 비로소 나타났다.

화아아—

아주 고운 입자로 잘게 부서진 일지는 천천히 연우의 오른손에 스며들었다.

그러자 오른쪽 손바닥 위로 검은 문장이 생성되었다. 두 개의 뿔이 난 산양의 모습이었다.

[스킬 '악마학'이 생성되었습니다.]

[악마학]

등급: D+

숙련도: 0.0%

설명: 탐험가였던 드 로이가 평생에 걸쳐 악마를 추적하면서 얻은 지식을 바탕으로 탄생한 학문. 98층에 체류 중인 악마의 힘을 빌려 흑마법을 행사할 수 있다. 숙련도가 깊어질수록 더 강한 악마와의 계약도 가능해진다.

지금은 일지의 파트가 부족해 등급이 낮게 책정되었으며, 더 많은 파트를 찾을수록 등급이 상승할 것이다.

* 마의 주술

일정한 대가를 치러, 흑마법에 필요한 마기를 일부 생산할 수 있다. 흑마법은 따로 스킬북을 찾아 익혀야만 한다는 조건이 따른다.

* 마독

마족과 악마만이 분비한다는 맹독을 생산한다. 어둠 계통 속성력이나 마의 인자 보유량에 따라 생산량이 달라진다.

악마학은 아직 파트를 하나밖에 찾지 못한 것 때문인지

등급이 아주 낮게 책정되어 있었다. 가능한 마법도 사실상 주술과 마독이 전부였다.

하지만 처음 얻는 게 어려울 뿐, 그 뒤는 쉬웠다. 경매장 같은 곳에 심심찮게 보이는 것이 흑마법서였으니까. 웬만한 조건으로는 손을 댈 엄두도 내지 못하기 때문에, 흔히 흑마법은 공급에 비해 수요가 턱없이 부족한 편이었다.

'물론, 대부분의 흑마법은 부에게 거의 다 줄 생각이지만. 우선은 마의 주술과 마독만 해도 큰 소득이야.'

악마학에 필요한 마의 인자야 각룡의 심장과 보라색 마귀꽃을 이용한 환단으로 대폭 증가시키면 그만이다.

그렇게 해서 얻은 마기와 마독은 여러 방면으로 큰 도움이 될 수 있었다. 괴이 군단의 운용뿐만 아니라, 다양한 스킬 응용에까지도. 이미 생각해 둔 것도 몇 개가 있었다.

다만, 악마학 스킬을 활용하더라도 최대한 조심해서 다뤄야만 했다. 마기를 깊게 다룬다는 건, 그만큼 연결된 악마와도 가까워진다는 뜻.

악마와 가까워져서 좋을 건 하나도 없었다. 연우가 필요한 것은 힘일 뿐이었다.

"형님, 이건 어디다 두면 되우?"

그때, 판트와 에도라가 직접 뽑은 심장을 갖고 왔다. 연우는 인트레니안을 열어 그 속에다 넣게 했다.

"우선은 여기다 보관해. 나중에 다 정제하고 나면 나눠 줄 테니까."

"으흐흐. 악마의 힘이라. 이 뿔하고 잘 어울리려나."

악마학을 잘못 다루면 위험하다고 몇 번이나 경고를 했지만, 판트는 더 강해진다는 사실에 기뻐할 뿐이었다.

연우는 피식 웃으면서 어쩔 수 없다는 듯 고개를 절레절레 흔들었다. 참 한결같은 녀석이었다.

"후우! 그나저나 정말 요란하게도 싸웠네. 형님은 또 대체 어떤 놈이랑 싸웠기에 이런 꼴이 됐……!"

판트는 주변을 둘러보면서 뭔가를 말하려다 말고 갑자기 눈을 크게 떴다. 동시에 몸을 반대로 돌렸다. 연우와 에도라도 똑같은 방향으로 고개를 돌렸다.

브라함의 심상 세계가 있는 방향. 그곳에서부터 어마어마한 기파가 퍼져 나오더니 곧 뭔가가 깨져 나가는 소리와 함께 거대한 회오리가 휘몰아치기 시작했다.

'부!'

연우는 재빨리 그림자 속에 있는 부를 불러 자신과 판트 남매 주변에다가 임시 방어막을 몇 겹이나 둘러쳤다. 그걸로도 모자라 아이기스를 가져와 거대한 결계를 형성했다.

하지만 상당한 거리가 떨어져 있는데도 불구하고, 거대한 회오리바람에서부터 휘몰아치는 강풍은 결계와 방어막을 몇 번씩이나 부수고 흔들기를 반복했다.

판트와 에도라도 연우의 보호 아래, 가지고 있던 스크롤을 잇달아 찢으면서 몸을 보호하는 데 집중했다. 그리고 간간이 바람에 쓸려 날아오는 바위나 악마수 따위를 쳐 내면서 상황을 지켜봤다.

대체 무슨 일이 벌어지는 걸까? 연우의 시선은 회오리바람에서 떨어지지 않았다. 분명히 브라함이 구축한 심상 세계라면 엘로힘의 침입을 충분히 막아 내고도 남았을 텐데. 혹시 생각지 못한 변수라도 벌어진 걸까.

하지만 연우의 경악은 거기서 끝나지 않았다.

회오리바람이 거짓말처럼 그치고 난 뒤. 그 뒤에 불어오는 바람에 섞인 짙은 어둠과 농밀한 마기에 등골이 오싹해졌다.

본능적으로 용의 감각을 자극하는 힘. 악마의 마기였다. 어차피 연성진과 봉인진의 의도를 알고 있었기 때문에 거기에 놀라지는 않았다.

다만, 연우를 놀라게 한 건, 마기의 기질이 그에게 너무 익숙하다는 점이었다.

끈적끈적하고 눅눅한 느낌 아래, 사람의 신경을 자꾸 자극하는 이질적인 기질.

동생과 계약해 힘을 빌려주고, 그 뒤로 몇 번씩이나 달콤한 말로 영혼을 유혹하려 했지만, 결국에는 얻지 못해 울분을 삭이며 훗날을 기약하던 녀석이었는데. 그 외에는 다른 일에 일절 관심도 두지 않던 녀석이 갑자기 왜 하층에 나타난 거지?

'아가레스가 여기는 왜……?'

알 수 없는 불안감이 들었다. 연우는 불의 날개를 활짝 펼치면서 그쪽으로 내달리기 시작했다.

뒤에서 그를 다급하게 부르는 판트와 에도라의 목소리가 들렸지만.

도무지 귀에 들어오지 않았다.

─너는 결국. 나의 것이 될 수밖에 없을 것이다.

동생이 체내에 남은 독의 병마와 싸우면서 차츰차츰 죽어 가고 있을 때 즈음.

아가레스는 동생과 연결된 고리를 통해 꿈속에 나타나면서 그렇게 말을 했었다.

여기에 동생은 웃으면서 대답했다.

─아가레스. 미안하지만 나는 너와 함께할 수 없어.

―하! 끝까지 잘난 척이로구나. 죽어 가는 주제에.
―죽는다고 해도, 지켜야 하는 게 있으니까.

동생에 대한 아가레스의 집착은 아주 극심했다.

처음에는 탑에서도 몇 남지 않은 용의 후예를 권속으로 삼기 위해서였다.

동생은 악마학을 통해 악마의 마법을 익히고자 시도했고, 여기에 응답한 자가 바로 아가레스였던 것이다.

솔로몬의 72악마 중 대공 급이 나타날 거라고는 생각도 못 했기 때문에, 계약을 맺고자 했던 동생과 그것을 도와줬던 비에라 듄은 크게 경악하고 말았다.

그리고 지금 떠올려 보면 비에라 듄이 동생을 조금씩 질투하기 시작한 것도 그 무렵이었다.

아가레스는 여러 거래를 통해 자신의 마법을 가르쳐 주면서, 이따금 권능도 물려줄 테니 권속이 되라고 제안했다.

권속이 싫다면 사도가 되라고. 그런다면 앞으로 네가 어떤 길을 걷든지 최고의 미래가 기다릴 것이며, 죽고 나서도 자신의 복마전에서 높은 서열을 매겨 주겠노라고 약속을 했었지만.

그럴 때마다 동생은 생각할 것도 없이 단칼에 거절했다.

아가레스가 원하는 것이 자신이 보유한 용의 인자와 만통 특성이란 것을 잘 알고 있기 때문이었다.

하지만 그런 거절들이 아가레스를 단단히 뿔이 나게 만들었다.

용도 되지 못한 반푼이 따위가 자신이 내린 은총을 계속 걷어차는 꼴이었으니까. 반면에 아가레스는 신으로 치면 최고 신의 반열에 해당하는, 까마득한 격의 차이를 지닌 존재였다.

더구나 당시 아가레스는 저층 구간에 전혀 관심을 두지 않고 있던 중이었다.

스스로 해내고자 하는 비원이 있어, 거기에 몰두한 세월이 천 년이 넘을 정도였다. 그러다 간만에 갖고 싶은 '물건'이 생겼으니. 얼마나 조바심이 났겠는가.

그래서 아가레스는 몇 번 더 큰 제안을 던졌고, 이마저도 번번이 거절로 돌아오자 동생과의 교류를 끊었다.

동생으로서도 아가레스의 신비를 더 이상 배울 수 없다는 점이 아쉬웠지만.

이미 그때는 필요한 흑마법을 거의 다 익힌 상태였고, 이를 바탕으로 5단계의 각성까지 이뤘기에 더 이상 미련을 두지 않았다.

더구나 그때는 8대 클랜과의 갈등이 심각해지면서, 분쟁이 조금씩 시작될 무렵이기도 했다.

그러다 자취를 감췄던 아가레스가 다시 연결을 복구시킨 건, 몇 년이 지나 동생이 홀로 클랜 하우스에서 생을 다해 가고 있던 때였다.

아가레스는 마지막 제안을 던졌다.

자신의 손을 잡으라고.

그런다면 너의 육체와 영혼을 좀먹어 가는 병마를 물리쳐 줄 것이며, 막대한 힘을 빌려주어 모든 복수를 이룰 수 있게 해 주겠노라고.

또한, 거기서 생겨나는 인과율의 제약은 자신이 전부 감당하겠다는 말도 안 되는 조건까지 덧붙였다.

인과율의 제약.

신과 악마를 98층에 강제로 억류시키며, 그런 막대한 권능과 능력을 가지고도 아무 일도 할 수 없게끔 손발을 묶어 버리는 규율.

그것을 거스르고 감당한다는 뜻은. 격에 가해질 막대한 손상을 감내하겠다는 뜻이었다. 아가레스로서는 탑이 세워진 이래로 단 한 번도 내세우지 않았던 파격적인 제안이었다.

하물며 언제나 상위 서열로 올라가기 위해서 호시탐탐 그를 노리는 놈들이 많은 사바나 같은 악마의 사회에서, 그런 제안은 도무지 있을 수 없는 일이었다.

아가레스로서는 마지막 남은 자존심까지 내려놓은 셈이었다. 그리고 한편으로는 초조함도 느껴졌다. 이대로 동생이 죽어 버린다면, 천 년 만에 그토록 갖고 싶었던 것을 영원히 못 갖게 되어 버리는 셈이었으니까.

하지만.

동생은 웃으면서 한마디 말과 함께 이번에도 매몰차게 걷어차 버렸고.

아가레스는 분을 삭이면서 되돌아가야만 했다. 나타났을 때와 똑같은 말을 되풀이하면서.

―너는 결국. 나의 것이 될 수밖에 없을 것이다.

*   *   *

'나 때문일까?'

연우는 악마의 숲을, 아니, 이제는 숲이라고 하기에도 민망할 정도로 폐허가 된 곳을 가로지르는 내내, 그런 생각을 떨칠 수가 없었다.

혹시 아가레스가 자신이 누군지를 알아본 것이 아닐까 하는 생각.

사실 그렇다고 해도 이상하지는 않았다.

외뿔부족의 마을에서 코어의 개념을 처음 깨달았을 때.
여러 신과 악마들은 그를 주시하기 시작했었다.

98층에서 꼼짝할 수 없는 그들로서는 유희라고 할 만한 것이 아래층을 구경하는 것밖에는 없었으니까.

그리고 거기서 힘을 유일하게 발산할 수 있는 통로인 사도의 예비군을 뽑기 때문에, 그들은 한 번 주시하기 시작한 존재에게서 쉽사리 눈길을 떼지 않았다.

그러니 연우의 일거수일투족이 관찰되었고, 가면을 벗고 있는 모습이며 사연들도 어느 정도 알아냈을 게 분명했다. 동생도 아가레스의 사랑을 받았던 만큼, 여러 신과 악마들의 관심을 받았던 존재였으니까.

이렇다 보니 아가레스가 자신이 누군지 알아내고, 동생의 대체품으로 여겼을 가능성도 없지 않아 있었다.

무엇보다.

연우는 비슷한 메시지를 몇 번씩 보기도 했었다.

'악마들과 관련된 메시지. 언제나 누군가의 제안으로 나에 대한 논의를 했었지.'

신들은 서로 간의 기호 성향에 따라 연우에 대한 호불호가 많이 갈렸다.

반면에 악마들은 '관심'만 보일 뿐 아직 이렇다 할 의사를 보인 적이 없었다.

주로 '알 수 없는 누군가'로 표현되는 어떤 악마의 제안으로 연우를 두고 어떤 논의가 거듭되고 있다는 것만 알 수 있을 뿐.

그 이상은 알 수가 없었다.

다만, 개인적인 성향이 뚜렷한 악마들을 그렇게 강제로 모을 수 있다는 건, 서열이 아주 높은 존재가 아닐까, 하고 짐작할 따름이었다.

그런데 만약 그것이 아가레스라고 한다면?

그리고 브라함이 98층과의 통로를 임의로 구축하게 되자, 옳다구나 여기면서 나타나게 된 것이라면.

충분히 말이 되긴 했다.

하지만.

'아냐. 그런 건 아닐 거야.'

연우는 거듭 고민을 하면서 고개를 가로저어야만 했다.

분명 일리가 있는 가정이긴 했지만, 그렇다고 해서 아가레스가 직접 모습을 비칠 이유는 되지 않았다.

아가레스로서는 그저 산하 복마전 속의 권속을 보내거나, 아니면 하위 서열의 악마를 시켜도 그만일 테니까.

굳이 무거운 엉덩이를 들썩일 필요 없이, 손가락 하나만 까딱거려서 자신을 잡아 오라고 지시하면 그만이었다.

더구나.

아무리 자신과 동생이 쌍둥이라고 해도, 엄연히 다른 존재였다. 인간의 외양이 아닌, 영혼을 직접 보는 악마로서는 자신에게 동생에 버금가는 관심을 둘 이유가 없었다.

그리고 만약 가정이 맞다고 하더라도, 이렇게 계속 브라함과 드잡이질을 하고 있지는 않았을 것이다.

오히려 연우를 바로 찾으려 들었겠지.

이미 23층 스테이지는 아가레스의 권역이 되어 버린 상태. 마음만 먹는다면 얼마든지 자신을 잡았을 것이다.

그렇다면.

대체 녀석이 현신을 택한 이유가 뭘까?

아무리 머리를 굴려 봐도, 여러 가정을 떠올려 봐도, 도무지 이렇다 할 명쾌한 해답이 없었다.

「해답이 있긴 어디 있어? 악마 놈들이 하는 일들이 죄다 그렇지. 음험하고, 악랄하고. 안 그래?」

「그래도 무슨 생각을 하고 있는지 알 수 없는 만큼, 만반의 준비를 하셔야 할 것 같습니다.」

'알았어.'

샤논과 한령의 말을 들으면서, 어느새 브라함의 심상 세계가 있던 곳과 가까워지기 시작했다.

연우는 용체 각성을 시도했다. 피부 위로 잔뜩 올라오는 용의 비늘을 느끼면서, 마법 무장도 몇 번씩이나 발동시켜 전력을 최대한으로 끌어올렸다.

이런 상태로도 아가레스의 발톱 때만 못할 테지만. 그렇다고 해서 아무것도 하지 않을 수 없었다.

그러면서도 한편으로는 그런 생각도 들었다.

그냥 몰래 23층에서 달아났다가 한참 뒤에 찾아온다면, 아가레스의 현신도 모두 끝나 있을 텐데. 그런데도 불구하고 뒤도 돌아보지 않고 뛰어드는 자신의 모습이 신기하다고.

그때.

허공을 둥둥 떠다니는 검은 구름 조각 같은 것들이 보였다. 안쪽에서 여러 장면들이 언뜻 나타났다가 사라지길 반복하고 있었다. 처절하게 싸우고 있는 브라함과 킨드레드의 모습이 보였다.

심상 세계의 파편들. 결계가 강제로 붕괴되면서 조금씩 남은 것 같았다.

파편들은 금세 사라질 것처럼 흐려지고 있는 중이었다.

연우는 초감각의 인지 영역을 확대시켜 파편들을 하나하나씩 흡수하기 시작했다.

심상 세계에는 여러 강렬한 사념들이 기록으로 남기 마련이다. 자신이 없는 동안 어떤 일이 있었는지 빨리 파악하고 싶었다.

달리는 내내, 여러 장면들이 머릿속으로 스쳐 지나갔다.

'아이테르의 배후에 마군이 있었다고? 그것도 킨드레드가?'

연우는 인상을 살짝 좁혔다. 도무지 납득이 가질 않아서였다.

아이테르는 왕이 되고자 했던 아버지의 잘못으로 가문 전체가 엘로힘과 일족으로부터 추방되었고, 그것을 극복하기 위해서 언제나 절치부심 노력했다. 스스로가 지고종이며, 신의 혈통이라는 사실을 누구보다 자랑스러워하기도 했다.

그런 녀석이 신도 악마도 되지 못한 '반편이'의 종이 되었다는 건, 도무지 있을 수가 없는 일이었다.

하지만 그런 의문은 무의미했다. 이미 아이테르는 쌍둥이 동생을 희생시키면서 킨드레드를 비롯한 세 명의 주교를 불러들였다. 그리고 모든 것을 엉망으로 만들었다.

엘로힘을 잡을 계획만 짰던 연우로서도 실책이었다.

하지만.

정작 가장 큰 문제는 바로 그 뒤였다.

―내가 부른 건, 끽해야 벨리알이나 단탈리안이었을 텐데…… 어째서 네가 나타난 거지?

―글쎄. 왜일 거라고 생각하나?

악에 찬 목소리로 소리치는 브라함과 그런 브라함을 보면서 조소를 띠는 아가레스.

특히 브라함의 목소리에는 당황함과 초조함이 섞여 있었다. 파편에 잔뜩 얽혀 있는 브라함의 사념도 떨고 있는 중이었다.

제발 자신의 가정이 아니길 바라는 간절한 바람.

　—무슨 소리를 하는 거냐, 브라흐마. 설마 내가 아직도 모를 거라고 생각하는 건가?

하지만 아가레스는 그런 브라함의 바람을 비웃듯이 웃었다.

　—난 용인을 가져갈 것이다. 재능도 크게 없는 하등 쓸모없는 쓰레기에 불과하지만, 헤븐윙의 자식이라면, 직접 이 몸이 다녀간 전리품으로 충분하지 않은가!

다른 말은 들리지 않았다.
오로지 단 한 문구만이 연우의 머릿속을 왱왱 울려 댔다.

헤븐윙의 자식이라면…….
헤븐윙의 자식이라면…….
자식이라면!
'정우에게…… 자식이 있었다고?'

[혼란스러운 상태입니다.]
['냉혈' 특성이 알 수 없는 이유로 불발됩니다.]
['냉혈' 특성이 알 수 없는 이유로 불발됩니다.]

심장이 미친 듯이 뛰기 시작했다. 숨이 가빠졌다. 머릿속이 새하얬다. 아무 생각도 나지 않았다.
일기장에는 분명히 자식을 낳았다는 말이 없었다. 동생이 탑에 머무는 동안 사랑했던 사람은 비에라 듄밖에 없었고, 연인에게서 배신을 당한 뒤로는 누구에게도 마음을 주지 않았다.
다만, 동생의 상처를 어루만져 주려 했던 사람은 있었다.
'아난타.'
아난타는 원래 오래전부터 동생을 짝사랑했었다. 탑에 유일하게 남은 용인이었던 그녀는 차가운 척해도 언제나 외톨이었고, 동족인 동생을 만났을 때 크게 기뻐했었다.
동생도 칼라투스의 유지에 따라 아난타와 가까이 지냈

다. 다만, 연애적인 감정이었던 아난타와 다르게, 동생은 우정으로만 그녀를 대했다.

결국 동생의 마음을 살 수 없으리란 걸 깨달은 아난타는 훌쩍 떠나고 말았다.

그러다 마지막에 나타났던 때가 동생이 홀로 클랜 하우스에 머물던 시절이었다.

다시 만난 둘의 대화는 서로 그동안 잘 지냈냐는 안부 인사를 나눈 정도가 전부였다.

다만, 아난타는 동생에게 무슨 말을 하고 싶어 하는 눈치였다. 하지만 당시 계속된 배신과 병마로 신경이 날카로워질 대로 날카로워져 있었던 동생은 차갑게만 아난타를 대했었고, 결국 아난타는 별다른 말을 남기지 못한 채 다시 사라졌다.

뜻을 알 수 없는 한마디만 남긴 채.

―어떻게든 지킬게.

그때 남겼던 말이 바로 세샤를 지킨다는 뜻이었을까?

'그러고 보면…… 당시 아난타는 많이 다친 상태였었어. 마치 뭔가에 쫓기는 듯한 눈빛이기도 했고. 대체 뭐에 쫓기고 있었던 거지?'

연우의 머릿속으로 스며들던 브라함의 사념 파편은 계속 과거로 거슬러 올라갔다.

갓난아기를 브라함에게 맡기던 아난타의 모습. 네가 낳은 아이도 아니잖느냐는 질문에, 마음으로 낳은 아이라고 대답하던 아난타의 목소리가 스쳐 지나갔다.

그리고 브라함의 생각에 닿는 순간, 연우는 여태 꽁꽁 숨겨져 있던 모든 비밀을 알 수 있었다.

마치 진짜 브라함이 된 것처럼. 그의 모든 사념들에 동화되었다.

화아악!

……그것은 실수였다. 신으로서의 책무가 모두 지겨워져 유희를 즐길 시절, 용과의 장난으로 저지르고만 실수. 아이에게는 미안했지만, 내 아이라고 인정할 수 없었다……

……아이가 잘 자랐다는 말을 어디선가 들었다. 여태 모른 척하며 살았었지만. 그래도 다행이라고 생각했다……

……아이가 또 다른 용인을 좋아한단 말을 들었다. 차정우, 그 아이인가? 연금술을 가르쳐 줬던 놈이었기에, 세상은 참 좁다고 생각했다……

......그녀가 어디선가 쓸쓸하게 죽었다는 말을 들었다. 그리고 그제야 깨달을 수 있었다. 그저 풋내기 감정에 불과하다고 여겼던 모든 것들이, 사실은 내게 모든 것이었단 것을. 지난날을 후회했다. 나의 못난 선택을 저주했다. 그녀가 남긴 아이가 보고 싶었다……

......아이가 갓난아기를 데려왔다. 처음으로 날 아버지라 부르며 갓난아기를 맡겼다. 차정우와 비에라 듄 사이에서 난 자식이었다……

......비에라 듄은 오래전부터 차정우에게 자식이 있단 것을 숨기고 있었던 것이다. 아이는 우연찮게 그것을 알아챘고, 그 자식을 몰래 훔쳐 달아났다. 그리고 정말 자신의 자식처럼 길렀다. 이름은 '세샤'. 잔여란 뜻이었다. 차정우가 남긴 흔적이란 뜻이겠지……

......어디선가 마녀들과 아이가 싸우고 있단 말을 들었다. 차정우도 다른 클랜들과 전쟁을 치르고 있는 중이었다……

......하지만 난 어디에도 도움을 줄 수가 없었다. 아이가 준 아이. 세샤를 지켜야만 했다……

브라함의 사념은 온통 후회로 얼룩져 있었다.

하지만 연우는 그 속에서 지난날의 모든 의문들을 해소할 수가 있었다.

'그렇구나. 그렇게 된 것이었나.'

브라함이 동생을 도와주지 못했던 이유. 처음에는 거래가 되지 않는 차가운 성정 때문이라고 생각했지만, 그게 아니었다. 세샤를 지키기 위해서였다.

아난타가 아무 말 없이 동생을 훌쩍 떠났던 이유도 마찬가지였다. 마녀들로부터 세샤를 지키기 위해서였다. 당시 세샤는 발푸르기스의 밤에서 실험을 당할 처지에 놓여 있었고, 아난타는 아이를 가까스로 구조할 수 있었다.

하지만 모든 것을 피할 수는 없어서, 세샤는 언제나 커다란 병을 앓고 살아야만 했다.

아마 아난타는 지금 다른 어디선가에서 여전히 발푸르기스의 밤과 전쟁을 치르고 있는 게 아닐까?

브라함은 결국 모든 사실들을 알면서도 어디에도 도움을 주지 못한 채, 그렇게 긴 세월을 버텨야만 했다.

그리고 지금에 이르렀을 때.

그는 동생과 아난타에 대한 속죄로, 세샤를 보호하고 병을 낫게 하고자 했다.

모든 비극은, 한 사람에게서 비롯되었는데도 불구하고. 브라함은 모든 잘못을 자신에게로 돌리는 중이었다.

'비에라 듄! 너는 대체······!'

연우의 두 눈에 불이 잔뜩 붙었다. 분노로 이글대는 머릿속은 온통 비에라 듄에 대한 분노로만 가득했다.

그때.

「정신 차려, 주인 놈아!」

연우의 머릿속으로 샤논의 거친 목소리가 울렸다. 연우는 퍼뜩 정신을 차렸다.

「이럴 때일수록 더 똑바로 정신을 차려야 할 것 아냐! 뒈지고 싶어서 환장했어?」

연우는 아랫입술을 질끈 깨물었다. 맞는 말이었다. 어떻게든 정신을 차려야만 했다.

비에라 듄에 대한 분노는 잠시 접어야 했다. 브라함에 대한 슬픔도 일단은 묻어 둬야 했다.

모든 사실을 안 이상, 지금은 한 가지에만 집중해야 했다.

아가레스가 현신한 이유는 간단했다. 동생이 이 땅에 남긴 유일한 흔적을 갖고 가기 위해서였다.

그것만은 막아야 했다.

'정우는 지키지 못했더라도······.'

세샤만큼은.

조카만큼은.

'너만은 지키겠다.'

화르륵—

마력회로가 맹렬하게 돌아가면서 불의 날개를 더욱 크게 키웠다. 이제 막 스며들기 시작한 마의 인자도 악마학에 반응하면서 활동을 개시했다.

그리고 어느덧, 아가레스와 브라함이 있는 곳에 다다를 수 있었다.

『이것이로군. 그동안 그대가 준비했던 것이. 한데, 미안하게도 그대의 소원은 이뤄 줄 수가 없겠어.』

봉인진이 발출시킨 신진철에 꽁꽁 묶여 있던 아가레스는 짧은 비소를 흘리면서, 힘을 한껏 방출시키고 있었다.

콰아앙!

수십 개의 검은 날개가 활짝 펼쳐지면서 결박을 손쉽게 부쉈다. 자잘한 신진철의 조각들이 사방으로 흩어졌다.

원래대로라면 제대로 작동을 해야 했지만, 심상 세계가 무너지면서 봉인진의 위력이 현저히 낮아지면서 생긴 결과였다.

브라함은 신성까지 무효로 돌아가 버린 반동으로 결국 피를 토하면서 고꾸라지고 말았다. 손에 쥐고 있던 수성의 서가 수명이 다해 바스러지고 있었다.

"안, 돼……!"

그런데도 그는 어떻게든 아가레스를 놓치지 않겠다는 듯 억지로 손을 뻗었다. 신진철이 다시 튀어나왔지만, 아가레스를 둘러싼 보호막에 힘없이 부딪히기만 할 뿐이었다.

『귀찮군.』

그리고 아가레스는 손을 가볍게 흔들어 아예 남은 봉인진과 연성진을 뿌리째 부숴 버리고 말았다.

브라함은 양팔로 몸을 끌어안으면서 머리를 지면에 박고 말았다. 내부 장기가 죄다 망가지면서 핏물이 쉴 새 없이 쏟아졌다. 그나마 남아 있던 생명력도 이제 바닥을 보이기 시작했단 뜻이었다.

그리고 아가레스는 이번에는 다른 쪽으로 손을 뻗었다. 그러자 무너진 폐허 한복판에서 뭔가가 둥근 막에 갇힌 채 두둥실 올라오기 시작했다.

"브라함! 브라함!"

세샤가 애타게 울면서 둥근 막을 두들겨 대고 있었다. 갈리어드가 바짝 뒤쫓아 왔지만, 역시나 보이지 않는 힘에 크게 튕겨 바닥에 곤두박질치고 말았다.

『이것이로구나. 그놈이 남긴 과실이. 썩 마음에 들지는 않지만. 전리품 정도로는 되겠군.』

아가레스의 손짓에 따라, 어둠이 여러 줄기로 나뉘어 둥근 막을 감싸면서 녀석에게로 딸려 갔다.

아가레스는 붉은 혀로 입술을 핥으면서 천천히 입을 벌렸다. 그러자 입꼬리가 귓가까지 잔뜩 찢어지고, 턱이 벌어지면서 흉측한 이빨을 훤히 드러냈다. 세샤를 단번에 삼킬 생각이었다.

세샤는 눈물을 펑펑 쏟았다. 아가레스에게 먹히는 건 무섭지 않았다. 하지만 피를 쏟으면서도 애타게 자신을 찾는 브라함과, 부서진 몸으로도 어떻게든 일어서려는 갈리어드의 모습이 가슴을 꽉 옥죄었다.

그건 아주 오래전 '엄마'를 떠올리게 하는 모습이었다. 세샤는 비정상적인 기억력을 갖고 있어, 갓난아기 시절의 일을 아직도 기억하고 있었다.

온통 어둡기만 한 이상한 곳에서. 알 수 없는 얼굴들은 자신을 두고 이상한 말만 해 대면서 수시로 칼을 갖다 댔다. 세샤는 언제나 그것이 두려워 울어 대기만 했다.

그런 자신을 구해 준 사람이 엄마였다. 엄마는 이상한 사람들로부터 자신을 지켜주면서, 언제나 미소를 잃지 않았다. 세샤야, 세샤야. 너는 아빠를 닮아 웃는 모습이 예쁜 아이란다. 그러니 울지 말고 웃으렴. 그 말은 아직도 그녀의 가슴에 깊이 남아 있었다.

그래서 웃으려고 노력했다. 처음에는 어려웠지만, 언제부턴가 쉬워졌다. 그래서 좋았고, 그래서 기뻤다.

자신이 웃고 있으면 브라함이 언제나 즐거워했으니, 더 좋았다.

그런 브라함이 다치고 있었다. 어떻게든 도와주고 싶었지만, 힘이 없는 자신은 아무런 도움도 될 수 없었다. 엄마 때와 똑같았다. 자신을 지키기 위해서 다쳤다. 그때처럼. 브라함의 모습 위로 엄마의 얼굴이 겹쳐졌다.

그 순간, 세샤는 누군가가 자신을 도와줬으면 하는 간절한 바람을 가졌다. 아빠가 있으면 좋겠지만, 아빠는 없다. 대신에 아빠가 있다면 이런 사람이 아닐까 싶었던 다른 사람이 떠올랐다.

아가레스의 벌린 입이 어느새 그녀를 삼켜 가고 있었다. 세샤는 두 눈을 질끈 감고 말았다.

'카인!'

그때, 갑자기 어둡던 세상 위로 한 줄기 빛이 떠올랐다. 붉은빛은 어마어마한 열기를 동반하며 아가레스의 오른손을 자르고 지나갔다. 세샤는 힘없이 아래로 떨어졌다.

그러다 뭔가에 폭 안겼다. 탄탄한 가슴. 따뜻한 가슴이었다. 세샤는 눈물에 푹 젖은 채 고개를 들었다.

거기에 간절히 바라던 얼굴이 있었다. 아니, 정확하게는 가면이 있었다. 악마처럼 무섭게 생겼지만, 그 속에 담긴 눈빛은 너무 따뜻했던 가면.

"……카인?"

 연우는 블링크를 몇 번씩 전개하다가, 세샤를 품에 꼭 안은 채 조용히 바닥에 내려앉았다. 후끈한 열풍이 불어오면서 머리카락을 잔뜩 헝클어놓았다.

 그리고.

 연우는 한쪽 무릎을 낮춰 세샤와 눈높이를 맞추면서.

 딸칵—

 천천히 가면을 벗었다.

 순간, 연우의 얼굴을 본 세샤의 눈이 크게 요동쳤다. 단 한 번도 보지 못했지만, 이상하게 익숙한 얼굴이 거기에 있었다. 언제나 잠들 때면 머리맡에서 엄마가 들려줬던 이야기 속 모습. 얼굴.

"아빠……?"

 세샤가 떨리는 목소리로 연우를 불렀다.

 연우는 말없이 다시 세샤를 끌어안았다.

 다시는 놓치지 않겠노라고. 그런 다짐을, 속으로 몇 번씩이나 되새기면서.

"아빠? 정말 아빠야?"

 세샤는 연우의 소맷자락을 꽉 붙잡았다. 고사리 같은 손이 잘게 떨리고 있었다.

 그녀는 이따금 생각하곤 했었다.

아빠는 어떤 모습을 하고 있을까?

엄마는 늘 아빠를 이야기할 때 입가에 미소를 짓고 있었다. 그리고 세상에서 가장 멋있고, 착하고, 자상한 사람이라고 했다. 그리고 웃음이 많다고 했었다.

그래서 세샤는 언제나 상상 속에서나마 아빠를 그려 보곤 했다. 잠이 들 때 머리맡에서 아빠가 동화책을 읽어 주면 좋을 텐데. 부엌에서 아빠가 맛난 간식을 해 주면 좋을 텐데. 같이 숨바꼭질을 해 주고, 무동을 태워 줄 아빠가 있으면 좋을 텐데.

그래서 연우가 처음 나타났을 때. 세샤는 별님에게 간절히 기도를 하면 소원을 들어준다던 엄마의 말처럼, 혹시 별님이 아빠를 보내 달라는 자신의 소원을 들어준 게 아닌가 하고 생각했었다.

악마 같은 이상한 가면을 쓰고 있어 처음에는 무섭기만 했지만. 자신과 같은 용인이었고, 무뚝뚝해도 자신과 잘 놀아 주었다. 맛있는 간식도 해 주었고, 말 친구도 되어 줬다.

꿈에나 그리던 아빠와 똑같은 모습이었다. 그래서 잠이 들 때면 두 손을 꼭 붙잡고 별님에게 감사하다고 인사했다.

그런데.

별님은 정말 자신의 소원을 들어준 것 같았다.

아빠였다.

엄마가 말해 줬던 것과 똑같은 얼굴. 모습. 잘 웃는다던 것과 다르게 엷은 미소를 띠고 있긴 하지만. 슬픈 눈을 하고 있긴 하지만. 아빠가 맞았다.

 "으아앙!"

 세샤는 결국 연우의 가슴에 얼굴을 묻으면서 엉엉 울어 댔다. 왜 이제야 나타났냐며. 자신도 엄마도 아팠는데. 브라함도 갈리어드도 힘들었는데. 그래도 이렇게 만난 아빠가 너무 고마웠다.

 연우는 그런 세샤의 등을 말없이 가만히 다독였다. 걱정 말라는 듯. 이제는 절대 울지 않게 하겠다는 듯.

 그러다 조용히 따뜻한 마력을 불어 넣어 세샤를 재웠다. 이런저런 일로 기력이 쇠해져 있었다. 쉬게 해 줄 필요가 있었다.

 "레베카."

 『알았어.』

 레베카는 연우 뒤에 조용히 나타나 세샤를 안고 사라졌다. 우선은 되도록 여기서 멀리 떨어뜨리기 위해서였다.

 그리고.

 연우는 천천히 자리에서 일어나 아가레스가 있는 쪽으로 고개를 돌렸다. 가면은 쓰지 않았다. 여기서 더 이상 가면은 무의미했다.

"너……?"

브라함이 겨우겨우 몸을 일으켜 숨을 헐떡여 댔다. 신성과 신격을 모두 잃어 육체가 붕괴 중인 그였지만, 시선은 연우에게 못 박혀 있었다. 그의 눈은 믿을 수 없다는 듯이 크게 요동치고 있었다.

연우는 말없이 그쪽으로 손을 뻗어 늑골에 내장했던 룬 마법을 발동시켰다.

"힐. 리커버리."

단순한 응급 처치에 불과했지만. 브라함의 상처가 빠르게 회복되면서 혈색이 돌아왔다. 그러나 브라함의 눈은 연우에게 단단히 고정되어 있었다.

"자세한 건 나중에 말씀드리겠습니다."

브라함은 어쩔 수 없다는 듯 고개를 끄덕였다. 그러다 그는 뒤늦게 알 수 있었다. 연우가 차정우와 똑같은 얼굴을 하고 있지만, 다른 사람이라는 것을.

기량, 기질, 스킬, 말투, 태도, 습관. 한 사람을 정의하는 모든 게 달랐다.

그리고 그건 뒤늦게 망가진 몸을 억지로 이끌며 나타난 갈리어드도 마찬가지였다. 요정안으로 연우를 살핀 그는 대략적으로 어떻게 된 일인지 눈치를 챈 것 같았다.

연우는 비그리드를 뽑고, 아이기스를 전부 뽑아 올리면

서 아가레스를 노려봤다. 녀석은 재미난 연극을 보고 있는 관객처럼 엷게 웃으면서 그를 가만히 보고 있는 중이었다.

츠츠츠—

연우의 주변으로 그림자가 길게 늘어나면서 샤논과 한령이 나타나 검을 고쳐 쥐었다. 부는 허공에 높이 날아올라 수정 구슬을 쥐어 언데드 군단을 양산하기 시작했다. 괴이 군단도 조금씩 일어났다.

용의 영역이 단단하게 구축되었다. 하지만 그들은 이미 23층 스테이지를 장악한 아가레스의 기운을 완전히 거스를 수 없었다.

「젠장. 정말 엿 같네. 저딴 걸 대체 어떻게 상대하란 거야?」

「악마는 정말 악마군.」

샤논과 한령은 너무 거대하게만 비치는 아가레스를 보면서 병장기를 꽉 쥐었다. 특히 한령은 전성기 때의 자신이 오더라도 발끝조차 미치지 못할 정도로 강한 아가레스를 보면서 소멸까지 각오했다.

아무리 하이 랭커라고 해도 절대 엄두도 내지 못할 존재가 신과 악마였고, 그중에서도 최상위 서열인 아가레스는 어떻게 범접할 수가 없을 것 같았다.

그리고 그런 압박감은 연우도 마찬가지로 받고 있었다.

16층에서 우르드 신과도 이렇게 대면한 적이 있다지만. 그렇게 커다란 태양처럼 느껴지던 우르드조차도 아가레스에는 비교할 게 못 되는 것 같았다.

거기다 어깨를 짓누르는 힘도 그더러 당장 무릎을 꿇고 고개를 조아리라고 말하고 있었다.

하지만.

연우는 여기서 고개를 조아릴 생각이 전혀 없었다.

[초감각— 동기화]

연우는 누군가를 모방하는 것으로 아가레스의 압박감으로부터 해방되고자 했다. 브라함의 사념 파편에서 봤던 킨드레드처럼 비슷한 술수를 부렸다.

미후왕의 던전에서 만났던 미후왕의 허물을 떠올렸다.

그러자 순간 몸 안쪽에서부터 힘이 부쩍 차오르면서 압박감을 밀어내기 시작했다.

[악마로부터의 강한 압박감에서 해방됩니다. '냉혈' 특성으로 이성을 유지합니다.]
[정신적 공격에 대한 강한 면역력을 획득합니다.]

있다고 생각지도 못했던 조카를 만났다. 정우가 남긴 흔적이 저기에 있었다. 어떻게든 지켜야만 했다.

그런 연우의 생각이 전해진 걸까. 아가레스의 압박감에 떨고 있던 괴이들도 조금씩 눈빛을 되찾으면서 저마다 가래 끓는 소리를 냈다. 명령만 떨어지면 얼마든지 달려들겠다는 의지가 물씬 풍겼다.

순간, 아가레스의 눈가에 이채가 스쳐 지나갔다.

괴이와 언데드는 따지자면 악마 쪽과 가까웠다. 어둠 쪽 계통이니만큼 자신을 절대 거스를 수 없을 텐데. 저렇게 대놓고 적의를 드러낼 수 있다니.

연우가 그만큼 대단한 정신력을 가진 걸까. 아티팩트가 대단한 걸까. 아니면 둘 다일까?

뭐, 아무래도 상관없겠지. 아가레스는 피식 웃으면서 연우를 바라봤다. 세샤만큼이나 보고 싶었던 존재가 바로 녀석이었다.

『그래도. 형제는 형제라는 거냐? 재미있군. 확실히 이렇게 직접 보고 있으니 위에서 보던 것과는 달라. 아주 많이.』

연우는 아무 말도 하지 않았다. 우선 아가레스의 꿍꿍이부터 파악하는 게 중요했다.

『무슨 대답이라도 하는 게 어떤가? 혼자서 떠벌려 대는 건 내 성미에 맞지 않는데.』

연우는 그제야 입을 뗐다.

"원하는 게 뭐지?"

『여태껏 지켜본 바로는 그래도 꽤 머리가 잘 돌아가는 편인 것 같던데. 이미 파악하고 있지 않나?』

"나와 세샤를 갖고 싶은 거겠지."

『맞다.』

아가레스는 입을 훤히 드러냈다. 잘려 나갔다가 어느새 복구된 오른손으로 가볍게 턱을 쓰다듬었다. 뾰족한 송곳니가 훤히 드러났다.

『오래전, 네 형제가 나에게 물을 먹였다. 그 때문이라도 지금 보상을 받아야겠어.』

아가레스를 따라서 어둠이 스멀스멀 피어오르기 시작했다.

『하지만 대공이나 되어 한낱 필멸자를 겁박하는 것도 모양새가 영 좋질 않아서 말이지. 기회를 주마. 너와 용인. 둘 중에 하나만 받는 것으로 지난 죄를 사해 주마.』

어둠은 연우가 구축한 영역도 별 어려움 없이 침범해 그와 괴이 군단 등을 감싸 안았다. 부드럽게 일렁거렸지만, 금방이라도 집어삼킬 것처럼 위협적이었다.

『너에게도 나쁘지는 않을 거야. 강한 힘을 원한다지? 얼마든지 내주마. 조건은 네 형제에게 제안했던 것과 동일하다. 탑을 오시할 수 있는 힘이다. 탐이 나지 않나?』

 연우를 바라보는 아가레스의 눈가에는 기이한 광기마저 흐르고 있었다.

 원하는 것이 있으면 반드시 얻어야만 한다는 광적인 성격. 하지만 얻고 나면 금방 지루함을 느껴 버린다는 악마들의 대공. 저 광기에 노출된 사람은 누구나 미쳐 버리게 된다.

 하지만 그렇기에 연우를 따라 일렁대는 어둠은 오히려 연우를 한창 유혹하는 중이었다.

 네가 원하기만 한다면 이것이 곧 네 것이 된다고. 그렇게 달콤한 말로 속삭이며, 힘을 가지라고 종용하고 있었다. 동생 때와 똑같은 모습이었다.

 정말이지 악착같은 집착이었다. 녀석은 동생이 죽기 전에나, 죽은 뒤에나, 여전히 녀석을 가지기 위해 말도 안 되는 고집까지 부리고 있었다.

 연우도 알고 있었다.

 지금 내민 아가레스의 손을 붙잡으면 그토록 바라던 강한 힘을 얻을 수 있다는 것을.

『이걸로도 부족한가? 그렇다면 네 조카를 제물로 바쳐라. 하면 그에 상응하는, 아니, 훨씬 값진 보상을 내어 줄 테니.』

하지만 동생은 죽음이 바로 눈앞에 닥친 상태에서도, 하루 한시가 급박한 상황에서도, 결국 아가레스의 유혹을 거절했다.

이유?

간단했다.

악마에게 종속된다는 것은. 영혼을 저당 잡힌다는 것은, 원래의 자신을 잃어버린단 뜻이었다. 모든 의사를 잃고, 전혀 다른 존재가 된단 뜻이었다. 동생은 그걸 거부했고, 그건 연우도 마찬가지였다.

그렇기에.

대답은 거절이었다.

"싫다면?"

여자인지 남자인지 구분하기 힘들 정도로 고왔던 아가레스의 얼굴이 잔뜩 일그러졌다. 마치 흉신악살처럼 강렬한 마기가 휘몰아쳤다. 연우를 따라 뱅글뱅글 맴돌던 어둠은 금방이라도 그를 삼킬 것처럼 잔혹한 이빨을 드러냈다.

『감히 주제도 모르고!』

정우에서 연우까지, 한낱 인간 따위에게 연속으로 거절을 당한 아가레스는 당장 그를 집어삼키고자 손을 뻗었다.

강제로 종속을 시키려면 영혼에 손을 대야 하기 때문에 재미를 잃어버리고 만다. 그래서 되도록 손을 쓰지 않으려 했지만. 이렇게까지 거부를 한다면 어쩔 수 없이 힘을 써야 했다.

휘휘휘!

어둠이 확 번지면서 연우를 비롯한 괴이 군단 전체를 둘러쌌다. 그대로 어둠 속에 침식시킬 셈이었다. 그런다면 영혼도 알아서 물들고 말 것이다.

안쪽에서 괴이들이 날뛰는 게 느껴졌지만, 아가레스에게는 별다른 기별도 가지 않았다. 이 어둠은 아가레스의 일부나 마찬가지였다. 한낱 플레이어 따위가 거스를 수 있는 힘이 아니었다.

하지만 아가레스는 왠지 모르게 찝찝함을 느꼈다.

자신이 여태껏 98층에서 지켜봐 온 연우는 이렇게 호락호락 당할 녀석이 아니었다.

연우는 정우와 다르게 언제나 냉철함을 잃지 않았다. 자신보다 훨씬 더 강한 존재들 앞에서도 전혀 주눅 드는 법이 없었고, 언제나 판세를 자기가 유리한 대로 이끌던 녀석이었다.

레드 드래곤과 청화도의 전쟁 때도 그랬고, 우르드 신을 엿 먹일 때도 그랬다. 미후왕의 유산도 그렇게 얻지 않았던가?

그러던 녀석이 이렇게 순순히 당한다고? 아무리 플레이어로서 악마를 거스를 수 없다지만, 그렇다고 아무런 저항도 하지 않는다는 게 이상했다.

 그 순간, 아가레스는 등골이 쭈뼛 서는 것을 느꼈다.

 대공이 되고 난 뒤로 단 한 번도 느껴 보지 못했던 감각. 언제 이런 느낌을 받았었지? 죽은 용왕, 로드 칼라투스와 일전을 벌였을 때로 기억한다. 정말 소멸될 뻔한 기억이었기에, 잊을 수가 없었다.

 그런데 그때와 비슷한 감각이라니.

 자신과 비교해도 전혀 뒤지지 않을 격(格)을 지닌 존재가, 스테이지의 하늘을 가르며 등장하려 하고 있었다.

 그때.

 연우가 디디고 있던 땅을 따라 다시 연성진이 둥실 떠오르기 시작했다.

 그리고 연우를 둘러싸던 어둠을 강제로 흩어 놓았다.

 파앙—

 붉은 하늘이 갑자기 개면서 밝은 빛이 내려와 연우를 비추기 시작했다.

 그 아래에서.

 연우는 천천히 눈을 떴다. 활짝 열린 용마안이 황금빛으로 반짝이고 있었다. 마치 화안금정처럼.

 그러다 연성진을 이루던 갖가지 도형과 룬 문자들이 잘게 부서지면서 하늘로 올라갔다.

그리고.

쿠쿠쿠―

아가레스가 소환되기 위해 땅에서부터 철문이 올라왔듯이. 이번에는 반대로 하늘을 따라 거대한 철문이 내려왔다.

갖가지 천사와 신령의 그림이 복잡하게 그려진 성스러운 철문이었다.

*　　*　　*

연우는 아가레스와 맞서기 전에 고민했다. 어떻게 하면 아가레스와 겨룰 수 있을까?

녀석이 자신과 세샤를 탐할 것은 분명했다. 그러니 거기에 놀아날 수는 없는 일이었다.

하지만 연우에게는 아무 힘도 없었다. 브라흐마 신도 꺾을 정도로 강한 아가레스인데, 한낱 필멸자인 자신이 어떻게 그를 이길 수 있을까.

그래서 연우는 생각을 바꿨다.

'막을 수 없다면. 녀석에게 맞설 수 있는 존재를 부를 수밖에.'

다행히 수단은 남아 있었다.

아가레스가 통과했던 소환진. 분명 아가레스가 파괴시켰

었지만, 브라함의 신성이 녹아든 마법진은 그리 손쉽게 부서질 수 있는 게 아니었다. 조금은 형태를 유지하고 있었다.

그래서 연우는 곧바로 의념을 몽땅 여기다 투입해 접촉했다.

막대한 양의 정보가 홍수처럼 쏟아졌다. 브라함이 수성의 서를 풀어냈던 계산식들. 너무 방대하고 복잡해서 평소 연우로서는 도저히 엄두도 내지 못할 만큼 어려웠지만.

[시차 괴리]

연우는 여태 배운 바를 토대로 망가진 부분을 빠르게 수복시켜 나갔다. 뇌가 타 버릴 것처럼 아팠지만, 그래도 그만큼 막대한 지식도 쌓여 나갔다.

그리고 소환진이 기능이나마 얼추 복구되었을 때.

언제나 마력회로를 가득 채우던 마력이 한순간 증발되었다. 순간 강한 현기증이 느껴졌지만 정신을 잃지 않고 고개를 들었다.

붉은 하늘이 개기 시작했다. 푸른 하늘이 열리면서 빛의 기둥이 내려와 어둠을 물리쳤다. 이 가호 아래에서는 아가레스의 마수도 절대 침범할 수 없었다.

그리고 곧.
거대한 철문이 천천히 구름을 가르면서 나타났다.

『누굴…… 부르려는가……?』

그리고 머릿속을 울리는 목소리. 영험하지만 그만큼 위엄이 가득한 목소리였다.
연우는 저 문 너머 어딘가에 있을 존재에게 말했다. 아가레스에 대적할 수 있는 신을.

『대가는……?』

'아이기스.'
그동안 그에게 큰 도움이 되어 주었던 신급 아티팩트였지만. 아가레스를 물리치기 위해서는 그만큼 값어치가 있는 물건을 내놔야 했다.

『성립…… 되었다.』

쿠쿠쿠!
철문이 기이한 소리를 내면서 열리기 시작했다.

그리고 그 아래로 기괴한 뭔가가 몸을 길쭉하게 쭉 빼면서 지상으로 내려왔다.

웬만한 산자락 하나는 가볍게 가릴 수 있을 만큼 어마어마한 몸집을 지닌 보아뱀이, 그것도 무려 다섯 마리나 나타나 붉은 혀를 날름거렸다.

그리고 그중 가장 중심에 놓인 녀석의 머리 위에는 익숙한 얼굴이 앉아 있었다.

그를 본 아가레스의 얼굴이 잔뜩 일그러졌다.

『헤르메스……!』

헤르메스가 내려온 하늘은 어느새 푸른빛으로 물들면서 산뜻한 공기를 가져다주었다.

반면에 아가레스가 서 있는 지면 위는 온통 어둠으로 가득했으니. 빛과 어둠은 서로 맞물리면서 일정한 경계선을 만들었다.

헤르메스는 보아뱀의 머리 위에서 산뜻한 미소를 지었다.

"오랜만이야. 아가레스. 이게 팔백 년 만이던가, 구백 년 만이던가? 루시엘 봉인 때 이후로 처음이지 아마?"

『보고나 지키고 있어야 할 네놈이 왜……!』

"왜긴 왜겠나."

헤르메스는 당연하지 않냐는 투로 어깨를 으쓱거렸다.

"자네와 같은 이유로 왔지. 공양을 받았고, 거기에 대한 답례를 하러 온 것일 뿐이야."

미소가 더 짙어졌다.

"반쯤 사기를 치고 있는 자네와는 좀 다르게 나는 더 풍족하게 답례를 줄 생각이지만."

신은 제물을 받아도 거기에 대한 답례를 자기 마음대로 조절할 수가 있었다. 애당초 제물을 공양으로 보아, 신도가 '헌상'한다고 여기기 때문이었다. 그리고 아주 이따금, 필요에 따라서 자신이 손해를 보는 경우도 있었다.

신이 내린다는 은총이나 기적이 여기에 해당했다. 종교를 유지하기 위해서는 신도들에 대한 관리가 아주 철저하게 필요했다.

반대로 악마는 제물에 대한 답례를 철저하게 '거래'에 입각해 결정한다. 받은 것만큼 돌려줘야 하지만, 여기에는 몇 가지 장난이 들어가게 된다. 절대 손해 보는 장사를 하지 않는 것이다.

그런 면에서 헤르메스는 간만에 아예 대놓고 손해 보는 짓을 하겠다고 으름장을 놓고 있었다.

네가 무슨 짓을 저지르더라도 끝까지 따라가 훼방을 놓겠다는 뜻.

헤르메스는 이 순간이 너무 재미있어 죽겠다는 듯 가볍게 키득거렸다.

당연한 말이지만.

신과 악마는 절대 서로에 대한 감정이 좋을 수 없는 사이였다.

으드득!

아가레스는 이를 바득 갈았다.

웬만한 신 따위는 발아래로 놓는 그였지만. 헤르메스라면 이야기가 달랐다. 녀석이 가진 권능은 악마들로서도 상당히 부담스러운 것이었다.

더구나 문제는 여기에 와 있는 신이 헤르메스만이 아니라는 점이었다.

보아뱀이 나오고 있는 저 하늘 너머에.

다른 뭔가가 이곳을 보고 있었다. 헤르메스와 비교해도 뒤지지 않을 만큼 높은 신격이. 아니, '싸움'이라는 좁은 분야만 따진다면, 헤르메스보다도 더 골치가 아픈 존재였다.

둘이나 되는 신을 상대하는 건, 아가레스로서도 어려운 일이었다.

"자. 그럼 이제 결정하게나."

그런 아가레스를 보면서 헤르메스는 더 크게 미소를 지었다.

"이대로 나와 싸울 텐가, 아니면 그만두고 물러날 텐가?"

보아뱀은 아가레스의 주변을 둘러치면서 언제든 명령이 떨어진다면 달려들 준비를 하고 있었다.

아주 잠깐.

아가레스는 고민에 잠겼다.

그리고.

『하계(下界)에서 악마와 신이 한데 어울려 보는 것도. 나쁘지는 않겠지.』

아가레스가 흉악한 미소를 떴다. 그 순간, 수십 개의 검은 날개가 활짝 펼쳐졌다. 그러다 아가레스가 허공 속에 확 하고 흩어지자, 어둠이 차오르면서 하늘 위로 수백 수천 개의 촉수가 뻗쳐졌다.

동시에 다섯 보아뱀이 아래로 내려왔다.

쿠르르릉!

스테이지가 울리기 시작했다.

* * *

화아아—

신화 속에서 언급되는 신과 악마의 충돌은 흔히 천지가 개벽하는 모습으로 묘사된다. 땅이 솟구쳐 산이 되고, 바다는 메마르며 하늘에서 비가 억수같이 쏟아지는 그런 광경.

하지만 그런 건 단순히 신화 속 표현일 뿐인 건지, 아니면 이 둘만 다른 건지는 모르겠지만.

헤르메스와 아가레스의 싸움은 생각보다 더 단순했다.

빛과 어둠. 백색과 흑색이 서로 뒤엉키는 것으로만 보일 뿐이었다.

마치 검은 잉크가 맑은 물을 탁하게 물들이기 위해서 이리저리 퍼져 나가듯, 지상에서 시작된 어둠은 빛을 침식하면서 하늘까지 닿으려 했다.

반면에 빛은 수십 개로 갈라져서 그런 어둠의 사이사이로 파고들어 정화를 시도했다. 지면에 빛이 비치고, 어둠이 강제로 눌렸다가 튀어 오르기를 반복했다.

그것은 하나의 '관념'이 되어 버린 두 존재가 서로에게 영향력을 끼치고, 지배를 하기 위해서 겉으로 보이는 형태일 뿐.

용마안을 열고 있는 연우의 눈에는 똑똑하게 보였다.

지상에서는 도저히 크기를 짐작하기 힘들 만큼 거대한 무언가가 천천히 움직이고 있는 중이었다. 보아뱀조차도 괴물에 비하면 턱없이 작게 보일 정도로 커서 형체도 제대로 분간하기 힘들 정도였다.

아가레스의 본체일 게 분명한 녀석이 꿈틀거릴 때마다 불과 빛, 얼음과 강풍이 잇달아 토해졌다가 사라지기를 반복했다.

반면에 헤르메스는 여전히 보아뱀에 올라탄 채, 더 많은 보아뱀을 불러들이면서 아가레스를 잡아 나갔다. 역시나 불과 빛, 얼음과 강풍이 만들어졌다가 사라지면서 폭발과 폭발이 이어졌다.

그리고 스테이지 또한 두 존재의 움직임에 따라 붕괴와 재생을 반복했다.

이미 크게 망가졌다고 생각한 악마의 숲이었지만.

거대한 두 존재의 부딪침으로 인해 지면이 끝도 보이지 않을 만큼 깊숙하게 파이면서 지글거리는 용암이 솟구치기도 하고, 다시 쓸려오는 강풍에 구멍이 메워졌다가 그 위로 나무들이 빠른 속도로 자라나 다시 울창한 숲을 이루기도 했다.

둘은 그야말로 법칙을 휘두르는 중이었다.

그 속에 다른 존재가 끼어드는 건 절대 있을 수가 없는 일이었다.

'저게 바로…… 신과 악마.'

연우는 헤르메스와 아가레스를 보면서 주먹을 꽉 쥐었다. 도저히 어떻게 범접할 수도 없는 거대한 두 존재가 부딪치는 광경은 보는 이로 하여금 침이 바싹 마르게 만들었다.

비그리드를 쥔 연우의 손은 파르르 떨리고 있는 중이었다.

분명히 냉혈 특성으로 이성을 유지하는 중인데도 불구하고. 겨우 정신을 차리는 것만으로 허덕일 정도였다. 지금 이 순간에도 폐부를 꽉 조인 것처럼 숨을 쉬는 것조차 버거웠다.

특히 헤르메스의 경우에는 올림포스의 보고에서 만났을 때가 떠올라 더 놀랍기만 했다.

역시 그때는 자신을 생각해서 존재감을 숨기고 있었던 게 분명했다. 우르드 신조차도 저 둘 앞에서는 너무 허약하게 보였다. 굳이 비교하자면 미후왕의 던전에서 만났던 허물과 비슷하지 않을까.

그런 자들이 둘이나 되니.

이 정도 규모의 충돌은 연우가 상상했던 것 이상이었다. 당장 스테이지의 기능마저 정지해 버리고 말았다.

바깥은 현재 어떤 상태가 되어 버렸을지. 스테이지를 한창 뛰어다니고 있던 플레이어들은 어떻게 되었을지. 도무지 짐작도 가질 않았다.

만약 하늘에서 내려온 빛의 기둥이 그를 보호하는 게 아니었다면 버틸 수 없었을지도 몰랐다.

따뜻하면서도 익숙한 기운.

연우는 고개를 들어 빛의 기둥이 내려오는 곳을 바라봤다. 아무것도 보일 리 없었지만. 어쩐지 누군가가 자신을 따스한 눈빛으로 바라본다는 느낌을 받았다.

'아테나.'

아이기스의 옵션인 여신의 창칼로 아테나의 가호를 받을 때의 느낌이 이랬다.

분명히 자신이 아이기스를 제물로 삼아 불러들인 건 헤르메스밖에 없을 텐데. 아테나까지 이렇게 직접 나타난 건 연우로서도 뜻밖이었다. 다만, 대가가 부족해서 직접 나타나지 못하고, 헤르메스가 열어 놓은 창구를 통해 그를 지키고 있는 것 같았다.

그녀가 왜 자신을 보호하고 있는지는 몰랐다.

다만, 한 가지 확실한 건, 그녀가 헤르메스처럼 자신에게 호의적인 감정을 내비치고 있는 중이고, 어딘가에 있을 판트와 에도라, 그리고 브라함까지 구해 주고 있다는 점이었다.

그리고 연우는 그런 눈빛을 응원이라고 받아들였다.

직접 어떻게 말로 표현하지 않아도, 그녀는 연우가 아무런 압박감도 받지 않고 하고자 하는 것을 이룰 수 있게 도와주려 했다.

"후우……!"

연우는 아테나의 가호 아래, 크게 숨을 골랐다. 긴장을 풀면서 무뎌졌던 감각을 깨우고, 서서히 전의(戰意)를 끌어 올렸다.

'세샤를 돕기 위해서는 어떻게든 악마를 잡아야만 해.'

연우는 현자의 돌도 현자의 돌이었지만, 우선 조카의 병부터 빨리 낫게 할 생각이었다.

그러기 위해서 필요한 재료치고 아가레스가 너무 넘치긴 했지만…… 당장 녀석을 대체할 만한 것이 없었다. 브라함의 심상 세계를 재건축하려면 더 많은 시간을 필요로 할 테니까.

큰 도움이 되지는 못할지언정, 아가레스를 잡는 데 조금이라도 도움이 되어야만 했다.

['아테나'가 고요한 눈길로 바라봅니다. 당신의 굳건한 의지에 흡족해합니다.]
['아테나'가 당신에게 가호를 내립니다!]

막대한 힘이 영혼 안쪽에서부터 차올랐다. 이대로 둥실 몸이 떠오르는 게 아닐까 생각될 정도로 아찔한 고양감.

연우는 순간 정신을 잃을 뻔한 걸 가까스로 참아 내면서, 아테나가 실어 준 막대한 힘을 일일이 컨트롤해 세포 속으로 밀어 넣었다. 그리고 마의 세포를 자극했다.

콰드득, 콰득—

신력은 용의 인자와 상성이 잘 맞지 않는다. 반면에 성질을 조금만 바꾸면 마의 인자를 자극해 더 크게 키울 수 있었다.

연우는 이 점을 노렸고, 바토리의 흡혈검으로 각룡에게서 흡수했던 마의 인자를 대량으로 증폭시켰다.

그리고 그것으로도 모자라, 인트레니안을 열어 원래는 나중에 히든 피스로 섭취하려 했던 보라색 마귀꽃과 각룡의 심장 5개, 크라켄의 내핵까지 전부 바토리의 흡혈검으로 흡수했다.

원래대로라면 일정한 비율과 여러 공정을 통해 환단을 제조해야겠지만.

지금은 그럴 틈이 없었다.

뼈가 으스러지고, 몸이 뒤틀리는 격통이 뒤따랐지만. 연우는 눈 하나 깜빡하지 않았다.

거기다 초감각을 이용해 억지로 동화시킨 미후왕의 기운이 자칫 복잡해질 수 있는 두 개의 힘을 동시에 억눌러 하나로 규합시켰다.

쾅!

그러다 엄청난 폭발 소리와 함께 몸이 그대로 터지는 게 아닐까 싶을 정도로 크게 부풀어 올랐다가, 강제로 수축되었다.

푸른색으로 빛나던 비늘에 검은 빛깔이 스며들면서, 검푸른 비늘이 아름답게 반짝였다.

마의 인자가 새겨지면서 2차 각성이 완숙한 지경에 다다랐단 표식이었다.

[마의 인자가 각성됩니다.]
[마의 인자가 각성됩니다.]
……
[마의 인자가 성공적으로 자리를 잡았습니다.]
[용의 피를 따라 마혈(魔血)이 더해집니다.]
[용의 뼈에 마성(魔性)이 단단히 새겨집니다.]
……

[마의 인자와 용의 인자가 합쳐지는 데 성공했습니다.]
[성질 변환이 성공적으로 이뤄졌습니다. 특성 '용체'가 '마룡체(魔龍體)'로 변경되었습니다.]

[위대한 업적을 달성했습니다. 추가 경험치가 제공됩니다.]
[공적치를 10,000만큼 획득했습니다.]

[추가 공적치를 15,000만큼 획득했습니다.]

······

마롱체.

동생은 고룡 칼라투스의 인연 때문에 이론적으로 생각해 두기만 했지, 개방할 생각은 못 했던 힘을 터득하면서.

연우는 느껴지는 막대한 힘으로 비그리드를 강하게 움켜쥐었다.

쩌어엉!

비그리드에 막대한 마력이 실렸다. 검신이 새하얀 광채를 뿌려 대며 금방이라도 부러지는 게 아닐까 싶을 정도로 크게 울렸다.

[검의 정화]
[투쟁의 삶]

연우는 용마안으로 어둠의 장벽 너머에 있는 거대 괴물을 표적으로 지정했다.

그러자 연우도 어떻게 감당하기 힘들 만큼 막대한 양의 투기가 쏟아졌다.

검의 정화는 지정된 표적이 강하면 강할수록 더 많은 힘을 실어 주는 옵션이기 때문에, 아가레스를 표적으로 지정하면서 받아들이는 기운은 엄청날 수밖에 없었다.

거기다 투지를 불사르는 만큼 공격력을 많게는 수십 배로 불려 주는 투쟁의 삶까지 더해지니.

다시 육체 곳곳이 부러지거나 망가지면서, 피부 위로 핏줄이 잔뜩 올라왔다.

아무리 연우가 새로운 특성을 깨달아 육체가 더 단단해졌어도, 한계를 벗어나는 힘은 육체를 붕괴시킬 수 있었다.

하지만.

반대로 극한까지 내몰린 육체는 임계점을 돌파하면서 다시 새로운 변화를 이뤄 내는 법이었다.

고오오—

[용의 인자가 한계점에 다다랐습니다. 임계 상태를 돌파해 새로운 변화가 이뤄집니다.]

[마의 인자가 한계점에 다다랐습니다. 새로운 가능성을 찾아 또 다른 변이가 이뤄집니다.]

[3단계 권능이 개방됩니다.]

[권능: 원소 접촉]

바로 3차 각성이었다.

콰드득—

연우의 등을 뚫고 피막으로 구성된 거대한 용의 날개가 튀어나왔다. 불의 날개는 용의 날개와 한데 뒤섞이면서 한없이 커져 갔고, 용의 비늘은 오른쪽 눈가까지 다다랐다. 입술 사이로 뾰족한 송곳니가 훤히 드러났다.

연우는 권능을 사용해서 금방이라도 폭발할 것처럼 이글거리던 막대한 힘을 비그리드에 집중시키고, 여기다 아테나가 불어넣은 신력까지 덧씌우면서.

'니케. 네메시스.'

여태껏 현자의 돌 속에서 타이밍을 재고 있던 두 환수를 깨웠다.

『주인, 힘내!』

『꿈이…… 저문다.』

[화령]
[꿈꾸는 미몽]

한순간, 연우를 따라 공허가 내려앉고, 검에 불의 속성이 더해져 위력을 다시 몇 배로 부풀렸다.

그리고.

그대로 검을 세차게 횡대로 휘둘렀다.

[성화]
[불의 파도— 화뢰]
[72선술— 절, 폭, 단]

콰아앙!
비그리드에게서 피어난 화염 줄기는 이대로 스테이지의 끄트머리까지 닿는 게 아닐까 싶을 정도로 쭉 이어지면서.
어둠을 가르고, 스테이지를 뒤덮을 정도로 거대한 괴물의 한복판을 그대로 꿰뚫어 버렸다.

[특성: 마룡체]
설명: 용종과 악마는 역사에도 남지 않을 만큼 아주 아득한 옛날부터 서로 갈등 관계를 유지해 왔다. 상대에 대한 거부감은 본능으로 단단히 뿌리박혀 있었다.
하지만 용종은 악마의 정신체를, 악마는 용종의 심장을 탐닉하는 만큼 서로에게 주는 영향력도 아주 커서, 간간이 종족을 버리고 천적의 특성을 받아들여 개화하는 경우가 있었다.

마룡은 마의 인자를 개화하기 시작한 용으로서, 종족 사회에서도 공적으로 낙인찍힐 정도로, 용의 위대함을 비웃는 존재로 받아들여졌다.

하지만 그런 만큼, 마룡은 용종과 악마의 힘을 동시에 보유하여 엄청난 권능을 발휘할 수 있게 된다.

단, 인자의 균형이 맞지 않을 경우, 존재 붕괴가 일어날 위험성도 커서 육체를 제어하는 데 최대한 집중을 기울여야만 한다.

* 블랙 드래곤

용종과 악마의 권능을 조금씩 개화할 수 있다.

* 용과 마의 영역

자격 여부에 따라 일정한 범위에 걸쳐 가진 권능을 최대한으로 발휘할 수 있는 자신만의 영역, '비나'를 선포할 수 있게 된다.

* 용과 마의 지식

자격 여부에 따라 용종들이 탐구하고 이해했던 지식의 체계, '호크마'를 열고, 또한, 악마들이 탐닉하고 구성했던 지식의 단면, '네차흐'를 엿볼 수 있게 된다.

* 용과 마의 권능

자격 여부에 따라 용종들이 터득한 진리의 힘, '케

테르'와 악마들이 통달한 위엄의 힘, '티페레트'를 개방할 수 있게 된다.

마롱체는 원래 동생이 머릿속으로 도안만 구상해 뒀던 특성이었다.

용과 마. 흔히 용종과 악마라 불리는 두 존재는 절대 양립할 수 없다고 알려져 있었다. 그리고 그것이 사실이었다. 마법을 추구하는 방식이 다른 둘은 서로를 뼛속까지 증오하고, 서로를 사멸시키기 위해 수천 년, 혹은, 수만 년 동안 전쟁을 치러 왔다.
하지만 어디에나 예외는 있는 법이었다.
용종 사회 내에서도 어떤 이유로 격리되어 더 큰 힘을 원하는 자가 있었고, 또 이따금 심심풀이나 더 큰 진리를 탐구하기 위해서 악마와 손을 잡길 원하는 별종들이 있었다.
녀석들은 스스로 용종의 특성을 일부 포기하는 대가로, 악마의 특성을 받으면서 새로운 존재로 거듭났으니.
이들이 바로 흔히 말하는 '마롱'이었다.

마롱은 용종과 악마, 어디에도 속하지 못한 채로 떠돌아다니는 존재들이었다.

용종에게는 종족의 치부였고, 악마에게는 감히 자신들을 흉내 내는 반편이에 불과했다. 그리고 당연한 말이지만, 두 종족은 마룡이 발견되는 대로 주살하려 나섰다.

하지만 마룡을 잡는다는 건, 절대 쉽지 않은 일이었다.

마룡은 종족의 한계를 극복하고 새롭게 변이된 존재. 각 종족 개체를 뛰어넘는 능력을 갖고 있는 게 당연했다.

그래서 마룡을 잡기 위해서는 절대 한둘이 나서서는 안 되었다. 최소한 다섯 이상으로 구성된 '군단'이 나서야만 했다.

용종이나 악마가 마룡만 출몰했다면, 다른 일을 전부 던져두고 기를 쓰고 주살하는 데 집중했던 것도 바로 그런 이유 때문이었다.

마룡의 개체 수가 많아지면 많아질수록. 각 종족이 가진 특징이 사라지고, 완전히 사멸해 버리고 말 테니까. 종족이 가진 고집이라고 봐도 무방했다.

동생은 바로 이 점에 집중했다.

지금은 용종이 사멸한 만큼 마룡도 남아 있지 않았지만.

만약 그것을 부활시킬 수 있다면 아주 큰 힘이 될 것 같았다. 용이 가질 수밖에 없는 한계를 일부 허물 수 있을 테니. 용체가 주는 이점을 더 크게 틔울 수 있는 것이다.

하지만 동생은 이론만 잡아 뒀을 뿐, 자신이 직접 특성을 개화시킬 생각은 하지 못했다.

이유는 간단했다.

그때까지만 해도 고룡 칼라투스가 계속 그를 지켜보고 있었으니까.

그리고 그가 사라진 뒤에도, 차마 미안한 마음에 섣불리 도전하지 못했다.

용종이 사멸한 가장 큰 이유는 악마들에 있는 바. 고룡 칼라투스의 수명을 대거 앗아간 녀석들의 힘을 빌린다는 건 있을 수 없는 일이기 때문이었다. 무엇보다 칼라투스는 '용'이라는 자신들의 종족에 대한 자부심이 엄청났다.

그래서 동생은 비에라 듄과 함께 악마학 스킬을 얻어 아가레스와 계약을 맺을 때에도, 한계선을 그어 놓았다.

강해지기 위해 악마들의 마법을 배우고 마의 인자를 일부 보유하는 것은 좋으나, 절대 일정 '선'은 넘지 말 것.

만약 넘는다면 여태 맺었던 모든 계약을 해지하겠다고, 처음으로 단호하게 말할 정도였다.

그렇게 동생은 칼라투스와의 약속을 끝까지 지켰다.

직접 마룡체가 되는 것은 시도해 볼 생각조차 갖지 않았다.

다만, 학자로서 호기심으로 마룡체를 구성하기 위한 이론은 어느 정도 정립해 뒀다.

그리고 시간이 더 많이 흐르면서 문득 그런 생각도 더해 보았다.

마룡은 이미 과거에 있었던 존재이니 가닥을 잡는 건 어렵지 않다. 그렇다면 어떻게 하기에 따라서, 마룡이 가진 한계마저도 뛰어넘는 존재가 나올 수 있지 않을까?

용과 악마에 버금가는 존재가 없는 것도 아니었다.

언제나 하늘처럼 고고하게 빛을 비추는 신. 그리고 그런 신과 한때 거대한 전쟁을 치렀다던 거인족. 두 종족의 인자도 같이 합칠 수 있다면.

그리고 만약에 마룡도 뛰어넘어서. 이미 사멸했다던 거인족의 인자와, 그들을 꺾은 신의 인자까지 같이 보유할 수 있다면.

그땐 과연 어디까지 발전할 수 있을까?

동생이 스스로에게 던졌던 질문은 어느 누구도 해답을 내놓지 못했던 질문이었다. 그리고 어느 누구도 답을 구하려 시도해 보지 못했던 질문이기도 했다.

동생은 그 해답을 찾고 싶었지만 결국 답은 내리지 못했다.

답을 찾아가던 중에 8대 클랜과의 전쟁이 시작되고, 아르티야 멤버들의 배신이 시작되었다. 홀로 싸우는 데 급급했기에 도저히 연구할 틈이 없었던 것이다.

하지만 대체적으로 짜 놨던 개요와 도안은 일기장에 남았으니.

연우는 이를 바탕으로 마의 인자를 잔뜩 흡수하면서 마룡체를 완성하는 데 성공할 수 있었다. 원래대로라면 갖은 연구를 거쳐 안전하게 시도해야 했지만, 위기 상황이었기에 전혀 그럴 겨를이 없었다.

그리고.

그런 위기 상황은 새로운 각성까지 이끌어 냈으니.

21층에서 열었던 2차 각성에 이어 빠른 각성을 이룰 수 있었다. 활짝 열린 3단계 권능이 어디로 튈지 모르는 막대한 힘을 비교적 쉽게 제어하도록 만들었다.

[원소 접촉]

설명: 고룡 칼라투스는 계약자가 용체에 빠르게 적응할 수 있도록 8단계에 걸쳐 권능을 세분화시켰다. 그중 세 번째 단계에 해당하는 권능이다.

용의 의지가 선포된 영역 내에 흐르는 원소들을 통제하기 시작한다. 각 속성에 대한 지배력이 월등히 높아지는 효과를 낳는다.

* 불의 주인

화 속성에 대한 지배력을 대폭 향상시킨다.

* 물의 주인
수 속성에 대한 지배력을 대폭 향상시킨다.
* 바람의 주인
바람 속성에 대한 지배력을 대폭 향상시킨다.
……

[용의 영역, '비나'가 강화되었습니다. 일정 영역에 걸쳐 권능과 속성 지배를 행사할 수 있게 되었습니다.]
[일정 시간에 걸쳐 모든 능력치가 일정 수치만큼 증가합니다.]
……

['속성화'가 성공적으로 이뤄졌습니다.]

이 중에 연우가 활용한 권능은 '불의 주인'과 '어둠의 주인'.

이미 불과 열에 관한 한 연우의 속성력을 따라올 사람은 거의 없었고, 이것을 다시 몇 배로 증폭시켜 주는 불의 주인은 악마마저 불사를 수 있게 했다.

크와아!

몸뚱이 한가운데가 꿰뚫린 괴물은 고통에 크게 몸부림쳤다. 귀가 머는 게 아닐까 싶을 정도로 거대한 괴성은 스테이지를 위아래로 크게 요동치게 만들었다. 이대로 하늘이 주저앉을 것만 같았다.

폭발은 몇 번이나 더 연속적으로 이뤄졌다. 불길이 마구잡이로 치솟고, 사방팔방으로 열풍을 잔뜩 토해 냈다. 빛과 열이 휘몰아치면서 괴물을 빠른 속도로 좀먹어 갔다.

어둠과 빛으로 가득했던 스테이지가 붉은색 빛깔로 메워질 정도였다.

갖가지 권능과 특성 및 스킬 효과, 그리고 무엇보다 아테나의 가호 아래 더해진 신력까지.

그 모든 것들이 더해진 힘은 헤르메스의 간담까지 서늘해지게 만들 정도였고, 그것을 고스란히 맞아 버린 아가레스는 엄청난 고통을 겪을 수밖에 없었다.

연우가 쏘아 낸 불길은 성화로 이뤄져 있어 악마에게는 치명적인 독이나 다름없었다. 휑하게 난 구멍은 메워지기는커녕 더 빠른 속도로 괴물의 육체를 좀먹어 나갔고, 불의 파도의 옵션인 '지글거리는 불씨'는 성화의 속도를 더 부채질했다.

곳곳으로 튀어 오른 불씨가 다시 잔여 폭발을 일으키고, 폭발과 폭발이 뇌전으로 서로 연결되면서 더 많은 연쇄 폭발을 잇달아 만들어 내니.

붉은빛은 삽시간에 괴물 전체를 뒤덮고 말았다.

『감히이! 감히이이!』

아가레스는 자신을 이따위 꼴로 만든 연우에게 짙은 분노 섞인 사념을 드러냈다. 뒤통수를 치는 것으로도 모자라, 한낱 인간 따위가 자신에게 이런 치욕을 주다니!

하지만.

공세는 거기서 그치지 않았다.

「으하핫! 재미있어. 재미있어 죽겠다고!」

「간만에 힘 좀 써 보는군.」

『신이시여. 가호를!』

연우와 마찬가지로 아테나의 가호를 받고, 어둠의 주인이 더해지면서 아주 잠깐 한계 이상의 힘을 보유하게 된 샤논, 한령, 레베카도 기회를 놓치지 않고 칼을 거세게 휘둘렀다.

연우가 쏘아 낸 불길에 미칠 정도는 아니었지만, 이미 크게 다쳐 버린 아가레스에게 상처를 줄 정도는 되었다.

부가 뒤에서 룬 마법을 발동시키면서 그들을 엄호했다.

촤악, 촤악!

촤아악—

두 데스 나이트와 정령이 휘두른 칼질은 몇 차례나 계속 괴물의 거대한 몸뚱이 위를 가로질렀다.

그리고 그 기회를 놓칠 헤르메스가 아니었다.

보아뱀이 다시 잇달아 아가레스에게 달려들었다. 어느새 십여 마리로 대폭 늘어난 보아뱀은 저마다 괴물의 몸뚱이를 세게 물어뜯고, 독니로 맹독을 주입해 빠른 속도로 괴물을 중독시켜 나갔다.

쿠웅—

아가레스의 몸뚱이가 힘겹게 바닥에 주저앉았다. 마치 거대한 산이 폭삭 무너지는 듯한 광경. 보아뱀은 어느새 거죽을 찢고 안쪽으로 비집고 들어가며 보이는 걸 닥치는 대로 먹어 치우기까지 했다.

온통 칠흑처럼 새카맣던 녀석의 몸체가 점차 탁한 잿빛으로 물들기 시작했다. 보아뱀의 독이 빠른 속도로 퍼지면서 녀석을 점차 죽음으로 몰아간다는 뜻이었다.

숭숭 뚫린 구멍 사이로 마기가 쉴 새 없이 꾸역꾸역 쏟아졌다. 마치 밑 빠진 독처럼. 조금만 모아 빚어도 악마 몇 마리쯤은 쉽게 만들 수 있을 정도로 어마어마한 양이었다.

『카아아! 카아!』

헤르메스는 그런 아가레스의 숨통을 완전히 끊어 놓기 위해, 보아뱀을 더 깊숙하게 밀어 넣었다.

연우는 그런 광경을 전부 놓치지 않고 지켜봤다.

'잡을 수 있다……!'

연우는 어쩌면 정말 아가레스를 잡을 수 있을지 모르겠다는 희망을 가졌다.

헤르메스의 응전과 아테나의 가호가 없었다면 절대 엄두도 내지 못했을 테지만.

한 번 거꾸러지기 시작한 아가레스는 여태껏 플레이어들이 생각했던 '절대 도전도 못 할' 불멸자가 아니었다.

'한 번만 더 불길을 쏘아 낼 수 있다면.'

그래서 한 번 더 나서려 했는데.

울컥!

갑자기 입가에서부터 피비린내가 난다 싶더니, 시야가 빙글 돌았다. 몸이 앞으로 고꾸라졌다.

「이봐, 주인? 주인!」

샤논이 재빨리 다가와 연우를 부축했다.

「주인, 괜찮아? 뭐라고 말 좀 해 봐!」

연우는 괜찮다고 대답을 하고 싶었다. 하지만 계속 울컥 쏟아지는 핏물 때문에 말을 할 수가 없었다. 몸에서 힘이 쭉 빠져나가고 있었다. 두 다리로 일어서는 것도 힘들 정도였다.

「아무래도 체력이 방전되신 것 같다. 갑작스러운 특성 개화에 각성만 해도 체력적으로 큰 부담이 되셨을 텐데, 그런 신력까지 발휘하셨으니…… 무리도 아니지.」

한령이 연우의 상태를 체크하고 얕게 한숨을 내쉬었다.

확실히 지금 연우는 너무 무리를 한 상태였다.

아무리 아테나의 가호를 받고 있다고 해도, 신과 악마가 충돌하는 상황에서 육체를 유지하는 것만 해도 대단한 일일 텐데. 여기에 특성과 각성을 이뤄 내고, 막대한 힘까지 다뤘으니.

이미 마력회로 내에는 마력이 한 줌도 남아 있지 않은 상태였다. 이대로 무너지지 않는 게 신기할 정도였다.

"안, 돼."

하지만 연우는 어떻게든 일어나고 싶었다. 조금만. 조금만 더 고생하면 된다. 그럼 정말 아가레스를 잡는 것도, 봉인하는 것도, 문제는 아니었다.

'세샤를, 도와야만 해.'

연우는 이를 악물었다. 그는 세샤에게 큰 죄를 안고 있었다.

조카가 있었다는 걸 몰랐다는 핑계는 대어서는 안 되었다. 자신이 모르는 곳에서 조카가 여태 고생하고 있었단 사실만으로도, 그는 씻지 못할 죄를 지은 셈이었다. 동생처럼 손도 쓰지 못하고 허망하게 잃어서는 안 된다. 세샤만은 구해야 했다.

설사 지금 자신의 몸이 무너지는 한이 있더라도.

「이런 고집불통이!」

샤논은 그런 연우의 생각을 읽고 짜증을 냈다. 평소에는 뜨거운 피가 흐르는 사람이 맞나 싶을 정도로 모질고 차갑기 짝이 없는 녀석이더니. 가끔 보이는 이 미련하기까지 한 성격이 못내 답답하기만 했다.

하지만 그가 아무리 뭐라고 뜯어말린들, 연우는 들을 기색이 없어 보였다.

그때.

보아뱀에 이리저리 뜯어 먹히고, 계속된 성화에 몸이 지글지글 타오르던 아가레스의 밑으로 거대한 마법진이 떠오르더니, 활짝 열린 철문이 나타났다.

신과 악마는 98층에 단단히 얽매여 있는 존재. 층계를 벗어나기 위해서는 상당한 제물을 필요로 했고, 그마저도 한계 시간이 아주 짧은 편이었다. 어느덧 아가레스에게 허락된 제한 시간이 거의 다 된 것이다.

"어쩔 수 없나."

헤르메스는 그런 아가레스를 보면서 가볍게 혀를 찼다. 이참에 아가레스의 숨통을 아주 끊어 놓을 생각이었건만. 아무래도 이대로 98층으로 쫓아내는 게 더 빠를 것 같았다.

어차피 이렇게 힘을 대량으로 유실해 버린 이상, 녀석은 자신의 영지로 되돌아간다고 하더라도 오래 살기 힘들 게 분명했다.

호시탐탐 위로 올라갈 생각만 하는 주변의 다른 악마들이 절대 가만히 내버려 두지 않을 테니까. 이리저리 뜯어 먹히다가 몰락할 것이다. 아니면 르 인페르날의 수장인 바알에게 잡아먹히거나.

어떻게 되든 간에 헤르메스로서는 그동안 골치만 썩히던 아가레스를 처치할 수 있는 기회였으니. 그는 보아뱀들에게 더 이상 먹지 말고 철문 밖으로 내쫓으라고 명령을 내렸다.

『놔라! 놓으란 말이다아!』

하지만 아가레스는 절대 철문 안으로 밀려가지 않겠다는 듯, 문의 가장자리를 붙잡으면서 어떻게든 버텼다. 여기저기 다친 몸뚱이 사이로 번들거리는 거대한 눈동자는 온통 광기로 번들거리는 중이었다.

아가레스는 아가리를 크게 벌리며 포효를 내질렀다.

이대로 꼴사납게 다시 98층으로 밀려날 수는 없었다. 모처럼 잡은 좋은 기회였다. 언제 다시 이런 기회가 올지 모르는데. 다음 차례에는 수명이 다해 녀석이 죽을지도 모르는데……!

『저건 내 것이다. 저건! 저거언……!』

그러나 아가레스가 아무리 발버둥을 치더라도, 인과율이 단단히 얽힌 철문은 빠른 속도로 그를 빨아들였다. 보아뱀들 역시 위에서 꾸역꾸역 녀석을 밀어 넣는 중이었다.

『이번에는 절대 놓치지 않아아!』

그때, 갑자기 괴물의 옆 부위가 길쭉하게 쭉 늘어나 연우에게 달려들었다. 헤르메스가 아차 싶어 보아뱀 한 마리를 그쪽으로 보냈지만, 이미 어둠은 연우를 낚아채고 있었다.

샤논과 한령이 재빨리 앞을 가로막았지만, 너무나 쉽게 튕겨 나 그림자 속에 녹아내리고 말았다.

『이번엔. 나와. 가자.』

어둠은 어느새 처음 철문을 열고 나타났던 아가레스의 인간 형태가 되어 연우의 목을 단단히 옥죄었다.

모든 여유가 사라지고, 초조함과 광기로 가득한 두 눈은 오로지 연우만 담고 있었다. 차정우와 똑같이 생긴 얼굴. 지난날, 그토록 갖고 싶었지만 가질 수 없었던 얼굴.

비록 그 녀석은 아니었지만. 그 녀석을 떠올리게 만드는 놈이다. 어떻게든 가져야만 했다. 이번에는. 이번만큼은 절대 놓치지 않으려 했다.

『나와 함께. 나와……!』

연우는 광기로 가득한 녀석의 집착에 몸을 바들바들 떨었다. 숨이 막혔다. 이대로 녀석과 함께 통째로 끌려 나갈 것 같았다. 아테나의 가호가 더 강해졌지만, 몸에 힘이 없어서 뿌리치기가 어려웠다.

그때, 연우가 왼손을 활짝 펼쳤다. 찰칵. 찰칵. 활짝 열린 바토리 흡혈검의 톱니 이빨을 녀석의 팔에 쑤셔 박았다.

 ['바토리의 흡혈검'이 발동되었습니다. 생기와 정기를 갈취합니다.]
 [힘이 11만큼 올랐습니다.]
 [민첩이 16만큼 올랐습니다.]
 [마의 인자를 획득했습니다.]
 [마의 인자를 획득했습니다.]
 ……

 [경고! 다량으로 흡수된 마의 인자가 허용 한계치를 훨씬 벗어납니다. 용의 인자와의 균형이 흐트러지기 시작합니다. 마룡체가 붕괴될 위험에 처합니다.]

그저 아주 잠깐만 빨아들였는데도 불구하고.

너무나 많은 마기와 사념, 그리고 마의 인자가 체내로 쏟아졌다. 각룡을 상대할 때와는 비교도 할 수 없었다. 마기는 금세 마력회로를 범람하는 것으로도 모자라, 단숨에 골수에 침범해 정신 영역과 영혼 영역에까지 다다랐다.

검푸른 비늘이 이제 새카맣게 변했다. 그 아래 살갗도 꺼멓게 죽었다. 마독이 빠른 속도로 퍼져 나가고 있었다. 이대로 있다가는 그나마 겨우 균형점을 잡은 마룡체가 무너질 수 있다는 경고였다.

하지만 연우로서는 이런 식으로라도 아가레스를 붙잡아야만 했고, 아가레스 역시 연우를 자신이 있는 곳으로 끌고 가기 위해 손길을 놓지 않았다.

이대로 연우가 죽을지도 모르는 순간.

"오효효효. 이거, 이거. 되도록 그냥 내버려 두고 있으려 했습니다만. 이대로 계속 됐다가는 정말 남은 스테이지고 뭐고 간에 아무것도 남아나질 않겠군요."

갑자기 하늘에서 괴상하지만 연우에게는 익숙한 웃음소리가 들리더니, 보이지 않는 칼날이 연우를 단단히 붙들고 있던 아가레스의 손목을 자르고 지나갔다.

『안 돼! 안 된단 말이다아! 저놈은 내 것이다! 내 것이란 말이다!』

"하여간 집착은. 집착 심한 남자만큼 꼴불견도 없다는 거 모르시나요? 오효효. 멀리는 못 가니 잘 가세요."

아가레스는 연우를 완전히 놓친 채, 그대로 철문으로 빨려 들어가고 말았다.

쿵!

철문은 도로 닫히면서 다시 마법진 아래로 가라앉아 자취를 감췄다. 스테이지를 가득 메우던 어둠도 그대로 사라졌다.

그리고 녀석이 있던 자리로, 새로 열린 포탈을 따라 여섯 명의 사람들이 조용히 내려앉았다.

하나같이 기괴한 모습에 턱시도 복장을 한 자들.

특히 그중 한 명이 유독 연우의 눈에 띄었다.

"정말이지. ### 님은 어떻게 뵐 때마다 큰 사건 사고를 일으키시는군요."

이블케가 외눈 안경을 고쳐 쓰면서 입꼬리를 잔뜩 벌리며 웃었다.

관리자들의 등장이었다.

여태껏 신과 악마가 열심히 치고받고 싸울 때는 코빼기도 내비치지 않더니. 거의 판세가 마무리된 이제 와서 나타난 것이다.

게다가 나타난 면면도 절대 낮은 등급의 관리자들이 아니었다.

이블케와 루피는 물론, 다른 네 명도 모두 일기장에서 봤던 얼굴들이었다. 12지신. 최고 관리자들이었다.

이블케는 어둠과 빛의 잔해로 온통 폐허가 되어 버린 스테이지를 보면서 고개를 절레절레 흔들었다.

"정말이지. 난장판이 따로 없군요. 이래서야 저희들만 위에서 꾸중을 들을 뿐인데 말이지요."

관리자들은 땅이 꺼져라 깊은 한숨을 내쉬었다. 몇몇은 팔짱을 끼면서 욕지거리를 내뱉기도 했다. 스테이지를 엄중하게 관리해야 하는 책무가 있는 그들로서는 이런 아수라장이 골치만 썩혔던 것이다.

더구나 이번 소란으로 인해 얼마나 많은 플레이어들이 희생되고 피해를 봤는지. 도무지 제대로 추산도 되질 않았다.

다만, 이블케는 송곳니가 훤히 드러날 정도로 우악스럽게 웃고 있었다. 골치 아프다는 말과 다르게 이 상황이 재미있어 죽겠다는 투였다.

"복구."

그러다 이블케는 외눈 안경을 고쳐 쓰면서 언령을 한껏 담아 외쳤다. 관리자들 중에서도 최고 등급에게만 허락된 시스템 콜이었다.

차차착—

마치 테이프를 되감기한 것처럼, 숲이 빠른 속도로 복구되기 시작했다.

곳곳으로 흩어졌던 먼지와 재가 제자리로 되돌아오면서 깊게 파인 구멍을 도로 메우고, 색이 다시 갈색으로 변하고, 나무를 빽빽하게 세웠다. 심지어 사라졌던 열매까지 도로 맺힐 정도였다.

미리 백업해 뒀던 스테이지의 데이터를 복원시키는 과정은 연우의 눈에도 신기하게 보일 정도였다. 신의 이적도 이런 게 아닐까.

하지만 여기에도 명백한 한계가 있어서, 스테이지의 복구는 가능할지언정, 플레이어들의 목숨이나 피해까지 되돌리지는 못한다는 점이었다.

이번 사태로 대체 얼마나 많은 플레이어들이 죽었을까. 그리고 얼마나 많은 클랜들이 피해를 입었을까. 관리자들은 벌써부터 관리국에 산더미처럼 쌓일 항의가 골치 아픈지 관자놀이를 꾹꾹 눌러 댔다.

그러다 아직까지 아가레스의 사념이 남아 있어 복구가 더딘 장소로 속속들이 이동, 뒤처리를 시작했다.

그리고 그사이.

이블케는 천천히 연우에게 다가와 그의 정수리에다가 앙증맞은 손을 얹었다.

연우는 관리자들이 나타난 것을 확인한 뒤로, 한창 사경을 헤매는 중이었다.

한계치 이상으로 수용된 마의 인자는 이미 독처럼 빠르게 퍼져 나가고 있는 중이었다. 마룡이 대단할 수 있는 건, 두 종족의 인자가 묘한 균형점을 이루기 때문에 가능한 것일 뿐.
이 균형이 조금이라도 흐트러진다면 큰 위험을 부르고 만다.

덕분에 용의 인자가 쇠락하면서 육체가 붕괴하고, 권능이 빠르게 소멸했다. 한낱 인간의 육체로 되돌아가면서 붕괴는 급속도로 이뤄지는 중이었다.

그나마 시차 괴리를 사용해 의식을 육체와 최대한 분리했기 때문에 속도를 늦추고 있는 것일 뿐.

그마저도 못했더라면 이미 육체가 그대로 마독에 녹아 버렸어도 이상하지 않았다. 하지만 그마저도 의식이 빠르게 흐트러지면서 위험한 상태였다.

아니, 도리어 연우는 자신을 좀먹어 가는 마의 인자를 통제하려 들었다.

아가레스에게서 빼앗은 마의 인자는 비록 녀석에게는 한 줌에 불과하더라도, 웬만한 하급 악마쯤은 손쉽게 생산할 수 있을 정도로 엄청난 양을 자랑했다.

이것이라면 현자의 돌을 완성할 동력원으로 충분했다. 아니, 연우의 머릿속에는 현자의 돌이 들어 있지 않았다. 이것이라면 세샤의 병을 치료해 줄 수 있을 거란 생각에 어떻게든 한 곳에 모아 두고 싶었다.

하지만 정상적인 컨디션으로도 가능할지 알 수 없는 일을, 모든 기력과 체력이 다 빠진 채로 한다는 건 도무지 불가능이었다.

이블케는 그런 연우의 상태를 꿰뚫어 보았고, 못 말린다는 듯이 고개를 절레절레 흔들었다.

"오효효효. 탑이 생긴 이래로, 이처럼 제 골머리를 썩이시는 분은 당신이 딱 두 번째랍니다. 우선 시련 정산부터 하실까요?"

[모든 시련이 종료되었습니다.]
[정산을 시작합니다.]
[공적치를 합산합니다.]

이미 연우가 새긴 업적은 시련을 달성하고도 한참 남을 정도였다.

[위대한 기록을 달성했습니다. 명예의 전당에 이름을 올리시겠습니까?]

[등록을 거부하셨습니다.]
[하지만 공개되지 않아도…….]
……

층계 공략이 끝날 때마다 항상 보이던 메시지가 빠르게 올라가고, 그다음 23층의 공적치가 합산된 누계 공적치가 나왔다.

이블케는 대단하다는 듯 눈을 동그랗게 떴다. 11층 이후로 단 한 번도 공적치를 쓰지 않았다는 걸 알고 있었지만, 그렇다 치더라도 일개 저층 구간의 플레이어는 도저히 가질 수가 없을 만큼 높은 수치였기 때문이었다.

하지만 그러다 이블케는 씩 입꼬리를 말아 올렸다. 이것이라면 연우에게 필요한 보상을 정산하고도 남았을 테니까.

"이렇게 쓰는 게 조금 아쉽긴 하지만. 그래도 ### 님에게도 나쁘지는 않을 겁니다."

필요에 따라, 플레이어에게 당장 알맞은 보상을 강제로 쥐여 주는 것도 관리자의 몫이었다. 보통 월권행위가 될 수 있어 잘 하지 않았지만, 이블케는 전혀 그런 걸 신경 쓰지 않았다.

촤르륵—

누계 공적치가 빠른 속도로 소모되기 시작했다. 그리고 더불어 연우의 정수리에 얹었던 이블케의 손이 시린 빛을 토해 내면서 천천히 연우에게로 흡수되었다.

그러자 금방이라도 연우를 집어삼킬 것처럼 날뛰던 마의

인자가 거짓말처럼 착 가라앉았다. 그리고 무기력해졌던 용의 인자가 다시 생생해지면서 다시 균형점을 잡아 나갔다.

까맣게 물들었던 용의 비늘이 빠른 속도로 제 색을 되찾아 사파이어처럼 투명하게 빛났다. 상처가 복구되고, 피부도 깨끗해졌다. 입가에 남은 핏자국만 마독에 시달렸다는 것을 말해 줄 뿐이었다.

"하아……!"

그러다 의식을 되찾은 연우는 깊게 날숨을 내뱉었다. 입가를 따라 시커먼 매연이 토해졌다가 허공에 흩어졌다.

몸에 기력은 되돌아왔지만, 정신력까지 회복된 건 아니어서 많이 피곤했다.

"이것도 마시세요."

이블케는 겨우 남아 있던 누계 공적치도 모두 소모해서 나온 것을 연우에게 던져 주었다.

손바닥 크기의 크리스탈 유리병 속에 푸른색 액체가 출렁이고 있었다.

연우는 거리낌 없이 뚜껑을 열고 입에 갖다 대 한껏 들이켰다. 식도에서부터 육체 전체로 청량감이 잔뜩 퍼져 나갔다. 남아 있던 피로감도 확 달아났다.

"방금 드신 건, 넥타르라는 영약이랍니다. 저희 최고 관리자들도 쉽게 구하지 못하는 것이라, 사실 공적치가 조금

부족하긴 하지만. 뭐, 남은 부분은 제 서비스라고 해 두자고요. 오효효효."

연우는 그제야 한숨을 돌릴 수 있었다.

그리고 명치 부근에 묵직하게 새롭게 자리 잡은 물질을 확인할 수 있었다.

[아가레스의 마핵]
분류: 보석
등급: S~??? (측정 불가)
설명: 악마대공 아가레스로부터 추출한 사념(마의 인자)을 강제로 구슬 형태로 가공한 형태. 가공 처리가 불안정하기 때문에 섣불리 건드릴 경우, 얼마든지 다시 해제될 수 있다.

이블케는 연우가 여태껏 쌓아 두고 있던 누계 공적치를 대량으로 소모해서, 마의 인자를 보석으로 가공한 것이었다.

원래대로라면 웬만한 기술로도 불가능한 일이었지만, 연우가 그동안 누적시킨 공적치 수치가 워낙에 높은 데다가, 최고 관리자인 이블케가 특별히 손을 써서 가능했던 것이다.

웬만한 악마를 잡아 봉인시킨 것보다 훨씬 양이 많은 데다가, 질적으로도 워낙에 대단해서 세샤를 치료하는 건 전혀 무리가 없을 것 같았다.

그래서 기뻐했지만. 연우는 곧 마핵을 살펴보고 인상을 딱딱하게 굳혀야 했다.

가공 처리가 너무 불안정했던 것이다. 이런 상태라면 절대 체외로 배출시키지 못할 것 같았다.

그래서 연우는 이블케를 바라봤지만, 이블케는 너의 생각을 잘 안다는 듯이 단호하게 고개를 가로저었다.

"이 이상은 안 됩니다. 이것만 해도 사실 제게는 충분히 월권행위나 마찬가지예요. ### 님의 공적치로도 턱없이 부족하고요. 그리고 무엇보다 보상이란 건, 타인에게 전가할 수 없도록 되어 있다는 걸 잘 아시지 않나요?"

대체 어떻게 해야 할까, 머릿속이 어지러워지는 동안.

어느새 다시 붉게 물든 하늘에서부터 누군가가 조용히 착지했다. 헤르메스였다.

이블케가 옆으로 슬쩍 비켜나면서 인사했다. 다만, 공손하다기보다는 살짝 껄렁대는 투였다.

헤르메스는 익숙하다는 듯이 피식 웃고, 연우에게 다가갔다. 그는 어느덧 존재감을 모두 지운 상태였다.

"그대가 무엇을 그리 조급하게 생각하는지 잘 안다. 하지만 급하다 하여 너무 서두르지 마라. 그런다면 주변에 있는 것들도 놓치게 될 것이니. 그대는 그런 사람이 아니지 않은가?"

헤르메스는 자상한 손길로 연우의 얼굴을 덮어 주었다. 연우는 그에게 무슨 말을 하고 싶었지만, 곧 저절로 눈이 스르르 감기면서 상체가 앞으로 무너졌다. 피로했던 정신력이 더 이상 버티지 못한 것이다.

그때, 쓰러진 연우를 따라 새하얀 구체가 생성되었다. 그리고 따뜻한 기운이 천천히 연우에게로 스며들었다.

헤르메스는 자신이 하려던 게 먼저 만들어지자 눈을 살짝 동그랗게 뜨다가, 곧 하늘을 슬쩍 보면서 가볍게 웃었다.

아테나. 저 여인은 언제나 연우를 따스한 눈빛으로 바라봤다. 지금도 어떤 표정을 짓고 있을지 뻔히 보였다.

"오효효. 가시렵니까?"

그때, 이블케가 슬쩍 물어 왔다. 입가까지 찢어진 입꼬리가 흉측했지만, 왠지 모르게 기분이 좋아 보였다.

헤르메스는 슬쩍 이블케를 돌아보다가, 가만히 고개를 끄덕였다. 그리고 한마디만 남기고 저 위에서 자신을 기다리고 있는 보아뱀에게로 되돌아갔다.

"내게 시간이 없어서. 뒤를 잘 부탁하지."

"오효효효. 보는 눈길이 얼마나 많은데 어련히 알아서 하지요."

헤르메스는 보아뱀들과 함께 다시 하늘로 돌아갔다. 잠시 모습을 숨기고 있던 철문이 나타나 크게 열렸다가 도로 닫혔다.

쿵!

23층을 가득 메우던 마지막 남은 위대한 존재의 흔적도 그렇게 사라졌다.

이블케는 그 광경을 가만히 지켜보다가, 몸을 다시 연우가 있는 곳으로 돌렸다.

"자. 그럼 다시 남은 뒷마무리를 해 볼까요?"

* * *

얼마나 시간이 흘렀을까.

연우는 무겁기만 한 눈꺼풀을 천천히 들어 올렸다. 흐릿했던 시야가 조금씩 초점이 잡혔다.

에도라가 물수건으로 그의 이마를 훔쳐 주고 있었다. 시선이 마주친 에도라가 살짝 눈을 크게 떴다가, 곧 미소를 지었다.

"일어나셨어요?"

연우는 아주 잠깐 이 상황이 이해가 되질 않았다. 자신이 왜 여기 있는 걸까. 관리자들이 나타나고, 이블케의 도움으로 마의 인자를 다스렸다. 그리고 헤르메스가 다가와서 잠이 들었었다.

앞선 일을 떠올리니 대강 어떻게 뒷일이 돌아갔는지 알 것 같았다. 딴 곳에 피신해 있던 판트와 에도라가 자신을 구해 준 것이다.

그렇다면 다른 사람들은 어떻게 된 걸까? 세샤는? 브라함은? 갈리어드는? 그리고 다른 관리자들은?

하지만 한꺼번에 물을 수가 없어, 짧게 축약해서 물었다.

"여긴, 어디지?"

"24층이에요."

"24층?"

뜻밖의 말이었다.

에도라가 연우의 반문에 고개를 끄덕였다.

"네. 악마의 숲은 공기가 너무 탁한 것 같아서, 곧바로 모시고 이동했어요. 여긴 스타트 존 인근에 위치한 도시의 객관이구요."

확실히. 24층은 23층과 다르게 자연 경관이 맑은 곳으로 유명했다. 요양하기엔 적당했다.

"그럼 다른 사람들은?"

"그게······."

에도라는 섣불리 대답하지 못하고 머뭇거렸다.

연우는 불현듯 불안감이 들었다. 그래서 억지로 일어나려는데, 순간 현기증이 강하게 돌았다.

"오라버니!"

에도라가 재빨리 연우를 부축했다. 연우는 괜찮다면서 손을 뻗어 그녀를 제지하려다가, 문득 든 생각에 얼굴 쪽으로 손을 가져갔다. 손끝에 얼굴이 만져졌다. 가면이 없었다.

연우는 딱딱하게 굳은 표정으로 에도라를 돌아봤다. 하지만 에도라는 아무렇지 않다는 듯, 근처 탁상에 놓아 뒀던 가면을 연우에게 정성스레 내밀었다.

하지만 연우는 섣불리 가면을 받을 수가 없었다. 여러 생각이 머릿속을 혼란스럽게 만들었다.

"너······."

세샤 등에게 얼굴을 보여 준 건, 혈육이었기 때문이었다. 하지만 판트와 에도라는 미묘하게 달랐다. 이미 두 사람을 동생처럼 여기고 있었지만, 정체를 밝히는 건 전혀 차원이 다른 이야기였다.

동생도 아르티야의 멤버들을 가족처럼 생각했다. 애틋하

기도 했다. 하지만 결국 저마다 가진 욕심으로 갈라졌고, 무너지고 말았다.

이 둘도 언젠가 그러지 말란 법은 없었다. 두 사람을 믿었지만, 믿었기에 오히려 더 믿을 수가 없었다. 가면을 벗는다는 건, 자신의 모든 것을 내준다는 의미였다. 그러고 싶지 않았다. 이건 두고두고 언젠가 자신의 목을 옥죌 약점이 될 수도 있었다.

그래서 연우는 아주 잠깐이지만 차가운 생각까지 가졌다. 대체 몇 명이나 보았을까. 둘? 아니면 24층으로 오는 내내 마주쳤던 사람들 전부? 아니다. 에도라가 그렇게 안일하게 굴 리가 없으니, 둘이 전부일 가능성이 높았다.

그렇다면. 둘만 봤다면. 에도라와 판트를 어떻게 해야 할까. 둘의 입을 막아야 하나? 하지만 어떻게? 둘이 자신의 얼굴이 의미하는 바를 모를 가능성도 있지만, 알고 있을 가능성이 더 컸다. 동생은 너무나 유명했으니까.

아니, 설사 모른다고 해도. 굳이 위험 요소를 남겨 두고 싶지는 않았다.

그런 여러 생각들로, 머릿속이 너무 복잡했다.

그런 스산한 눈빛을, 혜안을 가진 에도라가 읽지 못했을 리가 없었다.

하지만.

에도라는 아무렇지 않게 천천히 다가왔다. 그리고 손을 뻗어 연우를 끌어안았다. 저항할 수 있었지만 어쩐지 그러지 못한 이유로, 연우는 에도라의 품에 꼭 안기고 말았다. 따뜻한 살 냄새가 풍겼다.

에도라는 그렇게 연우의 머리를 가만히 쓰다듬었다. 모두 이해한다는 듯이. 얼마나 고생이 많았냐며 위로하듯, 너무 걱정 말라며 따뜻하게 그를 다독였다.

연우는 조용히 눈을 감았다. 이미 머릿속에는 아무런 생각도 남지 않았다. 아니, 하고 싶지 않았다. 그래서 한참 동안 우두커니 멈춰 있었다.

에도라의 품은. 너무나 따뜻하기만 했다.

Stage 31.
현자의 돌

얼마나 시간이 흘렀을까.

연우는 에도라의 품에서 나온 후 잠깐 동안 제대로 눈을 마주치질 못했다. 살짝 분위기에 취했었다는 사실을 알긴 했지만, 정신이 돌아오자 보기가 계면쩍었던 것이다.

에도라는 그런 연우가 귀엽다는 듯이 가볍게 웃음을 흘렸다. 언제나 딱딱한 연우만 봐 왔던 그녀로서는 처음 보는 모습이라서 신선했다. 이렇게 눈만 보고 있는 게 아니라, 얼굴 표정까지 제대로 볼 수 있다는 것이 신기하게 다가왔다.

"오라버니도 부끄러움을 타긴 하시네요."

"……그동안 날 뭐로 봤던 거지?"

"그건 오라버니의 생각에 맡길게요."

에도라는 가볍게 농을 던지면서 손에 쥐고 있던 가면을 앞으로 내밀었다.

그것을 받는 연우의 손길이 살짝 경직되었다. 여전히 생각이 많은 얼굴이었다. 이전처럼 독한 생각까지 가진 건 아니었지만, 무슨 말을 해야 할지, 어떻게 대응해야 할지, 그런 갈등이 잔뜩 묻어났다.

하지만 걱정 말라는 듯이. 에도라는 연우의 손을 가만히 잡아 주었다. 보석처럼 아름답게 반짝이는 눈동자가 연우를 담았다.

"판트 오빠는 오라버니의 얼굴을 보지 않았어요."

연우가 무슨 말이냐는 표정으로 바라봤다.

"쓰러진 오라버니를 보고 그러더라구요. 자기는 아직 볼 때가 아닌 것 같다고. 오라버니가 마음을 열고 보여 준 게 아니니까, 그때까지 기다리겠다고 했어요."

"……."

"그리고 저도 비슷한 생각이었지만…… 끝이 조금 달랐어요. 오라버니가 어떤 멍에를 지고 있는지 보고 싶었어요. 그것을 같이 나누고 싶다고 하면 잘못된 걸까요?"

에도라는 그렇게 말하고 입을 꾹 다물었다. 이후는 연우에게 전부 맡기겠다는 듯이.

연우는 이제 때가 왔다는 것을 깨달았다. 자신의 비밀을 털어놓을 것인가, 말 것인가.

언젠가 이런 시기가 올 거란 건 알고 있었다. 언제까지 숨기고만 있을 수는 없으니까. 그리고 털어놓지 못한다면 알아서 마음 정리를 끝내고 갈라서야 한다는 것도.

그래도 이렇게 빨리 찾아올 줄은 몰랐기에, 다른 말을 할 수가 없었다.

그러다 연우는 굳게 결심했다. 이 아이들이라면. 이 친구들이라면 괜찮지 않을까. 그래도 뒤가 걱정이라면 지금이라도 자신이 떠나는 게 맞았다. 그렇다면 더 이상 같이 있어 봤자 폐를 끼치는 것밖에는 되지 않을 테니까.

그러다 생각을 정리하고, 가면을 천천히 얼굴에다 썼다.

"언젠가는. 전부 털어놓을게."

"네."

에도라는 가만히 고개를 끄덕이면서 배시시 웃었다. 어느 때보다 밝게 빛나는 미소였다.

*　　　*　　　*

연우는 에도라와 함께 건넛방으로 이동했다. 판트, 세샤와 갈리어드, 브라함이 머물고 있다고 했다. 그리고 왜 아직도 남아 있는지 모를 손님도 함께.

끼익—

조심스레 문을 열고 들어가니, 문가에 서 있던 갈리어드가 연우를 보고 고개를 까닥거렸다. 다시 가면을 쓰고 있어 살짝 놀란 눈치였지만, 곧 이유를 짐작했다.

"왔나?"

"네."

"브라함이 널 기다리고 있었다."

연우는 고개를 끄덕이면서 침상 쪽으로 다가갔다. 판트가 착잡한 표정으로 연우를 보다가 옆으로 슬쩍 물러났. 침상 옆에 앉아 있던 세샤는 쪼르르 달려와 연우의 품에 폭 안겼다.

"으아앙! 삼촌!"

이미 그에 대해 갈리어드가 설명했던 걸까. 세샤는 연우를 아빠가 아닌 삼촌이라고 부르고 있었다. 하지만 모든 걸 알게 된 뒤 처음으로 만난 혈육에 대한 반가움을 표시할 새도 없이, 세샤는 눈물을 펑펑 쏟아 냈다.

브라함이 침상에 누운 채 조금씩 죽어 가고 있었다. 메마른 거죽만 남은 앙상한 몸과 얕은 숨결. 신이 죽어 가고 있었다. 그것도 한때 주신 급으로 불리던 위대한 신이. 인간으로 한없이 영락해 버린 채로.

금방이라도 숨이 꺼질 것 같았지만. 옆에서 그에게 꾸준히 마력을 공급하고 있던 이블케의 도움으로 겨우 숨이 이어지고 있는 것 같았다.

이블케는 연우가 만난 이후 처음으로 입가에 씁쓸한 미소를 달고 있었다. 그는 연우를 보고, 외눈 안경을 고쳐 쓰면서 천천히 침상에서 나왔다.

"나눌 말씀이 많으신 것 같으니, 외인인 저는 잠시 자리를 비우도록 하지요. ### 님, 헤르메스 님께서 남기신 전언이 있으니, 이따가 잠시 시간을 내주세요."

연우가 고개를 끄덕이자, 이블케는 포탈을 타고 자취를 감췄다. 그러자 방 안에는 연우 일행만 남게 되었다.

연우는 천천히 침상에 다가갔다. 브라함의 눈꺼풀이 파르르 떨리더니 힘겹게 열렸다. 초점이 잘 잡히지 않는 동공이 천천히 움직이면서 연우에게로 고정되었다.

"왔는가?"

"예."

"얼굴, 볼 수 있겠나?"

연우는 고개를 끄덕이면서 가면으로 손을 가져갔다. 그러자 판트와 에도라, 갈리어드가 전부 자리를 비웠다.

찰칵—

브라함은 한참 동안 연우의 맨 얼굴을 빤히 바라봤다. 짙은 눈썹. 쌍꺼풀이 없는 눈매. 각진 턱 선. 뚜렷한 이목구비가 훤칠하다는 인상을 주는 얼굴이었다.

"똑같군. 정말 똑같아. 하지만 인상이 많이 달라."

"그런 말, 많이 들었습니다."

"보통 쌍둥이면 타고난 형질이 똑같기 마련인데."

"하지만 이상하게 저희는 전혀 다르게 컸습니다."

"그렇군. 확실히 풍기는 느낌이 전혀 다르니. 싸우기도 많이 싸웠겠어?"

"형제는 원래 주먹다짐하면서 크는 법 아니겠습니까?"

"하하. 그도 그렇긴 하지."

죽음을 앞뒀기 때문일까. 브라함은 처음 만났을 때보다 유순해져 있었다. 훨씬 부드러운 인상이었다. 그리고 그것이 너무 잘 어울렸다.

원래는 냉소적인 인상이었지만. 어쩌면 사실 그런 모습은 그저 연우의 가면처럼 거짓된 모습이었는지도 몰랐다.

그러다 브라함은 쓴웃음을 흘렸다.

"그거 아나? 난 그 얼굴을 참 싫어했었어."

연우는 뜻밖의 말에 눈을 크게 떴다.

"내 딸을 힘들게 했던 얼굴이었으니까."

연우는 쓰게 웃고 말았다.

"그놈이 나쁜 놈이었군요."

"그렇지. 나쁜 놈이었지. 암. 정말 나쁜 놈이었지."

아난타는 처음 만났을 때부터 언제나 동생을 마음에 두고 있었다. 몇 번은 마음을 언뜻 드러낸 적도 있지만, 그때마다 동생은 매몰차게 거절했다. 이유는 간단했다. 당시엔 연인이 있었으니까.

따지고 보면, 동생이긴 하지만, 참 바보 같은 놈이었다.

그렇게 꾸준히 동생을 살폈기에 아난타는 우연찮게 동생에게 자식이 있다는 것을 알고, 그 아이를 구하기 위해 자신의 모든 것을 내던졌다. 그리고 세샤가 구해졌다.

그렇다 보니, 브라함에게는 딸에게 모진 고생을 시킨 동생이 참 미울 수밖에 없었을 것이다. 동생이 죽고 나서도, 딸은 여전히 세샤를 지키기 위해 어딘지 모를 곳에서 싸우고 있었으니까.

"비록 내게 딸이 있다고 떳떳하게 말할 수 있을, 그런 삶을 살았던 건 아니었지만. 자상한 아비는 아니었네만. 그래도 그렇게 오랫동안 그 아이의 마음을 아프게 했던 건, 싫어도 너무 싫었어."

브라함의 시선은 이제 연우가 아닌, 연우와 같은 얼굴을 한 다른 누군가에게로 향해 있었다.

"하지만 반대로 고맙기도 하다네. 아무런 교류도 없이,

멀리서 딸을 지켜보기만 했던 나와 딸을 다시 연결시켜 준 것도, 결국은 그 녀석이었으니."

연우는 일기장 한 귀퉁이에 있던 내용을 떠올렸다. 동생이 아난타와 처음 만나게 된 건, 사실 브라함을 위해서였다.

'브라함이 도무지 자길 도와주지 않으려 하니, 알아서 브라함에게 필요한 걸 찾아내고 아난타를 설득하러 갔었지. 그때 뺨도 한 대 맞지 않았었나?'

동생은 절대 브라함을 만나지 않으려 했던 아난타를 끈질기게 설득했다.

처음에는 브라함에게서 연금술을 배우기 위해서였지만. 나중에는 정말 그들 부녀가 잘되길 바라는 마음에서였다. 자신에게도 지구에 두고 온 가족이 있었으니까. 자신의 모습이 투영되어 안타까웠던 것이다.

"그리고 이 아이를 내게 가져다준 것도 그 녀석이었으니. 밉더라도 고마울 수밖에 없지."

브라함은 손을 뻗어 세샤의 머리를 가만히 쓰다듬었다. 세샤의 커다란 눈망울에 눈물이 그렁그렁 맺혔다.

"이 아일 두고 내가 어떻게 가누."

브라함의 목소리에 안타까운 기색이 어렸다. 악마는 결국 잡지 못했다. 세샤의 병증은 계속 깊어질 테고, 엘로힘과 혈국 같은 여러 곳이 세샤를 탐내고 있었다. 그리고 딸은 어딘지 모를 곳에서 여전히 분투 중이었다.

이대로 떠나기엔, 너무 많은 미련이 남아 있었다. 아난타를 낳고 여기에 이르기까지. 처음부터 끝까지, 자신은 결국 뭐 하나 제대로 이룬 것 없이 못난 선택만 해 대는 멍청이었다.

창조의 브라흐마라고? 한때 주신 급에 다다르지 않았냐고? 하계로 유배를 온 신? 그딴 게 다 무슨 소용인가. 바로 옆에 있는 소중한 것도 제대로 지키지 못하는 반편이에 불과한 것을.

그렇기에 세샤의 머리를 쓰다듬는 브라함의 손길에는 미련이 잔뜩 묻어났다.

"브라함, 어디 가지 마."

세샤는 그런 브라함의 손을 꼭 붙잡으면서 고개를 도리도리 저었다. 축 가라앉은 꼬리가 세샤의 슬픔을 드러내고 있었다.

그때.

연우가 브라함을 보면서 물었다.

"살고 싶지 않으십니까?"

방법이 있었다. 자신에게는.

브라함이 고개를 들어 다시 연우를 바라봤다. 눈빛이 어느새 깊게 가라앉아 있었다.

"자네가 가진 능력을 말하는 것이로군."

역시.

그림자 속에 숨어 있는 샤논과 한령을 이미 예전부터 알아챈 게 틀림없었다.

"그렇습니다."

"내가 산다……."

브라함은 잠시 말없이 눈을 감다가, 다시 천천히 떴다.

"하지만…… 내가 살아도 되겠나?"

그의 목소리가 가녀리게 떨렸다.

"난 자네들에게 죄를 지었어. 세상에는 폐만 끼쳤고. 그런 내가 정말…… 살아도 될까?"

"됩니다."

연우의 목소리는 단호했다.

"세샤를 위해 사십시오. 또한, 아난타를 위해서 사십시오. 그리고 저 또한 부탁드리겠습니다. 살아 주십시오. 그리고 그래야."

연우는 잠시 말을 끊었다가 이었다.

"앞으로 저도 녀석을 같이 흉볼 수 있는 사람이 생기지 않겠습니까?

"……!"

브라함이 눈을 동그랗게 떴다. 그리고 이어지는 말에 입을 꾹 다물고 말았다.

"또한, 세샤의 병을 빨리 낫게 하고, 따님을 만나러 가야 하시지 않습니까?"

"……방법이 있나?"

연우는 고개를 끄덕였다.

"떠오른 방법이 있습니다. 세샤와 아난타를 전부 구할. 하지만 그러기 위해서는 브라함의 도움이 절대적으로 필요합니다."

브라함은 얕게 한숨을 내쉬었다.

"자네도 똑같군. 사람을 귀찮게 하는 건. 그놈도 그랬었는데."

"형제 아니겠습니까?"

"그래도 한때…… 신이라고까지 불렸던 나일진대. 하하. 이제는 다른 누군가의 권속이 되어 버리라니."

브라함이 가진 자존심이 얼마나 강한지 아는 사람들이라면 누구나 경악할 만한 말이었다. 신과 악마들조차 놀라고 말리라.

"하지만 이런 것도 나쁘진 않겠…… 지."

그리고 그 말을 끝으로.

브라함은 가만히 눈을 감았다. 얕게 오르락내리락하던 가슴이 가라앉았다. 수명이 다한 것이다. 활짝 열린 연우의 용마안으로, 육체를 떠나려는 브라함의 영혼이 보였다.

"삼촌!"

세샤가 연우의 소맷자락을 잡아당겼다. 연우는 걱정 말라는 얼굴로 세샤의 머리를 쓰다듬어 주고, 왼손을 활짝 펼쳐 브라함의 육체에다 갖다 댔다.

[바토리의 흡혈검]

찰칵, 찰칵—

톱니 이빨이 브라함의 육체에 박히면서 정기를 흡수하기 시작했다.

얼마 남지 않은 생명력이라 큰 도움이 되진 않았지만, 그래도 한때 신이나 되었던 거대한 영혼을 수거하는 작업이기 때문에 막대한 양의 에너지가 체내로 쏟아졌다.

그중에서도 단연 눈에 띄는 것은.

[신의 인자를 획득했습니다.]
[신의 인자를 획득했습니다.]
……

신의 인자에 관한 내용이었다.

연우로서도 흥미로울 수밖에 없는 메시지였다. 사용하기

에 따라서는 마룡체를 한 단계 이상으로 각성시킬 수 있는 재료가 될 수 있었으니까.

하지만 연우는 미련 없이 신의 인자를 한데 모아 에너지와 규합시켰다.

어차피 지금은 주어진 마룡체도 제대로 다루지 못하는 상황에서 더 큰 힘이 주어져 봤자 짐만 될 뿐이다. 그리고 지금은 '세샤의 할아버지'를 어떻게든 되살리고 싶었다.

지이잉!

그때, 칠흑왕의 절망이 잘게 울렸다.

연우는 오른손을 활짝 펼쳤다. 그러자 손바닥 위로 사람 머리보다도 더 큰 순백색의 영혼이 나타났다. 망령도 아니었다. 워낙에 영혼의 격이 높다 보니, 흡수를 하고 나서도 망령으로 쇠락하지 않은 것이다. 이 정도면 신령(神靈)이라고 봐도 될 것 같았다.

사귀나 괴이 따위와는 비교도 할 수 없었다.

다만, 연우는 아주 잠깐 이 거대한 신령이 제대로 데스 나이트나 리치가 될 수 있을까 하는 생각이 들었다.

한낱 언데드가 되기엔 용량이 생각했던 것보다 너무 컸다. 한령도 겨우 데스 나이트로 만들 수 있었는데. 브라함은 그것과는 비교도 할 수 없었다. 아무리 영락했어도 신은 신이었다.

그래도 해 보겠다는 생각에 시도를 하려는데.

"잠깐만, 삼촌! 이거, 이거!"

세샤가 갑자기 연우를 만류하더니 손목에 착용하고 있던 팔찌를 두들겨 아공간을 활짝 열었다. 그리고 손을 불쑥 넣어 한참 동안 뒤적거리다가, 뭔가를 찾아내고 쏙 뺐다.

밀봉된 작은 유리병. 안쪽에 민들레 홀씨 같은 것들이 둥둥 떠다니고 있었다.

연우는 그게 뭔지 확인하고 눈을 크게 떴다.

[호문클루스의 영액(靈液)]
분류: 물약
등급: ??? (측정 불가, 미완성)
설명: 브라함이 자신의 모든 연금 지식과 마법 정수를 쏟아서 만든 인공 생명체의 원재료. 하지만 '영혼'을 생성할 방법을 알아내지 못해 미완성으로 남아 있다.

수성의 서와 함께 브라함이 자랑한다는 두 개의 보물 중 하나였다.

수성의 서가 연금술과 연단술의 지식을 총망라한 마도서라면, 호문클루스의 영액은 그런 지식을 바탕으로 완성된

총아였다. 다만, 설명에 나와 있는 대로 영혼을 연성할 수는 없기 때문에 계속 미완성인 채로 남아 있었는데.

"내 병이 만약 치료가 안 되면 쓴다고 했었어. 이거면 브라함도 나을 수 있을 거야!"

작은 유리병을 꽉 쥐는 세샤의 손에 힘이 바짝 들어갔다. 두 눈이 초롱초롱하게 빛나고 있었다. 기대가 섞인 눈. 삼촌이 반드시 해 줄 거란 믿음이 잔뜩 묻어났.

연우는 자기도 모르게 피식 웃고 말았다.

'이거 실패하면 정말 큰일 나겠는데.'

조카의 바람이라면 뭐든지 들어줘야겠다는 생각이 강하게 들었다.

그래서 유리병을 받아 그 안에다 브라함의 영혼을 불어 넣었다.

화아악!

유리병이 환한 빛을 발했다.

그리고 그것을 보면서.

문득 그런 생각이 들었다.

자신은 어쩌면 벌써부터 조카 바보가 된 건지도 모르겠다고.

확장된 빛은 유리병을 삼키고, 나아가 실내를 가득 채우다가 천천히 사람의 형상을 갖췄다.

『……호문클루스.』

레베카는 그 모습을 보면서 작게 중얼거렸다. 연금술의 총집합체인 인공 생명체, 호문클루스. 산 사람처럼 육체를 갖길 원하던 그녀로서는 탐나는 것일 수밖에 없었다.

'나중에 따로 하나 더 제작해 달라고 부탁할 테니 걱정마라.'

『고마워.』

레베카는 속내를 들켰다는 것을 깨닫고 씁쓸하게 웃으면서 고개를 끄덕였다.

영혼이 아닌 사념체였던 그녀로서는, 아닌 척해도 '진짜'라는 것에 집착을 가질 수밖에 없었다. 그래서 그녀는 이제 정령에 익숙해졌으면서도, 육체라는 아이덴티티를 갖길 간절히 바라고 있었다.

그렇게 레베카의 부러움과 희망이 섞인 시선을 뒤로하고 연우는 눈앞의 현상에 집중했다.

곳곳으로 퍼졌던 빛무리가 점차 수그러지면서 사람의 형상을 갖췄다. 그러다 천천히 빛이 갈무리되고, 브라함이 남았다.

처음 만났던 모습 그대로. 다른 사람들이 보면 어디 나갔다가 들어왔나 싶을 정도로 쌩쌩한 모습이었다. 하지만 연우의 눈에는 보였다. 피가 더 이상 흐르지 않아 온기는 전혀 느껴지지 않는 육체였다.

[한때 위대했던 존재, 신령의 부활을 무사히 마쳤습니다. 신령에게 새로운 육체(호문클루스)를 제공하는 데 성공했습니다.]

[신령이 악 성향을 띠기 시작합니다.]

[신의 인자를 획득했습니다.]

[신의 인자를 획득했습니다.]

[축하합니다! 죽음을 사역하는 새로운 방법을 찾아냈습니다. 어둠의 힘을 지배할 수 있는 영역이 훨씬 넓어지게 됩니다.]

[누구도 쉽게 이루지 못할 업적을 이뤄 냈습니다. 추가 공적치가 제공됩니다.]

[공적치를 5,000만큼 획득했습니다.]

[추가 공적치를 3,000만큼 획득했습니다.]

[부활한 신령(호문클루스)과 남은 계약을 마무리 지으십시오. 추가 보상이 주어질 것입니다.]

[부활한 신령(호문클루스)이 당신에게 충성을 맹세했습니다. 앞으로 그는 '칠흑왕의 절망'에 귀속되어 당신의 칼이자 방패가 될 것입니다.]

[누구도 쉽게 이루지 못할 업적을 이뤄 냈습니다. 추가 공적치가 제공됩니다.]

……

[상황을 지켜보던 98층의 여러 신과 악마들이 경악을 내뱉습니다.]
[여러 신의 사회가 이에 대해 논의를 나눕니다.]
[몇몇 신의 사회가 부정적인 의사를 표시했습니다. 좋지 않은 여론이 돌기 시작합니다.]
[몇몇 신들이 불쾌한 의사를 표시합니다. 분개한 몇몇 신들이 당신에 대한 어떤 안건을 제기합니다.]
[신의 사회, '데바'가 가장 격렬한 반응을 보입니다.]
[신의 사회, '올림포스'가 유일하게 중립적인 의견을 내비칩니다.]
[신의 사회, '아스가르드'가 아무런 의견을 보이지 않습니다.]

……

[헤르메스가 당신을 고요한 눈길로 바라봅니다.]
[아테나가 당신을 응원합니다.]

[포세이돈이 깊은 생각에 잠깁니다. 처음으로 신의 위엄을 더럽힌 당신에 대해 부정적인 의견을 가집니다.]

[아레스가 당신에게 사도직을 제안할 것을 고민합니다.]

[헤파이스토스가 당신에게 사도직을 제안할 것을 고민합니다.]

[디오니소스가 당신에게……]

……

[몇몇 악마의 사회가 깊은 논의에 잠깁니다.]

[다수의 악마들이 기뻐합니다.]

[악마의 사회, '르 인페르날'은 무관심을 표명합니다.]

……

아무리 격을 내던졌다고 해도, 브라함이 가지는 힘은 절대 작은 것이 아니었다.

하급 신도 아닌, 한때 주신이었던 자. 비록 전투 계열이 아니고, 오랫동안 저층 구간 생활을 하면서 아가레스에게 크게 당하긴 했지만, 그래도 한때는 그를 따르는 신들도 여럿 있을 정도였다.

그런 신이 명예롭게 죽지도 못하고, 도리어 아직 랭커도 되지 못한 한낱 필멸자에게 종속되고 말았다.

당연히 신이고 악마고 간에 가릴 것 없이 난리가 날 수밖에 없는 상황이었다.

다행스러운 점은 연우에게 호의적인 감정을 지니고 있는 헤르메스와 아테나가 손을 썼던 건지, 올림포스는 이렇다 할 반응을 보이지 않았다는 것.

그리고 달라진 점이 있다면, 그에 대해 관심을 보이던 포세이돈이 등을 돌리고, 반면에 아레스와 헤파이스토스, 디오니소스 같은 신들이 그에게 큰 관심을 보였다는 것.

모두 올림포스의 2세대를 자처하는 자들이었다.

반면에 악마들은 대체로 기뻐하는 반응이 강했다.

다만, 르 인페르날은 유달리 조용했다. 원래대로라면 가장 호전적인 사회여서 크게 반응을 보여야 할 테지만. 아가레스가 다친 상태로 돌아오면서 분란이 일어난 건 아닐까 하고 짐작할 수 있었다.

그리고.

연우는 자신의 '격'도 저절로 상승했다는 것을 느낄 수 있었다.

원래대로라면 종속된 권속이 주인의 격에 맞춰서 능력치

가 재조정될 테지만, 브라함의 영혼이 너무 크기에, 연우도 여기에 대한 업적이 인정되어 그 격이 상승해 버린 것이다.

주먹에 힘이 바짝 실렸다. 연우는 무의식의 세계가 깊어지고, 영압과 영력도 덩달아 깊어졌다는 것을 느낄 수 있었다.

이것이라면 앞으로 시차 괴리를 비롯한 정신 계통 스킬의 효율이 더 높아질 것 같았다. 권능의 깊이도 마찬가지였다.

[부활한 신령(호문클루스)의 이름을 지어 주시겠습니까?]

"브라함."

[부활한 신령(호문클루스)의 이름이 '브라함'으로 지정되었습니다.]
[충성도가 30만큼 올랐습니다.]
[지배력이 20만큼 올랐습니다.]
[브라함(호문클루스)의 영혼이 가진 높은 '격'을 현재 만들어진 육체가 감당하지 못합니다. 능력치가 새롭게 재조정됩니다.]
[전체 능력치가 21만큼 하락하였습니다.]

[전체 능력치가 17만큼 하락하였습니다.]

……

[브라함(호문클루스)의 능력치 조정이 끝났습니다. 하지만 영혼의 '격'은 그대로이므로, 잠재 능력치는 그대로입니다. 존재의 성장에 따라 잃어버린 기존의 '격'을 되찾을 수 있습니다. 빠른 성장을 권고합니다.]

쉴 새 없이 이어지던 메시지가 끝나고.

계약이 완료되었다는 것을 깨달은 브라함이 천천히 눈을 떴다. 맑은 안광이 한껏 떠올랐다가 사라졌다.

"브라함!"

세샤는 브라함에게 와락 안겼다. 브라함은 손을 뻗어 외손녀를 와락 안아 들어 올렸다. 그리고 그는 한참 동안 세샤의 뒷머리를 쓰다듬었다.

아직까지 익숙지 않은 육체였지만. 이렇게 두 팔로 외손녀를 다시 안을 수 있다는 사실이 감사하기만 했다.

"브라함, 차가워. 그리고 너무 딱딱해."

세샤는 얼굴을 툭 떼면서 작게 투덜거렸다. 호문클루스가 가질 수밖에 없는 단점들이었지만. 브라함은 전혀 생각지 못한 문제였는지 안절부절못했다.

연우는 그런 브라함의 신기한 모습을 보면서 가볍게 웃음을 터뜨렸다. 아무래도 진짜 세샤 바보는 눈앞에 있는 것 같았다.

* * *

연우와 브라함은 한참 동안 이야기를 나눴다.

주로 차정우에 관한 것들이었다. 연우는 탑에서 활동하던 시절의 동생에 대해 알 수 있어서 좋았고, 브라함은 아꼈던 친구의 옛 모습에 대해 들을 수 있어 기뻤다.

하지만 가장 즐거워하는 건, 바로 세샤였다.

세샤는 눈을 동글동글하게 뜨면서 둘의 대화를 한참 동안 듣다가, 궁금한 게 생기면 불쑥 끼어들어서 이것저것을 계속 물어 댔다.

만나 보지도 못했던 아버지였지만. 모습도 모르는 아버지였지만. 그래도 세샤는 자신에게 '아빠'가 있었다는 사실을 깨닫고, 그 사람이 참 좋은 사람이었단 것에 크게 기뻐했다.

다만, 이런 질문에는 잠시 턱 하고 말문이 막힐 수밖에 없었다.

"그런데…… 왜 아빠는 엄마랑 같이 있지 않았던 거야?"

여기서 말하는 엄마란 아난타를 뜻했다.

연우는 쓰게 웃고 말았다. 만약 동생이 비에라 둘이 아닌 아난타를 선택했더라면. 아니, 둘의 만남이 조금만 더 빨랐더라면. 그랬다면 쓸쓸했던 둘의 시간도 조금은 변곡점이 생기지 않았을까. 문득 그런 생각이 들었다.

하지만 반대로 그랬더라면 세샤는 태어나지 못했겠지. 연우는 세샤를 가만히 안았다.

대체 이럴 때는 무슨 말을 해야 하는 걸까. 말재주가 부족한 그로서는 이렇게 안아 주는 것 말고 조카에게 해 줄 수 있는 게 없다는 사실이, 조금 슬펐다.

* * *

"육체는 좀 어떠십니까?"

연우는 폭 안겨 있던 세샤가 곤히 잠들었다는 것을 깨닫고, 브라함에게 물었다. 그래도 여전히 세샤는 내려놓지 않았다. 여태껏 한 번도 제대로 안아 주지 못했던 조카이니, 그만큼 지금이라도 많이 안아 주고 싶었다.

"편할 수는 없겠지. 하지만 곧 적응할 거야. 처음 육체를 만들어 빙의했을 때에도 그랬으니까."

연우는 이해한다는 듯이 고개를 끄덕였다. 확실히 기존

육체에 비해 많이 불편할 수밖에 없을 것이다. 임의로 만든 호문클루스로는 랭커 이상의 출력도 내지 못할 테니. 갑갑한 감옥에 갇힌 느낌이겠지.

"그래도 다행인 건, 이 육체는 얼마든지 개조가 가능하다는 거지. 천천히 원래의 육체만큼 기능을 되찾을 생각이야. 그리고 그다음에는."

브라함은 굳이 뒷말을 덧붙이지 않았다. 하지만 연우는 무슨 말이 숨겨졌는지 알 것 같았다. 나중에는 잃어버린 신격까지 되찾겠단 게 아닐까. 그리고 그러기 위해서는 이제 주인이 된 그도 열심히 해야 할 것이다.

권능은 사라져도, 지식은 어디로 사라지지 않는다. 그러니 호문클루스의 육체도 빠르게 개량될 것이다.

"그보다."

브라함은 눈을 가늘게 좁히면서 연우에게 물었다.

"처음 했던 이야기. 자세히 해 보게."

세샤의 병마를 낫게 하고, 아난타를 구출할 방법이 있다고 말한 것을 이야기하는 것이다.

사실 브라함이 신으로서의 남은 자존심을 전부 버리고, 권속이 될 것을 아무렇지 않게 받아들인 건 저 두 가지 때문이었다.

그에게는 마지막까지 남은 미련이었으니까.

"우선 그 전에 이것을 봐 주시겠습니까?"

"……?"

브라함은 뭔가 싶어 연우를 보다가 곧 눈을 크게 떴다. 연우가 펼친 손바닥 위로 갖가지 룬의 조합이 나타났다가 사라지면서 마법진을 구축했다.

그런 마법진이 두 개. 진짜 마법을 발동시킬 수 있는 마법진은 아니었다. 다만, 어떤 내용물인지를 보여 주는 임시 모형이었다.

한 개는 브라함도 익히 잘 알고 있는 것이었다. 악마 소환진과 봉인진을 합쳐서 만든 연성진.

그런데 다른 한 개는 어딘지 모르게 연성진과 비슷하면서도 사뭇 달랐다.

브라함은 빠르게 마법진에 새겨진 구조식을 파악하다가, 곧 눈을 크게 떴다. 눈꺼풀이 파르르 떨렸다.

"자네, 이거……?"

"알아보시겠습니까?"

"모를 리가 없잖은가!"

연우가 꺼낸 건, 현자의 돌 구조식이었다. 정확하게는 에메랄드 타블렛을 연우가 자기 식대로 해석해서 구축한 구조식.

브라함은 주먹을 꽉 쥐었다. 현자의 돌은 만능의 보구나 다름없다. 값어치로만 따지자면 드래곤 하트에 버금가는 것. 그래서 모든 연금술사들의 최종적 목표였고, 그건 브라함도 마찬가지였다.

그리고 브라함은 탑 내의 여러 연금술사들 중에서도 자신이 가장 현자의 돌에 가깝게 다가갔다고 자부하고 있었다. 한때 그가 가졌던 신위가 바로 '창생(創生)'. 그건 지금도 그에게 특성으로 남아 있었다.

하지만 연우가 꺼낸 건, 자신이 쌓은 지식을 훨씬 넘어선 것 같았다. 신이 이룬 것보다 뛰어난 지식이라고? 그런 게 정말 가능할까?

"비에라 둔이 어느 이름 모를 유적지에서 발굴해 중요한 내용만 빼 버리고 밖으로 내돌린 것입니다. 그래서 정확한 내력은 저도 알지 못합니다."

브라함의 눈에서 불꽃이 튀었다. 비에라 둔. 그에게는 씹어 삼켜도 모자랄 이름이었다.

"그래서?"

"전 정우의 복수를 하면서 우연찮게 이것을 습득할 수 있었고, 현재 이것을 해석하는 중입니다. 만약 이 구조식을, 브라함의 수성의 서에 더한다면, 어떨까요?"

브라함은 순간 연우의 말뜻을 이해했다.

"현자의 돌을 완성할 수 있겠지. 그리고 그 구조식으로 연성진을 만든다면……!"

브라함은 몸을 파르르 떨었다. 이전과 다르게, 이번에는 정말 제대로 악마를 잡을 수 있다. 그리고 아무런 위험 없이 세샤에게 이식도 시킬 수 있을 것이다.

그런다면 병을 낫게 하는 것으로도 모자라, 더 큰 발전까지 꾀할 수 있겠지.

더불어 연우로서는 더 이상 혼자서 끙끙 앓을 필요 없이, 브라함의 손을 빌려 빠르게 현자의 돌을 완성시킬 수 있었다.

'난 아가레스가 남긴 마핵을 동력원으로 삼으면 돼.'

연우는 천천히 생각을 정리하면서 말을 이어 나갔다.

"여기서는 위험하게 98층의 악마를 따로 부를 필요도 없습니다. 아가레스가 23층 곳곳에 남긴 마기와 사념만 제대로 수거해도, 하급 악마 하나쯤은 손쉽게 만들 수 있을 테니까요."

브라함은 고개를 끄덕였다. 아무리 관리자들이 시스템 콜을 사용해 스테이지를 복원시켰다고 해도, 모든 흔적을 지울 수는 없는 법이었다.

아마 모르긴 몰라도, 23층은 여전히 일반 플레이어들이 쉽게 진입하지 못할 마경(魔境)이 되어 있을 게 분명했다.

하나가 빛을 보이니, 다른 하나에도 큰 기대를 갖게 된다. 브라함이 생기 가득한 눈으로 연우에게 계속 말해 보라는 듯 채근했다.

"그다음에는?"

"켈라트 경매장을 이용할 생각입니다."

"경매장?"

브라함은 묘한 표정이 되었다. 켈라트 경매장은 탑 외 지역의 낙오자부터 하이 랭커까지, 누구 하나 가릴 것 없이 대다수의 플레이어들이 참여하는 거대 마켓이었다.

켈라트 경매장에서는 갖가지 물건이 실시간으로 거래가 되었다. 명성을 원하는 장인들이 자신의 물건을 올리기도 하고, 랭커들이 더 이상 쓰지 않는 아티팩트를 처분하기 위해 물건을 내놓기도 한다. 그럼 여기에 필요한 사람들이 가격을 덧붙여 가져가는 방식이었다.

연우는 그동안 히든 피스를 독식하고, 헤노바의 도움을 받아 따로 갈 일이 없었지만.

워낙에 마켓 규모가 크기 때문에, 하루에도 수많은 사람들이 다녀간다. 그런데 그런 곳을 이용하자고?

너무 뜬금없는 말이었지만. 브라함은 금세 연우가 뭘 노리는지를 꿰뚫어 봤다.

"현자의 돌을 올릴 셈이로군."

연우가 담담하게 고개를 끄덕였다.

"예. 물론, 중요 구조식은 제거할 테지만, 그래도 그럴듯한 물건을 익명으로 몇 개 던져 둘 생각입니다."

"난리가 나겠군."

브라함은 어이가 없다는 듯이 헛웃음을 흘렸다. 어디 난리만 나는 정도일까. 아마 탑이 발칵 뒤집힐 것이다.

"특히 레드 드래곤의 반응이 가장 클 겁니다."

"음? 그들이 왜? 78층 외에는 별반 신경 쓰지 않는 놈들일 텐데?"

"현재 여름여왕은 드래곤 하트가 메마른 상태입니다. 그래서 현자의 돌을 애타게 찾고 있는 중이죠."

"……!"

"여름여왕이 움직이면 레드 드래곤도 움직입니다. 그럼 다른 거대 클랜들도 따라서 움직일 수밖에 없죠. 시중에 나와 있는 현자의 돌은 물론, 진짜 구조식을 찾기 위해서 전부 혈안이 될 겁니다."

"그리고 그때, 적절한 타이밍에 모든 시선을 발푸르기스의 밤 쪽으로 쏠리게 할 테고?"

브라함은 차갑게 웃었다. 아난타는 여전히 어디선가 발푸르기스의 밤과 전쟁을 치르고 있을 것이다. 그 녀석들에게로 레드 드래곤들을 비롯한 이들의 시선을 돌린다면…… 그냥 밀려 버리고 말 것이다. 코끼리가 떼로 지나간 자리에 개미집이 무사할 리 없을 테니.

아마 큰 혼란이 벌어질 것이다.

레드 드래곤과 청화도가 전쟁을 치른 것과는 비교도 할 수 없을 만큼 큰 혼란이!

"예. 그럼 그때부터 우리도."

연우의 두 눈도 차갑게 번뜩였다.

"마녀 사냥을 시작하는 겁니다."

브라함은 손으로 턱을 쓰다듬었다. 진지하게 빛나는 눈동자를 한 채, 머릿속은 여러 생각으로 복잡하게 돌아가는 중이었다.

"발푸르기스의 밤에게로 관심이 쏠리게 할 방법은?"

연우가 계획의 내용을 이어 나갈수록.

브라함은 어이없다는 듯한 헛웃음을 흘리다가, 곧 크게 웃음을 터뜨렸다.

* * *

연우는 도로 가면을 쓰고, 세샤를 브라함에게 맡긴 후 천천히 방을 빠져나왔다. 새롭게 육체를 조정하려면 상당한 시간이 걸리는 데다가, 세샤와 나누고 싶은 이야기도 많을 것 같아 일부러 자리를 피해 준 것이다.

갈리어드와 판트, 에도라가 바로 따라붙었다. 특히 갈리어드의 눈동자에는 초조함이 어렸다.

"브라함은……?"

편히 갔냐는 질문. 브라함이 부활할 거라고는 전혀 생각지도 못하는 것이다.

"괜찮으십니다."

"세샤가 많이 울겠…… 음?"

"들어가 보시면 압니다. 안에 세샤가 자고 있으니 조심하시고요."

갈리어드는 그게 무슨 말이냐는 얼굴로 연우를 보다가, 서둘러 문을 열고 들어갔다. 그리고 브라함이 원래의 모습으로 돌아와 누워 있는 세샤를 쓰다듬고 있는 것을 보고 눈을 크게 떴다.

"브……!"

"쉿. 조용히 하라는 말, 못 들었나?"

갈리어드는 차마 소리는 치지 못하고 너무 기뻐서 어쩔 줄 몰라 우왕좌왕하다가, 다시 연우에게로 돌아와 그를 와락 끌어안았다.

"고맙네. 정말 고마워."

갈리어드는 연우가 무슨 일을 했는지는 몰랐다. 하지만 연우 덕분에 브라함이 건강을 되찾았고, 세샤도 웃기 시작했다는 것만은 알았다.

한때, 아카샤의 뱀에 가족을 잃었던 그에게, 브라함과 세샤는 새로운 가족이나 다름없었다. 그 둘도 잃는 게 아닐까 노심초사했었는데. 또다시 연우가 구해 준 것이다.

연우는 괜찮다며 갈리어드의 등을 다독였다. 브라함도 그렇지만, 두 사람 모두 무뚝뚝해 보여도 속정은 너무 깊은 사람들이었다.

"나이 먹고 주책을 다 부리는군."

갈리어드는 눈가에 살짝 맺힌 눈물을 훔쳐 내고 너털웃음을 터뜨렸다.

그러다 연우의 어깨를 탁 짚으면서 말했다.

"이따 밤에 술이나 한잔하세. 나눌 이야기가 아주 많을 것 같으니까."

"예."

갈리어드는 고개를 끄덕이고 다시 브라함의 방으로 들어갔다.

연우는 그런 갈리어드의 뒷모습을 물끄러미 바라봤다. 동생의 첫 스승이나 다름없던 사람. 원래대로라면 순보만 얻고, 더 이상 가까이할 생각이 전혀 없었던 사람이었건만.

인연의 실은 그가 생각했던 것보다 훨씬 촘촘하게 얽혀 있어, 갈리어드는 조카를 지켜 준 사람이 되었다.

그런 사람이라면. 무엇이든 내줘야만 했다.

그러다.

연우는 문득 든 생각에, 자신을 빤히 쳐다보고 있는 판트와 에도라를 돌아봤다.

 전후 사정을 다 깨달은 브라함, 갈리어드와 다르게 두 사람은 여전히 자신의 사정을 모른다. 계속 숨겨 둘까 하는 생각도 했지만, 이제는 생각이 바뀌었다.

 이대로 미뤄 둘 수도 있겠지만, 그러면 상황은 그냥 정지해 있기만 할 것이다. 그리고 연우는 더 이상 멈춰서는 안 된다는 것을 깨닫고 있었다.

 이제는 굴려야 할 때였다.

 "판트, 에도라."

 "왜 그러슈?"

 "예. 오라버니."

 "이따 너희들에게도 따로 할 이야기가 있으니까. 관리자와 이야기가 끝나면 시간 좀 내어 다오."

 판트와 에도라가 무겁게 고개를 끄덕였다.

 연우는 고개를 들어 허공을 응시했다. 이제 이블케와 이야기를 나눌 시간이었다. 여기서 나누는 대화에 따라, 앞으로 벌어질 수많은 일들의 향방이 결정될 게 분명했다.

 가면 아래, 연우의 두 눈이 깊게 가라앉았다.

 그때, 연우 앞으로 포탈이 하나 열렸다.

 "오효효. 이곳으로 넘어오시겠습니까?"

관리자의 초대.

판트는 살짝 놀란 얼굴이 되었고, 에도라는 걱정 어린 시선으로 연우를 바라봤다.

연우는 눈짓으로 괜찮다는 의사를 보이고, 포탈 안쪽으로 발을 넣었다. 그러자 포탈이 저절로 닫히면서 순간적으로 어두웠던 시야가 확 밝아졌다.

아주 넓은 너비를 자랑하는 방이었다. 매끈한 대리석 바닥에는 붉은 양털 융단이 깔리고, 벽에서부터 천장까지 갖가지 성화가 잔뜩 그려져 있었다.

이블케는 천장 정중앙에 매달린 크리스탈 샹들리에 아래에 마련된 식탁에 앉아 가볍게 손을 흔들었다. 탁상에는 갖가지 고급스러운 자기와 찻잔이 가득 놓여 있었다.

"역시 ### 님은 가면을 쓴 모습이 제게는 더 익숙하단 말이지요. 이쪽으로 와서 앉으시겠습니까?"

연우는 고개를 끄덕이면서 이블케의 맞은편에 앉았다.

이블케는 연우 앞에 찻잔을 공손히 내려놓고, 주전자를 기울여 차를 따랐다. 맑게 빛나는 붉은 차가 채워지면서 향긋한 꽃향기가 코를 자극했다.

비록 생김새는 우악스러운 고블린이었지만. 자세는 고급스러운 턱시도와 외눈 안경에 더할 나위 없이 어울릴 정도로 우아하고 공손했다.

"오효효. 트라빌이라는 행성에서만 난다는 귀중한 약초를 우려낸 것이랍니다. 기혈과 정신을 맑게 하는 데 탁월하니 한번 맛보세요."

연우는 찻잔을 들어 입가에 갖다 댔다. 확실히 이블케가 자랑스럽게 권할 정도로 맛이 깔끔했다. 조금 피곤했던 것도 말끔하게 사라졌다. 덕분에 연우는 보다 더 또렷한 정신으로 이블케를 볼 수 있었다.

이블케가 씩 웃으면서 물었다.

"어떠신가요?"

"좋아."

"오효효. 다행이로군요. ### 님은 언제나 저희들을 고생시키기만 하는 데 반해, 저는 이렇게 ### 님께 좋은 것만 드리니. 참 열 일을 마다하지 않는 관리자의 표본이 아닙니까?"

연우는 이블케의 농담을 귓등으로 들으면서 조용히 찻잔을 내려놓고 물었다.

"하고 싶은 이야기가 있다면서. 바로 본론으로 들어갔으면 하는데."

"확실히 ### 님은 농담을 나눌 수가 없단 말이지요."

이블케는 그렇게 가볍게 투덜거리면서 박수를 쳤다.

짝!

그러자 연우 앞으로 보랏빛 이펙트가 잔잔하게 퍼지면서 홀로그램을 띄웠다.

붉은 하늘과 악마수로 가득한 23층 스테이지의 정경이었다. 여전히 스테이지의 복구가 계속 이뤄지고 있는 중인지, 끝부분이 빠르게 수복 중이었다. 하지만 복구를 시도하면 되는 듯하다가 실패하기를 반복하는 구간도 있었다.

"보다시피 헤르메스 님과 아가레스 님의 싸움이 워낙에 격렬했던 탓에, 스테이지의 복구는 아직도 덜 이뤄지고 있는 실정이에요. 아예 스테이지를 임시 폐쇄했는데도 말이지요."

임시 폐쇄.

그 말을 들은 연우의 눈이 살짝 커졌다. 탑이 생긴 이래 수천 년이 지났지만, 그렇게까지 극단적인 조치를 취한 경우는 거의 없었다.

하지만 어쩌면 당연한 일인지도 몰랐다.

분명 연우가 기절하기 전에 봤던 광경은. 더 이상 스테이지라고 부르기 뭣했으니까. 그런 곳에선 시련 자체가 불가능했다.

"거기다 스테이지에 머물고 있던 플레이어들도 대부분 사망해 버린 상태라, 여기저기 클랜이며 플레이어들의 항의까지. 지금 관리국 내의 모든 업무가 마비되어 버린 상태랍니다. 오효효! 그 때문에 ### 님에 대한 관리국의 원망이 참 어마어마하지요."

이블케는 손으로 까끌까끌한 돌기가 잔뜩 난 턱을 쓰다듬으면서 말을 이었다.

"물론, 관리국의 방침 상, ### 님에 대한 다른 제재는 없을 겁니다. 불이익도 없을 거고요. 어쨌건 이번 소란도 시련을 진행하던 와중에 벌어진 것이니까요. 아가레스 님을 미처 제어하지 못한 저희의 책임도 있고요. 아니, 사실은 한 친구가 저지른 것이 가장 크긴 했습니다만."

연우는 문득 한 녀석이 떠올랐다. 21층에 오를 때 즈음, 해(亥)의 루피가 찾아온 적이 있지 않던가. 그리고 그가 언급하던 자가 있었다.

"라플라스?"

10층대의 최고 관리자, 묘(卯)의 라플라스.

이블케는 고개를 끄덕였다.

"눈치채셨군요. 그 친구가 뭘 노렸는지는 저희도 계속 조사 중입니다만. 여하간 제가 드리고 싶은 말씀은, 저희 관리국에서 별다른 추가적인 제재는 없을 거란 겁니다. 다만, 다른 클랜이나 플레이어들은······."

"내게 원한을 가질 수 있겠지."

거대 클랜들은 이미 오래전부터 브라함을 예의 주시해

왔다. 당연히 아가레스의 갑작스러운 강림이 누구 때문에 벌어진 건지도 눈치챘을 것이다.

당장은 관리국의 보호가 있어 괜찮은 상태였지만.

만약 이블케가 완전히 떠나고 난다면, 다른 거대 클랜들이 일제히 움직일 게 분명했다. 세샤가 있는 이상, 연우는 어떻게든 이들을 지켜야만 했다. 이블케는 바로 이 점을 충고해 준 것이다.

하지만 반대로 말하자면, 연우 일행이 그동안 아무 방해 없이 휴식을 취할 수 있었던 건, 이블케의 호의 덕분이기도 했다.

연우는 이블케가 왜 자신들을 도와주는 걸까 하는 의문이 들었다. 튜토리얼 때부터 느꼈지만, 이블케는 도무지 속내를 읽을 수가 없었다. 그냥 단순한 호의일까? 아니면 빚을 지우려는 걸까?

그것도 아니면.

다른 뭔가가 있는 걸까?

"이런 걸 굳이 이야기하려고, 남은 건 아닐 테고."

"오효효. 당연히 본론은 따로 있지요."

이블케는 손을 흔들어 홀로그램을 깼다. 그러자 입자가 부서졌다가 다시 뭉치면서 여러 메시지를 만들어 냈다.

"사실 ### 님에게 드릴 말씀은 따로 있었습니다. 지금도 워낙에 다들 아우성이 심해서, 참 중간에 낀 입장에서는 난처하기만 하단 말이지요."

이블케는 마치 만찬회장을 공개하는 사람처럼, 짧은 양팔을 가볍게 좌우로 벌렸다.

메시지들이 쉴 새 없이 위아래로 떠올랐다.

　　['아스가르드'의 신, 헤임달이 무언가를 강하게 요구합니다.]
　　['데바'의 신, 시바가 강한 으름장을 놓습니다.]
　　['천교'의 신, 나타태자가 깊은 고민에 잠깁니다.]
　　['올림포스'의 신, 아레스가 목에 핏대를 올리며 다른 신들에게 소리를 지릅니다.]
　　[다른 신들이 모두 무시합니다.]
　　……

　　['르 인페르날'의 악마, 아몬이 당신을 관찰합니다.]
　　['절교'의 악마, 도철이 입맛을 다십니다.]
　　……

수많은 신과 악마들에 관련된 메시지들.

연우는 자기도 모르게 인상을 찡그렸다.

"이게 뭐지?"

이블케는 재미있다는 듯이 껄껄 웃음을 터뜨렸다.

"무엇이겠습니까. 전부 ### 님에게 깊은 관심을 보이는 분들이시지요."

"……!"

연우는 살짝 눈을 크게 떴다.

"신 측에서는 모두 41분이, 악마 측에서는 그보다 조금 더 많은 55분이 ### 님을 탐내 하고 있습니다. 전부 ### 님과 다리를 놓아 달라는 부탁이지요."

"사도직을 제안하는 건가?"

하지만 연우는 곧 놀랐던 마음을 다스렸다. 신과 악마들이 어떻게든 나설 거란 생각은 이미 하고 있었다. 아무리 헤르메스와 아테나의 도움을 받았다고 해도, 아가레스에게 그런 상처를 입힌 데다가, 브라함을 권속으로 받아들이기까지 했으니.

다만, 그 정도가 예상했던 것보다 훨씬 격렬해서 놀랐을 뿐이었다. 41명의 신과 55명의 악마라. 모두 96명이나 되는 불멸자들이 자신에게 관심을 보인단 뜻이 아닌가.

"예. 맞습니다. 아무래도 ### 님을 받아들이면 그만큼 하계에 대한 자신들의 영향력도 커지게 될 테니까요."

"하지만 시바나 아레스 같은 신들은 따로 사도가 있을 텐데?"

신과 악마는 신도는 여럿을 둘 수 있을지언정, 화신인 사도는 단 한 명밖에 두지 못했다. 그렇기 때문에 사도를 두는 데 있어 신경을 많이 쓰는 편이었다.

특히 파괴의 신, 시바와 전쟁의 신, 아레스의 사도는 하이 랭커들 사이에서도 이름을 날리는 자들이었다.

그런데도 자신에게 관심을 둔다고?

"필요하다면 기존의 계약을 깰 각오까지 하신다더군요."

이쯤 되니, 연우는 조금 어이가 없었다. 사도 하나를 키우기 위해 신과 악마들이 얼마나 많은 노력을 기울이는지 떠올린다면. 그런 계약을 일방으로 파기하는 건, 엄청난 피해를 감수하면서 연우를 탐내한다는 뜻이었다.

'브라함을 권속으로 삼았을 때에는 그렇게 노발대발해 놓고선. 역시 속내는 겉보기와 다를 수밖에 없지.'

언제는 신의 영광에 위해를 끼친다고 그렇게 화를 내더니. 연우는 아무리 격이 높아져도, 결국 인간과 다를 바가 없는 신들의 속이 보이는 것 같아 비웃음이 저절로 나왔다.

"하지만 아시다시피 사도의 조건은 랭커부터라는 것, 잘 알고 계시겠지요?"

 연우는 고개를 끄덕였다. 랭커로 분류되는 3개의 직군, 사도, 군주, 초인. 이것들의 특성이 본격적으로 개화되는 것은 50층의 용의 신전을 극복하고 난 뒤부터다.

 "하지만 50층까지 기다리기엔 너무 늦을 거 같다고 생각하셨는지, 저를 통해 몇 번씩 제안을 하려는 겁니다. 우선 가계약부터라도 하고 싶으시다는 거지요."

 쉽게 말해, 남들이 낚아채기 전에 먼저 침부터 발라 놓겠단 뜻이었다.

 "그리고 몇몇 분들 중에는 가계약을 마친 순간부터, 권능을 내주겠다고 하는 분들도 계십니다. 어떠십니까?"

 권능은 크게 보면 스킬의 범주에 들어가도, 궤를 달리한다. 신과 악마라는 '개념'을 특징짓는 힘이기 때문이었다.

 때문에 저층 구간에서부터 권능을 가진다는 것은 막대한 힘을 발휘할 수 있었다.

 하지만 팔짱을 낀 연우는 심드렁하기만 했다.

 이미 그에게는 용종 각성이라는 아주 큰 권능이 있었다. 그것도 한때 최고신들도 찍어 누를 만큼 강했던 고룡 칼라투스에게서 비롯된 것이니. 웬만한 권능은 눈에 찰 리가 없었다.

 그래서 연우는 단칼에 거절을 하려 했다. 어차피 어디에도

종속될 생각이 없었으니까. 그러다 문득 그런 생각이 들었다.
이렇게 자신을 탐내는 신과 악마들이 많은데. 굳이 한 명에게 얽매일 필요가 있을까?

['말라흐'의 신, 아즈라엘이 어서 말하라며 채근합니다.]
['니플헤임'의 악마, 요르문간드가 고요한 눈빛으로 바라봅니다.]
……

원래 이런 건 애가 타는 쪽이 굽히고 들어갈 수밖에 없다. 연우는 별 흥미 없다는 듯이 고개를 가로저었다.
"아니. 당장 주어진 것만 해도 전부 잘 다루지 못하고 있어서. 그리고 한 곳에 묶일 필요도 못 느끼겠고."

['올림포스'의 신, 아레스가 다급하게 소리를 지릅니다.]
['르 인페르날'의 악마, 단탈리안이 생각을 바꿀 것을 권고합니다.]
['절교'의 악마, 거라건타가 짜증스러운 눈빛을 보냅니다.]

……

 메시지에 떠오르는 신이며 악마들 전부, 각각의 사회에서 제법 위계가 높은 자들이었다. 어쩌면 하위 서열들은 상위 서열들의 눈치를 보느라 찔러 보지도 못해, 그나마 96명인 것일지도 몰랐다.
 녀석들은 연거푸 메시지를 쏟아 내면서 연우더러 생각을 바꿀 것을 종용했다.
 그리고 몇몇은 자신들이 얼마나 대단한지, 가계약을 맺으면 내어 줄 권능이 얼마나 위대할지 떠들어 대기도 했다.
 하지만 연우는 귀찮다는 듯 덤덤하게 고개를 가로저었다. 이블케는 그런 연우를 보면서 웃고 말았다. 그가 무엇을 노리는지 눈치챈 것이다. 이렇게 신과 악마들을 농락하는 플레이어는 아마 연우밖에 없을 것 같았다.
 "오효효. 아무리 좋은 보물을 줘도 본인이 싫다면 어쩔 수 없는 법이지요. 아쉽군요. 그럼 채널은 이걸로 닫……!"

 ['데바'의 신, 아그니가 괄괄히 날뜁니다. 24층으로 이어지는 통로가 없나 물색합니다.]
 [신의 사회, '올림포스'의 신들이 일제히 관리국에게 항의를 합니다!]

[악마의 사회, '절교'가 관리국에게 으름장을 놓습니다.]

이블케가 소란스럽기만 한 채널을 닫으려던 그때.

"하지만."

연우는 적절한 타이밍에 불쑥 끼어들어 한 박자를 쉬었다. 이블케도 기다렸다는 듯 종료하려던 것을 멈췄다.

"굳이 준다는 것까지 마다하지는 않겠어."

이블케는 입꼬리가 찢어져라 흉측하게 웃으면서 채널을 보며 말했다. 수많은 시선들이 그에게 따라붙고 있었다.

"오효효효. 다들 들으셨지요? ### 님께서 그렇다고 하시는데. 이제 어떻게 하실 생각이신지요?"

여태 소란스럽던 채널이 갑자기 조용해졌다. 하지만 이블케에게 붙은 시선들은 점점 날카로워졌다. 연우가 뭘 노리는지 이제 알아챈 것이다.

당장 가계약으로 얽매이긴 싫다. 그래도 자신이 탐난다면 권능부터 내놓아라. 물건부터 먼저 받고 나서 살지 말지를 결정하겠다는 의미였다.

신과 악마들을 상대로 강짜도 이런 강짜가 없었지만.

연우는 정말 아무래도 상관없다는 태도로 일관했고, 이블케는 금방이라도 채널을 닫을 것처럼 그들의 애간장을 계속 태워 댔다.

하지만 아주 잠깐 누구 하나 메시지를 띄우지 못했다. 초월자로서 가진 마지막 남은 자존심일 수도 있고, 다른 신과 악마들의 눈치를 보느라 섣불리 나서지 못하는 것일 수도 있었다. 그러나 어느 누구도 채널을 박차고 나가지는 않았다.

그렇게 고요함만이 흐르던 그때.

['르 인페르날'의 아가레스가 권능, '흉신악살'
을 제안합니다!]

갑자기 메시지가 하나 불쑥 떠오르는 것을 시작으로.

채널은 금세 폭주하고 말았다.

"오효효! 오효! 정말이지. 이렇게까지 98층을 갖고 노신 분은 아마 ### 님이 두 번째일 겁니다. 오효효!"

이블케는 정말이지 재미있어 죽겠다는 듯이 크게 웃음을 터뜨렸다. 그럴수록 신과 악마들이 불쾌해한다는 메시지가 떠오르긴 했지만, 그는 전혀 개의치 않았다.

연우의 환심을 사기 위한 신과 악마들의 제안은 계속 불이 붙다가, 끝내 자신들의 신물을 내주겠다는 말까지 나올 정도로 과열 양상을 띴다.

['아스가르드'의 신, 헤임달이 권능, '종말의 음'과 신물, '얄라르호른'을 제안합니다.]
　　['절교'의 악마, 거라건타가 권능, '대해일'과 신물, '수마검'을 제안합니다.]
　　……

 상황이 이렇다 보니, 이블케의 웃음소리도 덩달아 커질 수밖에 없었다.
 고작 가계약도 아닌, 일개 '선물'에 저렇게 목을 매는 꼴이 우스웠던 것이다.
 권능을 선물하는 정도야 단순히 신의 아량이라고 포장하면 된다지만. 나중에는 서로가 잘났다며 자존심 싸움까지 벌이는 게 훤히 보였으니. 아무리 신과 악마라고 해도 결국 똑같다는 느낌을 지울 수가 없었다.
 결국 연우는 편하게 제자리에 앉아서 수없이 들어온 제안을 꼼꼼하게 검토했다.
 신과 악마들을 부추기긴 했어도, 사실 전부 받을 생각은 없었다. 지금이야 서로 자존심 싸움에 눈이 멀어 되는 대로 저질렀겠지만, 나중에 정신을 되찾았을 때는 오히려 연우에게 증오심을 가질 수도 있기 때문이었다.
 98층에 억류된 자들이라고 해도, 앙심을 품으면 연우로서도 골치가 아플 수밖에 없었다. 아가레스처럼 기회를 틈타 모습을 비칠 수도 있는 일이었다.

아니, 그런 것을 전부 떠나서라도, 이렇게 많은 권능을 전부 소화할 자신도 없었다.

연우는 권능을 꼼꼼하게 살폈고, 자신에게 당장 필요한 것들만 추려서 뽑았다.

그렇게 선택한 권능은 총 4개였다.

여신의 성흔, 제3천의 영, 흉신악살, 무면목 법서.

[여신의 성흔]
등급: 권능
숙련도: 0.0%
설명: '올림포스'의 여신, 아테나가 선물한 권능.

아테나는 조카를 지키기 위해 열렬히 싸웠던 당신에게 깊은 감명을 받아, 제물로 받은 아이기스를 대체할 만한 게 무엇인가 궁리한 끝에 권능을 내놓았다.

* 여신의 창찰

여신의 강한 가호를 내린다. 눈먼 화살과 창찰로부터 육체를 보호해 주고, 압도적인 패기를 발산시켜 상대의 의지를 꺾는다.

또한, 아군으로 인식된 자들에게 동시 축복을 내려 일정 범위 내 능력치와 사기가 대폭 향상되고, 모든 속성 방어도가 증가한다.

*여신의 방패

영향력이 닿는 넓은 범위에 걸쳐 저항력과 방어력을 대폭 증가시킨다. 또한, 마력량에 비례해 임시 결계 구축이 가능해진다.

[제3천의 영(靈)]

등급: 권능

숙련도: 0.0%

설명: '말라흐'의 신, 아즈라엘이 선물한 권능.

아즈라엘은 죽음과 영혼의 신으로서, 아주 오래전부터 당신이 지닌 '칠흑왕의 절망'에 깊은 관심을 보이고 있는 중이다. 하지만 죽음은 사역해도 여전히 영혼을 다루는 데 있어 많은 면이 부족한 당신에게 답답함을 느껴, 필요하다 싶은 새로운 권능을 선물했다.

*이매망량

보유한 영혼에 시전자의 절대적인 의지를 심어 다양한 방식으로 부릴 수 있게 된다. 정신력이 약한 이에게 빙의해 혼란 상태로 만들고, 심할 경우에는 육체를 일시 강탈해 꼭두각시 인형처럼 부릴 수도 있다.

* 백귀야행

영혼이 떼를 이루며 움직인다. 사령(死靈)은 생령(生靈)을 동화시키고자 하는 본능이 있어, 지나는 길에 놓인 것들의 생명력을 닥치는 대로 갈취한다. 영혼 무리가 지나간 자리에는 풀 한 포기조차 제대로 남지 못한다.

다양한 용도로 활용이 가능하다.

[흉신악살]
등급: 권능
숙련도: 0.0%
설명: '르 인페르날'의 악마, 아가레스가 선물한 권능.

당신에 대한 집착이 심한 아가레스는 중태에 빠진 상태에서도 여전히 미련을 버리지 못한 나머지, 자신의 위대함을 어필하기 위해 강한 권능을 선물했다. 하지만 광기가 심한 만큼 발동시킬수록 마성에 젖을 위험이 커 주의해야 한다.

* 흉신(凶神)

체내에 끓어오르는 증오와 분노를 광기로 승화시켜 임의로 버서커 모드로 돌변시킨다. 이때, 광기의 증가량만큼 공격력이 비례해서 증폭되며, 대신 방어력이 그만큼 하락하게 된다.

* 악살(惡煞)

발산된 광기가 적들에게 막대한 영향력을 끼쳐 사기를 저하시키고, 정신력을 갉아먹는다. 그렇게 갉아먹힌 정신력은 시전자에게 체력과 마력으로 치환된다.

[무면목 법서(無面目法書)]
등급: 권능
숙련도: 0.0%
설명: '절교'의 악마, 혼돈이 선물한 권능.

혼돈은 눈이 있으나 사물을 볼 수 없었고, 두 귀가 있어도 소리를 들을 수 없었으며, 복강 내에는 오장이 없어 아무것도 먹질 못한다. 하지만 그만큼 감각이 뛰어나고, 지성을 갖고 있어 사유 능력이 탁월하다.

오랜 궁리 끝에 탄생된 여러 마법은 기존 체계와

그 쾌가 너무나도 달라, 따로 마도서로 엮어 낼 수가 없어 권능으로 풀어냈다.

여신의 성흔은 딱 봐도 잃어버린 아이기스를 대체하라면서 아테나 신이 따로 내준 것으로밖에 보이지 않았다.

여신의 창칼은 기존보다 훨씬 효과가 높았고, 여신의 방패는 결계 구축도 가능했다. 결계가 마법 중에서도 최상위에 해당한다는 것을 감안한다면, 엄청난 선물일 수밖에 없었다.

어쩌면.

상황도 그만큼 따라야겠지만, 숙련도를 올리는 정도에 따라, 아가레스를 상대했을 때 받았던 가호에 버금가는 효과를 볼 수 있을지도 몰랐다.

'아테나가 너무 큰 걸 줬어. 아즈라엘도 마찬가지고.'

제3천의 영은 그동안 컬렉션에 넣어 두기만 하고, 따로 사용할 방법이 없어 흑기로 치환하거나 괴이 강화용으로만 썼던 망령들을 제대로 부릴 수 있는 길을 만들어 주었다.

'머리를 조금만 굴린다면, 망령을 이용할 방법은 무궁무진하니까.'

대충 연우의 머릿속에 떠오르는 것만 해도 세 가지였다.

하나는 빙의. 주변에 있는 몬스터나 플레이어에게 망령

을 심어 넣고, 혼란 상태로 몰아넣는 것이다. 때에 따라서는 자중지란을 일으킬 수도 있었다.

다른 하나는 외벽. 망령에 물리적인 실체력을 부여해, 유사시에 몸 주변에다 둘러쳐 방어막으로 쓰는 것.

그리고 백귀야행 옵션은 사용하기에 따라 전장을 쑥대밭으로 만들 수도 있었다.

'망령에게 일일이 마독을 쥐여 주기만 해도.'

그런다면 주변 일대는 곧바로 사지가 되지 않을까? 모든 게 녹아 버릴 것이다. 만독불침 같은 특성이 아니고서야 절대 빠져나갈 수 없는 험지에 적을 가둘 수가 있는 것이다.

'실제로 따지고 보면 네 권능 중에서 가장 효과가 확실한 건 이거야. 아즈라엘. 정말 설명처럼 단순히 칠흑왕의 절망에만 관심을 두는 걸까?'

흉신악살도 뛰어나긴 마찬가지였다. 광기에 잘못 노출될 수 있다는 위험성을 내포하고 있긴 했지만, 단시간에 공격력을 몇 배로 증폭시킨다는 건 절대 무시할 수 없는 힘이었다. 무엇보다 상대에게서 정신력을 갈취해 체력과 마력으로 치환시킨다는 대목이 마음에 들었다.

'적의 정도에 따라서 지치지 않고 싸울 수 있게 되니까. 난전 중에는 이만한 것도 없어.'

원래는 아가레스의 권능이기에 거부할까 하는 생각도 했

었지만.

그래도 굳이 피할 필요는 없었다. 아니, 도망치고 싶지 않았다. 동생이 아가레스의 유혹에도 굴하지 않았듯이, 자신도 충분히 맞서서 취할 건 취할 수 있을 거라고 여겼다.

그리고 마지막 남은 무면목 법서는 사실 연우가 쓰려는 게 아니었다.

'부에게 큰 날개를 달아 줄 수 있을 거야. 나는 늑골에다 새길 문구만 얻으면 되고.'

무면목 법서는 혼돈이 정형화하지 않은 사유들을, 아무렇게나 뭉뚱그려서 만든 것에 지나지 않았다. 당연히 아무리 강한 마법들로 가득하다고 해도 내용을 파악하고 해석하는 데에만 한참이 걸릴 테니, 부에게 맡기는 게 여러모로 나았다.

아니, 오히려 부로서는 이론서보다는 심득을 얻는 게 나을지도 몰랐다. 그런다면 자신만의 마법 체계를 구축할 수도 있을 테니.

그래서 연우는 무면서 법서를 부에게 따로 링크를 놓았고, 제3천의 영은 컬렉션에 연결해서 망령과 괴이 군단의 강화를 노렸다.

[망령에 대한 지배력이 대폭 상승합니다. 영혼에

대한 이해도가 깊어집니다.]
 [괴이 '찬'이 아즈라엘의 축복을 받아, 강한 이빨을 얻었습니다.]
 [괴이 '카'가 아즈라엘의 축복을 받아, 강렬한 포악성을 획득했습니다.]
 ……

연우가 그렇게 모든 정리를 끝낸 뒤.
채널은 금세 소란스러워졌다.

 ['올림포스'의 신, 아테나가 흐뭇한 시선으로 바라봅니다.]
 ['르 인페르날'의 악마, 아가레스가 다른 악마들을 강하게 비웃습니다.]
 ……

 ['올림포스'의 신, 아레스가 당신의 선택에 분개합니다.]
 ['절교'의 악마, 거라건타가 당신의 선택을 고요한 눈빛으로 바라봅니다.]

신과 악마는 권능을 선택받은 무리와 받지 못한 무리로 나뉘어, 전혀 상반되는 반응을 보였다. 전자는 기뻐했고, 후자는 대개 가만히 연우를 관망하는 태도를 했다. 하지만 이따금 아레스처럼 길길이 날뛰는 자들도 있었다.

 그건 연우가 따로 '거절'을 하지 않았기 때문이었다. '승낙'을 한 건 아니었지만, 메시지를 그냥 띄워 나중에 언제든지 가져갈 수 있도록 해 두었던 것이다.

 '불필요하다 싶거나 불쾌하면 그냥 가져가겠지. 아니면 두고 가는 자들도 많을 테고.'

 신과 악마로서는 그들 자존심 상, 선물을 줘 버린 것이기 때문에 도로 갖고 갈 가능성이 낮았다. 그리고 이렇게 돼야만 연우와의 통로를 계속 열어 둘 수 있을 테니, 연우의 일거수일투족을 살필 수도 있었다.

 연우로서도 나쁜 선택은 아니었다. 층계를 오를수록 언제 다른 권능이 필요해질지 모르니까. 후보군을 미리 확보해 둔다면 언제든지 요긴하게 쓸 수 있었다.

 이블케는 연우의 그런 영악한 선택을 보고는 채널을 닫으면서도 계속 '오효효' 웃음을 멈출 수가 없었다. 정말이지 연우는 언제나 그에게 즐거움을 주는 존재였다.

 모든 채널이 닫힌 뒤. 이블케는 외눈 안경을 고쳐 쓰면서 자세를 정갈히 했다.

"그리고 더불어 헤르메스 님께서 남기신 전언이 있었습니다."

"뭐지?"

연우가 눈을 반짝였다. 그러고 보니 권능 리스트에는 헤르메스의 것이 없었다. 연우로서는 뜻밖이었다. 여태껏 그와 가장 가까운 관계인 신을 꼽으라 한다면 헤르메스였으니까. 그는 늘 자신을 주시하고 있기도 했다.

"어디에도 휘둘리지 말고, 늘 그러했듯 스스로의 길을 믿고 가라고 하시더군요. 언제나 당신께서 지켜보고 계시다면서."

연우는 묘한 눈빛이 되었다.

―그대에게는 그대가 걸을 길이 있겠지.

오래전. 올림포스의 보고를 나오면서 헤르메스가 했던 말이 다시 오버랩되는 건, 아마 착각이 아닐 것이다.

덕분에 연우는 자신감을 가질 수 있었다. 헤르메스가 권능을 내어 주지 않은 건, 도리어 자신을 믿어서였으니까. 그만큼 자신을 존중해 준다는 의미겠지.

"그럼 제가 ### 님께 있던 용건은 여기까집니다. 남은 층계 공략에도 계속 힘써 주시길 바라겠습니다."

이블케는 공손히 허리를 숙이면서 인사를 한 뒤, 가볍게 박수를 쳤다.

탁!

그러자 연우를 둘러싼 공간이 모두 흐트러지면서 처음 포탈을 타고 넘어왔던 곳으로 돌아왔다.

그리고.

그 순간부터, 연우는 아주 어렴풋하게나마 하늘에서부터 보이지 않는 뭔가가 자신을 따라붙는 듯한 느낌을 지울 수가 없었다.

어쩌면.

얻는 게 있는 만큼, 불편함도 커진 것 같았다.

* * *

[모든 복구가 완료되었습니다.]
[스테이지에 걸려 있던 모든 잠금장치가 해체되었습니다. 시련이 가동되었습니다.]

드디어 23층의 복구가 끝났다는 전체 메시지가 떠오른 뒤. 관리자들은 수고했다며 서로 어깨를 다독이면서 스테이지를 떠났다.

그리고 플레이어들의 입장은 아직 이뤄지지 않은 그 휑한 곳에서. 갑자기 붉은 지면 위로 손이 하나 불쑥 올라왔다.

"……빌어처먹을."

궁무신 장웨이는 지면 밖으로 천천히 나오면서 인상을 와락 찡그렸다. 대체 얼마나 많은 시간이 흐른 걸까. 체내 여기저기서 비명을 질러 댔다.

몸을 일으키자, 살점 같은 것들이 아래로 후두둑 떨어졌다. 그를 보호하기 위해서 수십 겹이나 둘렀던 마물 파사의 사체였다.

연우를 잡기 위해 23층에 도착해 뒤를 쫓던 중, 갑작스러운 아가레스와 헤르메스의 강림으로 인해 장웨이는 큰 위기를 겪어야 했다.

이예의 사도라고 해도 당장 가호를 받는 게 아닌 그로서는, 두 초월자가 뿌려 대는 힘에 휘말릴 수밖에 없었다. 고래 싸움에 새우 등 터지는 격이었다.

그래서 장웨이는 어떻게든 살아남기 위해 마물을 소환하는 것으로도 모자라, 지면 깊숙한 곳으로 몸을 숨기면서 가사 상태에 빠졌다.

만약 죽는다고 하더라도 고통 없이 죽는 게 나았으니까. 게다가 그에게 있어 이런 위기 상황은 흔한 건 아니었어도 다른 플레이어들과 비교도 할 수 없을 정도로 익숙했다.

다행히 이예의 가호가 따랐던 것인지, 장웨이는 크게 다친 구석 없이 밖으로 나올 수 있었다. 기력은 그만큼 쇠했지만, 이 정도야 휴식만 취한다면 얼마든지 보충할 수 있는 정도였다.

장웨이는 아공간을 열어 육포를 꺼내 물어뜯으면서 주변을 살폈다. 일단은 상황부터 파악해야 했다.

다행히 아가레스와 헤르메스는 자취를 감춘 것 같았다. 하지만 스테이지가 전부 뒤바뀐 이 상황에서, 독식자의 행방을 쫓는 건 쉽지 않을 것 같았다.

'그럼 어디로 간다?'

그때, 장웨이는 예민한 감각 영역 너머로, 대규모의 포탈이 열리는 것을 느낄 수 있었다. 스타트 존 근처였다.

23층이 재개방되면서 상황을 판단하기 위해 보내진 파견대일까? 보아하니 혈국이나, 엘로힘이 섞여 있는 것 같았다. 장웨이에게 아주 익숙한 기질도 있었다.

'칼리번 후작.'

혈국이 자랑하는 여러 칼 중 하나.

'그러고 보니 독식자가 드 로이 호수 근방에서 혈국과 만나고, 엘로힘이 그쪽으로 이동하는 중이라고 하지 않았나?'

저들을 이용하면 독식자를 낚을 수 있지 않을까. 이예는 엄지로 입술을 훔치면서 천천히 스타트 존이 있는 방향으로 이동했다.

하지만.

장웨이는 발걸음을 옮기다 말고 도중에 멈춰야 했다.

갑자기 스타트 존에서 일단의 무리가 빠르게 빠져나오면서 이쪽으로 달려오고 있었다. 정확하게 장웨이가 있는 방향이었다.

녀석들은 하나같이 살벌한 살의를 숨기지 않고 흘리는 중이었다. 인간과는 전혀 다른 아인종의 기질이기에, 장웨이는 단번에 자신을 쫓는 자들이 누군지를 알아챌 수 있었다.

"……외뿔부족."

야누를 죽인 게 들켜 버렸나? 하지만 분명히 사체는 처리했을 텐데? 여러 의문이 들었지만. 가만히 있을 수 없는 노릇이라, 장웨이는 천천히 어깨에 걸려 있던 사일동궁을 풀어 왼손에 쥐었다.

* * *

『야누가 죽었어.』

어느 날, 영매가 불쑥 꺼낸 말은 외뿔부족을 발칵 뒤집어 놓았다.

"야누가? 녀석이 갑자기 왜?"

무왕은 인상을 단단히 굳혔다. 전장에 용병으로 참전한 것도 아니다. 그저 명장 헤노바에게 의뢰한 물건이 있어 재료를 조달하러 가던 중이었을 뿐인데. 대체 왜?

하지만 영매가 가진 신기에는 절대 거짓이 섞이지 않는다. 특히 야누는 영매의 후계자 후보군에 있던 아이. 그 아이가 죽었다면 영매가 즉각 알아챌 수밖에 없었다.

『몰라. 자세한 건. 다만, 보이는 건, 짙은 탄내, 피 냄새, 쇳조각…… 그 외에 활과 화살, 마물 같은 것들이야. 그 아이, 고통스럽게 죽었어. 너무 끔찍하게.』

무왕은 이를 바득 갈았다. 아끼던 아이가 죽었다. 이건 자신에 대한 도전이었고, 일족에 대한 시비였다. 절대 있을 수가 없는 일이었다.

외뿔부족이 길거리에서 객사를 하는 일은 절대 있을 수 없는 일이다. 전장에서 죽는 건 있을 수 있었다. 용병으로 참전해 다치는 것도 있을 수 있는 일이었다. 그것이 일족의 자랑이었고, 전통이었다.

하지만 명예롭지 못한 죽음은. 아무도 알아주지 못하는 개죽음은 절대 허락되지 않았다.

만약 그딴 일을 저지른 놈이 있다면 탑 끝까지라도 쫓아가서 복수하는 것. 그리고 그 주변까지 전부 지워 버리는 것. 그것 또한 일족의 전통이었다.

그리고 한편으로는 그런 생각도 들었다.

야누를 각별히 아끼던 에도라가 이 사실을 안다면. 딸은 어떤 심정이 되어 버릴까. 그러니 더더욱 범인을 잡아야만 했다.

"놈을 당장 잡아 와. 내 눈앞에."

무왕의 명령에 따라, 추격대가 빠르게 만들어졌다. 야누를 죽인 살해자가 하이 랭커급일 거란 영매의 판단에 따라, 확실한 제압을 위해 장로 두 명이 포함된 추격대였다.

그리고 추격대는 곧장 범인의 흔적을 쫓기 시작했다.

야누가 죽은 곳으로 판단되는 장소를 찾아 주변 일대를 파악하고, 부리는 수법이 청화도의 궁무신과 닮았다는 사실을 파악할 수 있었다.

이리저리 흔적을 지우려는 흔적이 남아 있었지만. 빛의 화살이 훑고 지나간 자리마저 완전히 지우지는 못했던 것이다.

그때부터 그들은 궁무신의 행적을 수색했고, 끝내 23층으로 향했다는 것을 확인할 수 있었다.

거기까지 가자 23층에 있다던 연우 일행을 노리는 게 아닐까 하는 생각도 들어 조금 걱정이 되기도 했다.

하지만 그때는 이미 아가레스와 헤르메스의 강림으로 스테이지가 초토화되고, 입장이 임시 금지되었을 무렵이었다.

그리고 스테이지가 다시 개방된 순간.

추격대는 곧바로 입장해서 궁무신의 위치를 파악하고, 그곳으로 내달리기 시작했다. 영매의 눈과 외뿔부족의 발을 피할 수 있는 사람은 아무도 없었다.

콰콰쾅—

전투는 만난 순간부터 바로 이뤄졌다.

장웨이 역시 추격대가 다가온 것을 이미 파악하고 있었던 바. 어차피 설득 따윈 통하지 않는다는 것을 알기 때문에, 차라리 먼저 선수를 쳤다.

빠른 발로 도망칠까 하는 생각도 잠깐 들었었다. 장웨이에게 승부란 이기는 것만 중요할 뿐, 이기지 못한다면 전략상 후퇴도 나쁜 선택지는 아니었다.

하지만 당장 달아난다고 해도 외뿔부족의 추격이 끝나지 않을 것 같은 데다가, 우선 추격대의 머릿수라도 줄여 놔야 후퇴할 때 조금 편해질 것 같았다.

장웨이는 커다란 악마수 사이에 잠복해 있다가, 루트를 따라 추격대가 나타난 순간 화살을 잔뜩 뿌려 댔다.

〈소증(素繒)〉. 이예 신이 그에게 선사한 신물이자 권능을 터뜨리는 순간. 빛의 화살은 단번에 수십 갈래로 쪼개지면서 추격대의 머리 위를 덮었다.

"산개!"

하지만 추격대는 이미 장웨이가 무슨 짓을 저지를 거라 짐작하고 있었고, 삐쩍 마른 장로의 외침에 따라 15인으로 구성된 추격대는 전원 뿔뿔이 흩어져서 화살의 범위에서 이탈했다.

"규합!"

그리고 이번에는 짜리몽땅한 다른 장로의 외침에 따라 크게 원호를 그리면서 장웨이에게로 일제히 달려들었다.

파바밧!

장웨이는 활시위에다가 소증을 다시 다섯 개나 걸고, 이번에는 바닥에다 그대로 쐈다.

쾌쾅!

한순간, 지면이 그대로 폭발하면서 먼지구름이 높게 치솟아 추격대의 시야를 한껏 가렸다. 장웨이는 그 위로 높게 훌쩍 뛰어오르면서 먼지구름 안쪽에다가 소증을 잇달아 쏘아 댔다.

퍼버버벙!

수백 수천 갈래로 쪼개진 빛의 화살은 자욱한 먼지구름에

다가 구멍을 숭숭 뚫어 단번에 주변을 누더기로 만들었다.

〈소증— 광폭취우〉

그리고 그 뒤에도 자잘한 폭발이 이어지면서 겨우 복구되었던 숲이 잔뜩 망가지고 말았다.

그때 장웨이의 앞뒤로 뭔가가 불쑥 솟구쳤다. 추격대에 명령을 내리던 두 장로들. 그들은 입고 있던 옷은 걸레짝이 되어 있었다. 하지만 둘 모두 두 눈이 활활 불타올라 장웨이에게 단단히 고정되어 있었다.

콰콰콰—

셋은 서로 허공 한가운데에서 잇달아 충돌했다. 두 장로의 합공에도 불구하고, 장웨이는 능숙하게 그들의 공격을 물리쳤다. 원거리 공격에 특화되어 있었지만, 근접 무술에도 일가견이 있는 그였다.

쾅!

결국 그들은 커다란 폭발과 함께 잠시간 서로 거리를 벌려야만 했다.

장웨이는 허공에서 아주 가볍게 몸을 뒤틀면서 근처 악마수의 꼭대기에 착지했다. 그러면서 자신과 비슷한 눈높이에 선 두 장로들을 보며 비웃음을 흘렸다.

"외뿔부족, 외뿔부족, 그러더니. 고작 이건가? 백마왕과 흑선군. 이름값에 먹칠하는 것밖엔 안 되었군."

두 장로들의 얼굴이 딱딱하게 굳었다. 짜리몽땅한 체구의 백마왕과 고목나무처럼 삐쩍 마른 흑선군. 둘은 오랫동안 한 몸처럼 붙어 다니면서 탑을 공략했던 것으로 유명했다.

한 명 한 명의 실력도 뛰어났지만, 두 사람이서 펼치는 합공은 아홉 왕의 간담도 서늘하게 만들 정도라고 알려져 있었다.

하지만 장웨이는 그런 소문에 거품이 잔뜩 끼어 있었던 게 아니냐며 힐난하고 있었다.

야누를 죽인 범인이기 이전에, 그들의 자존심과 명예마저 뭉개 버리는 화법에 짜증이 솟구쳤다.

그리고 한편으로는 장웨이가 생각했던 것보다 훨씬 실력이 뛰어나다는 사실에 혀를 찼다.

백마왕과 흑선군은 힐끔 고개를 돌려 서로 눈빛을 주고받았다. 두 사람은 별다른 말을 하지 않아도, 눈치로 의사를 교환할 수 있을 만큼 가까웠다.

'아무래도, 안 되겠지?'

'어쩔 수 없지.'

원래대로라면 제압해서 마을로 압송하려 했지만. 반발이 심한 만큼 생포는 힘들 것 같았다. 전력을 다해 죽이자는 결정이 내려진 순간.

화아악!

갑자기 두 장로를 따라 막대한 기파가 회오리치기 시작했다. 입고 있던 옷자락이 나풀나풀 흔들렸다. 이제부터 전력을 다하려는 것이다.

그리고 나무 아래에서는 어느덧 먼지구름이 가라앉으면서 추격대원들이 하나둘씩 나타나 모이고 있었다.

2명이 보이지 않았다. 폭발에 휘말려 죽은 것이지만, 그들은 전혀 아랑곳하지 않았다. 오히려 살벌한 기세를 띠며 장웨이를 어떻게든 죽일 생각으로만 가득했다.

장웨이는 살갗을 따끔거리게 만드는 자극에 입꼬리를 말아 올렸다. 간만에 느껴보는 긴장감이었다. 어쩌면 자신이 원하던 건 이런 것일지도 몰랐다.

지구에서나 탑에서나. 결국 제 버릇은 남에게 주지 못하는 모양이었다.

"너희들은, 날 웃게 해 줄 수 있을까?"

장웨이는 다시 백마왕과 흑선군에게로 달려들었다. 그리고 동시에 펼친 마물 소환에 따라, 지반이 흔들리며 네 마리나 되는 괴물들이 일제히 몸을 일으키면서 추격대를 공격했다.

콰콰쾅!

* * *

"……음, 그러니까 형님 말씀은, 원래 주려 했던 히든 피스를, 형님이 홀라당 다 까먹어 버렸다, 뭐 이 말 아니우?"

연우는 새롭게 획득한 권능들의 점검이 끝난 뒤, 다시 판트와 에도라를 찾았다.

그런데 판트는 연우를 보자마자 히든 피스에 대해 물었다. 각룡의 심장과 보라색 마귀꽃을 정제해 환단을 만들어 주겠다던 약속을 잊지 않았던 것이다.

연우는 순간 아차 싶었다. 아가레스와 싸우기 위해 마의 인자가 급박하게 필요했고, 그 상황에 모아 뒀던 히든 피스를 죄다 먹어 버렸으니.

판트는 이 말을 듣고 툴툴대기 시작했다. 그러다 좋은 건 혼자서만 먹는다느니 하는 말을 하면서 성큼 객관을 나서 버렸다.

전혀 생각지도 못했던 반응. 연우는 얼떨떨한 눈빛으로 에도라를 봤고, 에도라는 가볍게 피식 웃고 말았다.

"부끄러워서 그런 거예요."

이건 또 무슨 소릴까.

"부끄럽다니?"

"오라버니가 진지한 이야기를 하실 것 같으니까, 괜히

낯간지러워서 저러는 거란 뜻이에요."

연우는 헛웃음을 흘리고 말았다. 저놈한테 그런 귀여운 면이 있었나? 둔해 보이는 겉보기와 다르게 눈치가 빠른 녀석이니 어쩌면 가면에 대한 이야기라는 것을 알아챈 것인지도 모른다.

그래도 어떻게 붙잡아 놓고 이야기를 해야 하나 생각이 들었는데. 에도라가 불쑥 연우의 손을 꼭 잡으면서 예쁜 얼굴을 내밀었다.

"너무 다급하게 생각지 마세요. 어차피 오늘만 날이 아니잖아요."

계속 함께 있지 않을 거냐는 말. 연우는 자신을 빤히 올려다보면서 말하는 에도라를 보며 담담하게 고개를 끄덕였다. 이 둘이라면 모든 걸 맡겨도 괜찮겠다는 확신이 조금씩 들기 시작했다.

그리고.

에도라는 지금이 기회가 아닐까 하는 생각을 가졌다. 둘밖에 없는 공간과 애틋한 공기. 뭔가에 홀린 사람처럼 천천히 손을 뻗어 연우의 가면을 벗겨 가려는데.

갑자기 문이 벌컥 열리더니, 판트가 불쑥 얼굴을 내밀었다.

"무슨 일이 있어도, 나는 형님 편이우."

판트는 그 말만 남기고 다시 문을 닫고 사라졌다. 연우는 눈을 동그랗게 떴다가 피식 웃었다. 확신이 생겼다. 탑에 올라와 만난 인연들 중에서도, 두 동생들은 정말 특별한 아이들이었다.

반면에.

에도라는 분위기를 다 깨 버린 판트를 보면서 이를 바득바득 갈았다.

* * *

일행은 탑에서 나와 외뿔부족의 마을로 향했다.

이블케의 경고처럼 이번 소란은 절대 거대 클랜의 관심을 피할 수 없었다. 여태껏 브라함과 세샤를 방관하던 곳들도 움직일 게 분명하니, 24층에 더 이상 남아 있으면 위험하다고 판단한 것이다.

하지만 언제나 한적하던 마을은 소란스러웠다.

"아버지, 이게 무슨 일이에요?"

에도라는 마을로 들어오는 내내 바쁘게 움직이던 부족원들을 떠올리고 인상을 딱딱하게 굳혔다. 마을에서 피 냄새가 잔뜩 났다. 누가 다쳐서 왔단 뜻이었다.

무왕은 그답지 않게 굳은 얼굴로 고개를 끄덕였다.

"카람 영감이 죽었다."

"예?"

"테이나, 스라브, 얀도."

"천천히 말씀해 주세요. 그게 무슨 말씀이세요?"

무왕은 야누가 갑자기 죽은 것을 시작으로, 장웨이를 쫓기 위해 보낸 추격대까지 거론했다. 그리고 녀석과의 싸움에서 추격대는 패퇴하고 말았다. 15인 중에서 6인이 죽었고, 그중에는 백마왕 카람 장로가 섞여 있었다. 남은 9인도 중태라고 했다.

"야누가……"

에도라가 바닥에 주저앉으려는 걸, 연우가 재빨리 부축해 줬다. 웬만한 일에는 절대 흔들리지 않던 그녀였지만. 지금만큼은 다른 것 같았다. 친형제처럼 같이 살아왔던 소중한 지인이었기에 충격은 클 수밖에 없었다.

그리고 그걸 듣고 있던 연우도 잔뜩 굳은 눈빛이 되었다.

'궁무신이? 외뿔부족은 갑자기 왜?'

아니, 정확하게 말하면 헤노바를 노렸던 것일까? 살해 장소가 헤노바의 대장간에서 얼마 떨어지지 않은 곳이라는 점이 마음에 걸렸다.

"그럼 놈은? 어떻게 할 생각이우, 아버지?"

판트가 눈에 불을 잔뜩 켜며 무왕에게 달려들 것처럼 물었다. 바득바득 이를 갈았다. 장웨이가 눈앞에 있었으면 씹어 먹으려 들었을 것이다.

 "다시 잡으러 가야지. 이렇게까지 건드렸다는 건, 우릴 개호구로 봤단 뜻이니까."

 무왕이 한쪽 입술 끝을 비틀렸다. 잔뜩 벌어진 입가 사이로 송곳니와 어금니가 훤히 드러났다.

 "놈의 모가지는 내가 비틀어 놓을 거다."

* * *

 무왕이 직접 움직인다는 건, 외뿔부족 전체가 움직인다는 말과 똑같았다.

 무왕을 중심으로 장로와 전사들이 대거 투입된 추격대가 새롭게 재편성되고, 곧장 자취를 감춘 장웨이를 추격했다. 웬만한 클랜쯤은 손쉽게 부수고도 남을 전력이니, 장웨이로서도 바짝 도망칠 수밖에 없을 터였다.

 그리고 한편으로는 가뜩이나 23층의 소란으로 시끄럽던 탑에, 무왕이란 거대한 바위를 던져 버린 꼴이었으니 소란은 더 커질 수밖에 없었다.

 레드 드래곤과 청화도의 전쟁 이후, 거대 클랜들이 본격적으로 움직이면서 다들 촉각을 바짝 세우긴 했지만.

일 년 가까이 이렇다 할 별 사건이 없어 잠잠해지려던 여론도 다시 팽팽하게 날이 섰다.

그렇게 탑이 복잡하게 움직이는 상황 속에서.

연우는 새로운 바위를 준비하기 위해서 헤노바의 대장간을 찾았다.

"으음? 네놈은 한동안 탑 오르는 데에만 집중할 것처럼 굴더니 웬일이냐?"

헤노바는 연우의 갑작스러운 방문이 의아했던지 고개를 갸웃거렸다. 혹시 만들어 준 무구들이 부서지기라도 했나 싶어 미심쩍은 시선으로 연우를 위아래로 살폈다.

바깥 상황은 전혀 모르는 눈치였다. 다친 구석도 없어 보였다. 연우는 다행이라며 속으로 안도에 찬 한숨을 내쉬고, 용건을 꺼냈다.

"부탁드릴 게 있어서 왔습니다."

"또 뭐?"

연우와 엮이면 골치 썩히는 일만 있었었지. 헤노바는 대놓고 인상부터 찌푸렸다.

여전하다는 생각에. 연우는 약한 웃음을 흘리면서 물었다.

"혹시 현자의 돌을 아십니까?"

마치 '도를 아십니까' 하고 묻는 듯한 말투. 헤노바 구겨진 인상을 더 크게 구겼다.

"그건 또 무슨 개풀 뜯어먹다가 목 막혀서 물 찾는 소리야? 뭔 약 팔러 왔냐?"

역시 무슨 말이든 한 마디 한 마디 하는 게 너무 직설적이다. 어쩌면 뛰어난 실력을 지니고도 한동안 거대 클랜들로부터 외면당했던 건 이런 불같은 성격 때문이었는지도 몰랐다.

그래서 한편으로는 걱정이 되는 것도 사실이었다. 과연 이대로 헤노바를 합류시켜도 될까 하는.

"꽤 중요한 이야기입니다. 절대 외부로 새어 나가서도 안 됩니다."

헤노바는 연우가 진지하다는 사실을 깨닫고, 곰방대를 입에 물었다. 살짝 찡그린 얼굴로 턱짓을 했다. 어서 말해 보라는 듯.

연우는 현자의 돌에 관한 것들을 이야기했다. 레드 드래곤이나 청화도의 이야기는 뺐다. 대신에 에메랄드 타블렛과 재료들을 구했고, 연구 방향도 거의 가닥을 다 잡았으며 브라함이 도와주고 있다는 설명까지 전부 다 했다.

사실 연우는 헤노바를 합류시키는 데 있어 약간 망설여했었다.

판트와 에도라와는 조금 경우가 달랐다. 사연에 대해서 말하지 않은 건 똑같았지만, 이유가 달랐다. 헤노바를 위험한 가시밭길로 끌어들여도 되는가 하는 생각이 계속 들었던 것이다.

하지만 브라함은 딱 잘라서 말했다.

—내가 도와줄 수 있는 건, 이론과 실험밖에 없다. 그것을 제대로 구현해 낼 수 있는 건, 아마 탑에 헤노바밖에는 없을 거다. 그분의 손은 반드시 필요해.

무언가를 제작할 때에는 여러 시행착오를 겪기 마련이다. 이때는 실수를 빠르게 잡아내고 고칠 점을 찾는 게 가장 중요했다. 그런 면에서는 여러 노하우를 가진 헤노바가 훨씬 낫다는 뜻이었다.

게다가 브라함이 이어서 한 말은 연우의 마음을 무겁게 만들었다.

—너와 헤노바 사이는 잘 모른다. 하지만 정우와 헤노바 사이는 잘 알지. 부자지간처럼 가까웠다면서? 너는 그럼 그런 부자지간의 신뢰를 깨 버릴 참이냐?

―헤노바가 고통스러워하리란 건 알고 있다. 힘들어하리란 것도. 하지만 한평생 떠나 버린 자식 같은 아이에 대한 죄책감을 안고 사는 것보단 낫지 않을까?

죄책감.
그 말을 들은 순간, 연우의 머릿속에 가장 먼저 떠오른 물건이 있었다.
마장대검.
처음 연우가 헤노바를 만나 강짜를 부리다시피 하면서 얻었던 아티팩트. 그리고 그와 가까워질 수 있게 인연을 만들어 줬던 물건은 분명히 설명 창에 이렇게 적혀 있었다.
원래 소중한 이를 떠올리면서 만들었던 것이라고. 하지만 그 주인이 죽어 원념이 깃들었다고.
아마도.
그 주인은 동생이 아니었을까.
헤노바는 언제나 떠나 버린 동생에 대한 죄책감을 안고 살았던 것이다. 조금만 더 좋은 장비를 맞춰 줬더라면. 조금만 더 녀석의 옆에 있어 줬더라면. 조금만 더 녀석에게 신경을 써 줬더라면.
지금 같은 일은 벌어지지 않지 않았을까.

그리고 그러했던 마음은 모두 연우에게로 향해 마장 세트를 만들어 냈다.

—앞으로의 싸움이 가시밭길이라고 했지? 그곳으로 헤노바를 끌어들이고 싶지 않다고. 하지만 그건 네가 판단할 일이 아니야. 헤노바가 선택할 일이지.

브라함은 연우를 강하게 꾸짖으면서 아무것도 숨기지 말라고 말했다. 오히려 모르고 사는 것이 그에게는 더 큰 가시밭길이라고. 네 마음대로 누군가를 위험하게 만드니 마니 함부로 재단하지 말라고 말이다.

그래서 그때부터 연우는 생각을 바꾸게 되었다. 헤노바에게도 제대로 털어놓기로. 다만, 갑작스레 말한다면 그가 놀랄 수 있으니, 자신이 가진 비밀들을 천천히 보여 주면서 말할 시기를 찾을 생각이었다.

그리고 말하고 싶었다. 동생을 대신해서.

고마웠노라고.

"······그렇게 된 겁니다."

"흠."

헤노바는 곰방대를 입에 문 채로 한참 동안 깊은 생각에 잠겼다.

연기로 실내가 가득 찰 정도가 되어서야, 헤노바는 곰방대에 남은 재를 털고 천천히 자리에서 일어났다.

그리고 장비들을 하나둘씩 챙기면서 물었다.

"어디로 가면 되는 거냐?"

"도와주시는 겁니까?"

"도와주긴 누가 도와줘? 간만에 브라함도 만나고. 현자의 돌씩이나 되면 재미도 있을 것 같아서 그런 것뿐이다."

헤노바는 툴툴거리면서도 부끄러웠던지 귓가가 살짝 빨개져 있었다.

"감사합니다."

연우는 정말 진심을 담아 고개를 숙였다. 동생에게도, 자신에게도. 헤노바는 정말 고마운 존재였다.

* * *

"오랜만입니다, 헤노바."

"쯧. 어쩌다 저런 못난 놈한테 붙잡혀 이런 신세가 된 것이오, 브라함? 여하튼 20년 만이로군. 반갑소."

브라함과 헤노바는 서로 만나자마자 반갑게 포옹을 나눴다. 두 사람은 20년 전에 교류를 나누기 시작한 이후로, 이따금 편지를 통해 서로 안부 인사를 나누기도 할 정도로 두터운 관계를 유지하고 있었다.

둘은 서로가 가진 기예를 깊이 인정하고 있었다. 단순히 5대 명장으로 손꼽혀서가 아니라, 정말 상대가 한 분야에 가진 학식과 실력에 깊이 탄복해서였다.

그리고 현자의 돌이라는 희대의 보물을 만들기 위해 같이 의기투합하게 되었단 사실이, 두 사람을 잔뜩 고무되게 만들었다.

연우는 여기에 리치 부와 정령 레베카도 같이 소환했다.

부는 최근에 연우가 준 무면목 법서를 깊이 탐독하면서 빠른 성장세를 보이는 중이었다.

원래 리치가 가진 그릇 때문인지, 연우가 영혼을 다루는 기술이 깊어졌기 때문인지, 그것도 아니면 원래 부의 재능이 깊었던 건지 모르지만. 부가 가진 지식도 크게 도움이 될 것 같았다.

레베카도 마찬가지.

사도로서 살았던 경험이 풍부했던 그녀이니만큼, 케르눈노스 신의 지식을 풀어낼 생각이었다.

그리고 여기에 외뿔부족의 대장로도 더해졌다.

"이 늙은이가 여러분들의 발목을 붙잡지나 않았으면 좋겠는데 말입니다."

대장로는 안경을 고쳐 쓰면서 사람 좋은 미소를 흘렸다.

"'핏빛 현자'가 그런 말씀을 하다니. 그럼 우리는 다 나가 죽어야 한다는 거요? 허허!"

헤노바가 고개를 절레절레 흔들었다. 하지만 대장로는 그저 웃기만 할 뿐이었다.

핏빛 현자. 지금은 탑 내에서도 기억하는 사람이 드물었지만, 한때 대장로를 가리키던 별칭이었다.

무왕이 외뿔부족의 새로운 전성기를 열었다면, 그런 전성기를 구축할 수 있도록 기반을 마련했던 건 전부 핏빛 현자가 활약한 덕분이었다.

학식이면 학식, 무위면 무위. 문무에 모두 통달해서 당대에는 그와 견줄 수 있는 사람이 거의 없었다. 마군의 선대 수장, '검은 새벽'과 쌍벽을 이룬다는 말까지 있을 정도였다.

하지만 시대가 흐르면서 마군에서는 새로운 대주교가 나타나 검은 새벽을 죽이고, 외뿔부족에서는 무왕이 태어나 이름을 크게 떨쳤으니.

핏빛 현자는 그때부터 일선에서 물러나, 대장로로서 일족을 돕는 데에만 집중했다.

하지만 그러면서도 공부를 게을리하지 않았으니. 아마 모르긴 몰라도, 그의 머릿속에 담긴 지식과 지혜는 브라함에 못지않을 게 분명했다. 외뿔부족의 모든 정수를 그가 갖고 있다고 봐도 무방했다.

다만, 이런 일에 크게 관심을 보일 것 같던 다른 장로들은 참여하지 않았다.

머릿수가 많으면 자칫 이야기가 새어 나갈 수도 있어, 이를 우려한 것이기도 했지만 현재 외뿔부족의 분위기가 흉흉하기 때문이었다.

'궁무신이라.'

연우는 작게 중얼거리다, 이내 앞에 모인 사람들을 둘러보면서 말했다.

"그럼 모두 시작하겠습니다."

헤노바, 브라함, 부, 레베카, 대장로.

이들을 진두지휘하는 건, 그가 맡을 예정이었다.

여러 명사들 앞에 나서기엔 여러모로 부족한 면이 많았지만.

그래도 에메랄드 타블렛에 대한 이해도가 가장 깊고, 현자의 돌을 완성할 방향을 그린 사람은 그였다.

그러니 그가 중간에서 충돌이나 차질이 없도록 잘 이끌어 나가야만 했다.

가면 아래, 연우의 눈동자가 또렷하게 빛났다.

＊　　＊　　＊

　연구는 빠른 속도로 진행되었다.

　이미 방향이 머릿속에 대략적으로 잡혀 있으니, 거기에 맞춰서 진행하면 되었던 것이다.

　물론, 아무런 차질이 없는 건 아니었다.

　아무리 많은 검증을 거쳤다지만 연우가 짰던 구조식에도 허점은 더러 있었고, 맞는 구조식이라고 하더라도 알 수 없는 이유로 불발로 그치는 경우도 있었다.

　그럴 때에는 수식을 다시 처음부터 짜면서, 거기에 맞춰 실험을 재개해야만 했다.

　브라함과 대장로, 레베카는 머리를 맞대면서 수식을 몇 번씩이고 뜯어고치기를 반복했다. 그럼 부는 이를 바탕으로 마법도식을 풀어 보면서 가능한지 여부를 따졌다.

　그리고 가능하다고 판단이 들면, 즉각 헤노바가 구현해 보는 식이었다.

　물론, 그럼에도 잘되지 않을 경우에는 헤노바가 자신이 오랫동안 쌓은 현장 지식을 일러 주면서 방향을 잡아 나가기도 했으니.

　탑에서도 내로라하는 이들이 머리를 함께 맞대니, 쉽게 풀리지 않을 문제도 금세 해답을 찾아 나갈 수 있었다.

다만, 여기에는 막대한 비용이 들어갔다.

이곳에 있는 이들이 딱히 돈을 필요로 하는 건 아니었다. 하지만 실험을 위해서는 여러 재료들이 투입될 수밖에 없었고, 그 과정에서 돈이 필요했던 것이다.

우선 필요한 비용은 인트레니안의 금은보화로 충당할 수 있었다.

하지만 이마저도 급속도로 메말라 갔다. 현자의 돌이나 되는 것을 만들기 위해서는, 갖가지 비싼 술식이 많이 요구되었던 것이다.

그래도 어느 정도 완성점이 보이고, 연우의 사정을 안 무왕이 뒤에서 도와주라고 지시를 내린 덕분에 한숨 돌릴 수는 있었다.

그러나.

언제나 완성 막바지에 생각지도 못한 문제점이 생기기 마련이었다.

"힘들어. 이대로는."

브라함은 피곤했던지 검지와 엄지로 눈덩이를 가볍게 문질렀다. 호문클루스의 육체였지만, 정신적 피로까지 쌓이지 않는 건 아니었다.

대장로도 안경을 벗고, 머리를 식히기 위해 잠시 눈을 감았다. 머릿속에는 여전히 여러 숫자와 도식이 돌아다니는 중이었다.

 레베카와 부도 벽에 적힌 도식을 보면서 깊은 생각에 잠겼다.

 연우도 고요한 눈빛으로 뚫어져라 도식을 바라봤다. 시차 괴리를 수없이 발동하면서 계속 연산을 거듭해 봤지만, 도무지 해답이 보이지 않았다.

 '그릇과 내용물을 단단히 고정시킬 방법은 찾았어. 하지만 그릇에다 내용물을 담을 방법이 없다니. 미칠 노릇인데.'

 그릇은 현자의 돌을, 내용물은 동력원을 뜻했다. 연우에게는 아가레스가 남긴 마핵이 동력원이었다.

 문제는 이 마핵을 현자의 돌에 온전하게 담을 방법이 없다는 점이었다.

 옮길 수는 있었다. 하지만 그 뒤가 문제였다. 마핵은 웬만한 악마쯤은 쉽게 만들고도 남을 만큼 어마어마한 양의 마기를 담고 있었고, 겨우 고정시켜 놓은 것을 억지로 움직였다가는 금세 폭주로 이어질 수 있었다.

 이제는 쌓아 둔 공적치도 없고, 관리자의 도움을 빌릴 수도 없었다. 한번 마핵이 흐트러지면 육체가 붕괴할 위험이 컸다.

 아니, 어쩌면 육체가 그대로 마화(魔化)되어, 악마가 되어 버릴지도 몰랐다.

게다가 설사 어떻게 옮긴다고 해도, 현자의 돌에다 고정시킬 방법이 없었다.

결국.

이 마지막 지점에서 막혀 버린 채 한 달이 훌쩍 지나고 말았다.

여태껏 아무런 거리낌 없이 일을 진행하다가, 갑자기 턱하니 막혀 아무런 진전도 없이 시간만 훌쩍 지나 버렸으니. 일행들의 속도 같이 답답해졌다.

"환장할 노릇이군."

특히 브라함으로서는 그답지 않게 조급한 마음까지 들었다.

이 구조식을 완성해야만 세샤를 낫게 하고 아난타도 구할 수 있을 텐데. 신의 지식을 지닌 그로서도 길이 보이지 않았다.

흔히 사람들은 신이 전지(全知)하고 전능(全能)하다는 말을 입에 달고 살지만. 실제로 신들은 절대 전지전능하고 완전한 존재가 아니었다. 오히려 신위에 묶여 결여만 가득한 불쌍한 존재였다.

「저게 대체 전부 뭐래? 순 외계어 아냐? 우리 같은 세상에 살고 있는 거 맞나?」

「……..」

「근데 한령, 넌 요즘 들어 부쩍 말이 없다?」

「나 역시 고민하고 있으니까.」

「동작 그만. 어쭈, 어디서 밑장 빼기야? 네가 저걸 이해한다고?」

「그럴 리가. 이해도 안 되는 걸 봐서 뭘 하겠나. 72선술을 연구하고 있었을 뿐이다.」

긴 시간 동안 아무것도 하지 못해 심심해하던 샤논과 한령의 농담 따 먹기만 계속 이어졌다.

그때.

깊은 고민에 잠겨 있던 레베카가 천천히 고개를 들었다. 깊게 가라앉은 눈이 연우에게로 향했다.

『주인.』

"왜?"

『아무리 해도 술식이 나오질 않는다면. 다른 분야의 명사를 데려와서 도움을 청하는 건 어떨까? 다른 시점에서 보면 해결책이 보일지도 모르잖아.』

확실히 여기에 있는 사람들은 이미 서로 너무 많은 것들을 공유하면서 밑천이 거의 드러난 상태였다.

다른 명사를 초빙해서 본다면 새로운 해결책을 볼 수 있을지도 몰랐다.

사실 이런 분야에 특화된 곳들이 있긴 했다.

마법사들의 길드, 마탑.

마녀들의 고향, 발푸르기스의 밤.

엘로힘도 갖가지 지식을 갖고 있을 것이다.

확실히 그들의 손을 빌린다면 어떻게든 방법을 찾을 수도 있겠지만.

연우는 단호하게 고개를 가로저었다.

지금 여기 있는 사람들은 모두 그가 신뢰하고 의지할 수 있는 사람들이었다. 동료나 마찬가지였다.

하지만 다른 자들은 달랐다. 믿을 수 있는 사람이 없었다. 더구나 시간이 한참 흐른 지금까지도, 23층의 일로 연우에게 관심을 보이는 사람들이 많은 상황에서. 그런 위험수를 던질 수는 없었다.

『조직에 묶이지 않고, 오히려 여러 사람들로부터 지탄을 받고 있는 사람이라면 어떨까? 그러면서도 우리의 일을 깊게 이해할 수 있을 만큼 똑똑하고, 세상일에 무관심하기도 한 사람이라면.』

연우의 눈이 빛났다. 만약 그런 사람이 있다면. 여전히 위험한 수이긴 해도, 위험 요소를 바짝 낮출 수는 있을 것 같았다. 그리고 때에 따라서는 독하게 마음먹고 입을 막기도 쉬울 것 같았다.

"그런 사람이 있나?"

『어. 너도 잘 아는 사람이야.』

"누구지?"

레베카는 고개를 끄덕이면서 말했다.

『빅토리아.』

연우는 알겠다는 듯이 고개를 끄덕였다. 확실히 레베카의 말마따나 빅토리아라면. 이 일에 충분히 도움이 되고도 남았다.

붉은 신목이라 불릴 정도로 뛰어난 룬 마법사이자 주술사. 또한, 5대 명장으로 손꼽히는 사람이었다.

다양한 방면에 있어 걸출한 지식을 갖고 있을 테니, 현자의 돌에도 큰 도움이 될 게 분명했다.

『게다가 지금 동력원이 현자의 돌에 담기는 과정이 어려운 건, 그것을 단단히 얽어맬 법칙이 없기 때문이기도 하니까. 하지만 룬 문자로 이것을 묶을 방법이 있지 않을까?』

옳은 말이었다.

하지만.

한 가지 문제점이 있었다.

"가능하다면 나도 부르고 싶긴 하지만. 그래도 여전히 행방을 알 수 없는데. 어떻게?"

20층에서 그런 소란이 있고 난 뒤. 연우는 여전히 칸과 빅토리아에 대한 행방을 수소문 중이었지만, 여전히 오리무중이었다.

이런 상황에서 빅토리아를 어떻게 찾을 수 있을까?

『확실치는 않지만. 방법이 하나 있긴 있어.』

"뭐?"

『빅토리아에게 주술을 가르쳐 준 스승이 있어. 룬 마법은 그녀가 독학으로 익힌 거지만, 주술은 원래 다른 사람으로부터 배운 거라. 만약 정말 빅토리아가 외부로부터 잠적을 하려 했으면 그쪽으로 갔을 가능성이 커.』

연우는 인상을 찡그렸다.

"왜 그걸 말하지 않았던 거지?"

『사실 나도 여태 잊고 있었어. 빅토리아를 떠올리다 보니까 갑자기 떠오른 것이라. 그 점은 미안해.』

레베카와 연결된 연결 고리는 진실이라고 말하고 있었다. 하지만 어느 정도 숨긴 것도 사실인 것 같았다.

그래도 연우는 더 자세히 따지지 않았다. 사념체이니만큼, 여전히 기억이 일부 혼란스러울 수 있을 테니까. 유실된 기억도 상당할 것이다. 그러니 지금이라도 떠올린 게 다행일지 몰랐다.

더구나 레베카는 연우에게 종속되었지만, 여전히 그를 완전히 믿을 정도로 마음을 연 것도 아니었다.

오행산에서 레베카와 빅토리아가 제법 가까웠던 사이였던 것을 감안한다면. 자신들에게 어떤 일이 닥쳤을 때를 대비해 상대에게 비상 대책을 미리 일러 줬을 수도 있었다.

다만, 시간이 한참 흐르면서 서로 잊어버렸던 것이겠지만.
"그 스승이라는 사람, 어디로 가면 찾을 수 있지?"
레베카에게 질문의 답을 듣는 순간.
"뭐?"
연우는 대놓고 인상을 찡그리고 말았다.

* * *

"이런 곳에 그런 대단한 주술사가 있다니. 믿기지가 않네요."
"으핫! 좋기만 한데. 뭐가 문제야? 이야아. 저, 저, 봐라. 와아. 죽인다. 라인이 아주 그냥."
"죽을래?"
에도라는 도끼눈을 뜨면서 판트를 노려봤다. 하지만 판트는 슬쩍 고개를 돌려 동생을 무시하면서 주변을 구경하기에 여념이 없었다.

밤이 내려앉은 자리.

길을 따라 곳곳에 붉은색으로 치장된 건물이 줄지어 섰고, 그 앞에는 갖가지 아슬아슬한 복장을 입은 여인들이 추파를 던져 댔다.

그들이 있는 곳은 탑 외 지역에서도 제법 유명한 환락가였다. 각종 성매매나 클럽 골목, 심지어 마약상 등, 음지에서 벌어지는 다양한 일들이 얽히는 곳.

당연한 말이지만, 에도라는 이런 곳이 영 거북하기만 했다. 안쪽으로 들어가면 여성들을 위한 곳도 있다고 해도 싫은 건 싫었다. 너무 노골적이고, 퇴폐적이었다. 온갖 음욕과 욕망들이 복잡하게 얽히는 것이 불쾌하기만 했다.

그래도 따라오겠다고 한 건, 순전히 한 사람 때문이었다.

에도라는 옆에서 무심한 눈길로 서 있는 사람을 힐끔 쳐다봤다.

연우는 검은 가면을 쓴 모습으로, 팔짱을 끼며 무심한 태도로 서 있었다.

다부진 체격 때문인지, 아니면 단단한 눈빛 때문인지. 이따금 호객 행위를 하는 여인들이 대놓고 연우에게 눈길을 보내거나, 슬쩍 다가와서 소맷자락을 잡아당기면서 유혹하기도 했다.

하지만 연우는 꿈쩍도 않았다. 귀찮다는 듯 손사래를 쳐서 쫓아 보냈다.

그리고 그런 모습이 재미있었는지, 시간이 갈수록 더 많은 사람들이 주변으로 몰려들긴 했지만. 그래도 연우는 여전히 요지부동이었다.

에도라는 그런 연우의 태도에 속으로 다행이라고 여기면서도, 약속 시간이 다 되어 가는 데도 나타나지 않는 사람을 떠올리면서 이를 바득바득 갈았다.

사실 이런 광경은 연우에게도 그리 낯설지 않았다.

아프리카에서, 크게 임무를 한 번 뛰고 나면 부하 병사들은 어떻게든 긴장을 풀고 싶어 했다. 그런 녀석들을 인솔하다 보니 숱하게 들락날락했지만, 정작 그가 즐긴 적은 없다.

당시에 사귀는 사람도 있었고, 별 흥미도 느끼지 못했다. 그런 연우를 볼 때마다 부하들은 스님이라도 되냐고 놀려 댔지만, 전혀 개의치 않았다.

하지만 그렇다고 해서 에도라처럼 불쾌해하거나 하는 것도 아니었다.

이런 삶을 사는 사람들이 있으면 저런 삶을 사는 사람들도 있는 법이니까. 여기도 다른 곳과 마찬가지로 똑같이 사람들이 사는 동네였고, 연우는 거기에 대해 별다른 관심을 두지 않았다. 그가 관심 있는 건, 이 환락가 어딘가에 있다는 주술사밖에 없었다.

'주술이라.'

연우가 튜토리얼을 거쳐 탑에 들어온 지도 거의 1년이 되어 가고 있었다. 그동안 숱한 플레이어들을 만났지만, 사실 주술사를 만난 적은 없었다.

그만큼 주술사가 귀하기도 하지만, 마법의 여러 분파 중에서도 주술 분야는 상대적으로 규모가 작은 편에 속하기 때문이었다.

보통 사람들은 주술을 마법의 한 갈래로 여기는 편이었지만, 정작 마법사와 주술사 사이에는 이걸 두고 언쟁이 치열한 편이었다.

마법사는 법칙을 구성해서 마나 스트림에서 힘을 가져오지만, 주술사는 법칙과는 거리를 두고 거대한 영적인 존재에게서 힘을 빌리기 때문이었다.

그래서 마법사는 주술사를 가리켜 남에게 의지나 하는 종놈이라고 업신여겼고, 주술사는 마법사를 일러 앞을 못 보는 소경이라고 무시했다.

주술에도 여러 가지 내용이 있지만, 그 원리를 쉽게 말하자면 보이지 않는 어떤 영적인 존재로부터 힘을 빌린다는 것이다.

그래서 어떻게 보면 신에게서 힘을 빌리는 사제나, 악마와 계약을 맺은 흑마법사와 가깝다고도 할 수 있겠지만.

또 깊이 따지고 들어가면 많은 면이 달랐다.

사제나 흑마법사는 대개 한 존재에게만 얽매이지만. 주술사가 힘을 빌리는 영적인 존재는 다수이기 때문이었다. 그 대상은 신과 악마가 아닌 경우도 많았다.

다만, 한 곳에 매이지 않기 때문에 한계도 명확해서, 보통 대를 잇기가 어려운 편이었다. 또한, 크게 성공하기도 어려웠다. 그래서 주술사 중에는 대가라 불릴 만한 사람이 없었다.

그런데 빅토리아를 가르친 인물이라면. 분명히 연우도 한 번쯤 들어 봤을 법한 거물일 텐데.

문제는 마땅히 짚이는 인물이 없다는 점이었다.

'누굴까, 대체?'

물론 자신이나 동생이 미처 파악하지 못한 사람일지도 모른다. 탑은 장구한 역사와 규모만큼이나, 세간에 알려지지 않은 실력자들이 많아도 너무 많았다.

다만, 정말 레베카 말대로 이런 곳에 사는 사람이라면. 골치가 아픈 성격일 가능성이 커서 조금 주의를 기울여야 할 것 같았다.

'슬슬 날 알아본 것 같은 눈길도 있는 것 같고.'

자신이 외뿔부족의 마을에서 나왔다는 소식은 아마 거대 클랜들의 귀에 들어갔을 것이다. 어차피 계획상 그들의 눈치를 크게 볼 필요는 없었지만, 그렇다고 얽힐 필요도 없었다.

그때.

"음? 저건 또 뭐야?"

"아무래도 쟤네들인 것 같은데."

판트와 에도라의 시선이 한쪽으로 쏠렸다. 저 멀리서부터 일단의 무리들이 다급하게 우르르 몰려오고 있었다.

그러자 그동안 연우 등의 주변을 맴돌면서 귀찮게 굴던 매춘부건 여리꾼 모두 하나같이 기겁을 하면서 부랴부랴 달아났다.

호객 행위를 열심히 하던 녀석들도 그들과 눈이 마주칠세라 황급히 고개를 숙였다. 손님들도 자세를 낮추거나 하면서 딴 곳으로 숨었다.

판트와 에도라의 표정이 묘해졌다. 방금 전까지 떠들썩하던 환락가가 이렇게 싸늘해질 줄이야. 아무래도 이 일대를 주름잡고 있는 놈들인 모양이었다.

"오, 오셨습니까?"

하지만 정작 그런 광경을 연출한 녀석들은 연우 앞에서 굽실거리기 바빴다.

나이트 워치. 오래전에 연우에게 된통 당하고 나서부터 그의 사냥개가 된 곳이었다.

연우는 팔짱을 낀 상태 그대로, 클랜장 비스터와 녀석을 따라온 수하들을 보면서 피식 웃었다.

"규모가 제법 많이 커진 듯한데."

"그, 그저 앞가림할 정도는 되, 될 뿐입니다."

비스터는 혹시 연우가 이상한 말이라도 하지 않을까 싶어 굽실거리기 바빴다. 이제는 제법 뛰어난 수완으로 환락가의 왕처럼 군림하고 있는 그였지만. 그에게 연우라는 존재는 여전히 너무 두렵기만 했다.

특히 정보를 주로 취합하는 그는 최근 23층의 소란이 연우를 중심으로 벌어졌다는 것을 잘 알고 있던 터라, 이제는 숫제 그가 괴물처럼 보일 정도였다.

하지만 연우는 그런 비스터의 시선에 별 관심 없다는 투로 물었다.

"부탁했던 건?"

"우, 우선 위치를 찾아 뒀습니다. 그, 그런데 그곳이, 조, 조금……."

비스터는 섣불리 말하길 꺼려 했지만.

"앞장 서."

연우는 턱짓을 했다.

비스터는 몇 번이고 망설이다가 어쩔 수 없다는 얼굴로 두 눈을 질끈 감았다.

"따라오시지요."

비스터가 앞장서서 길을 걷기 시작하자, 북적대던 환락가 사이로 길이 금세 열렸다. 연우 등은 조용히 그 뒤를 따랐다.

"이 사람들과는 어떻게 아시는 거예요?"

"어쩌다 보니."

에도라가 슬쩍 물었지만, 연우는 대답하기 쉽지 않아 대충 둘러댔다.

비스터가 안내한 곳은 환락가에서도 가장 번화한 곳에 위치한 제일 큰 건물이었다.

이미 이야기가 되어 있었던 건지, 종업원들은 알아서 문을 열고 위치까지 비스터에게 귀띔했다.

"마, 말씀하신 분은 8층…… 특실에 계시다고 합니다."

8층이라면 이 건물의 가장 꼭대기였다. 통째로 빌린 모양이었다. 연우는 일행들에게 잠시 기다리라고 말하고, 계단을 타고 8층으로 올라갔다.

그런데 이곳은 다른 환락가 건물과는 조금 다른 것 같았다. 간간이 보이는 종업원들은 전부 남자였다. 어리고 잘생긴. 그리고 여리여리한.

게다가 곳곳에서 질펀하게 나는 마약 냄새나 분 냄새 따위도 잡다하게 섞여서 거북하기만 했다.

그리고 그런 냄새는 위로 갈수록 더 심해져, 8층에 다다랐을 때에는 코가 썩는 게 아닐까 싶을 정도였다.

쾅!

연우는 짜증 섞인 손길로 특실의 문을 활짝 열었다. 이런 곳에 있는 자가 정말 제대로 된 놈이 맞나 싶은 의문과 빨리 빅토리아의 행방만 찾고 돌아가야겠다는 생각뿐이었다.

비스터가 이미 사람을 시켜 손님이 올 거라고 언질을 줬다고 했으니, 별 개의치도 않았다.

하지만 실내는 예상했던 것보다 훨씬 엉망이었다.

많이 잡아야 열 살도 되지 않았을 것 같은 미소년과 미소녀들을 잔뜩 껴안은 채로, 한 여자가 곤히 잠에 빠져 있었다.

몸에는 넉넉한 두루마기만 두르고 있어서 뽀얀 살결이며 긴 다리까지 너무 적나라하게 보였다.

그리고 한쪽에 배치된 향로에서는 쉴 새 없이 연기가 흘러나와 방을 뿌옇게 만들 정도였으니.

연우는 눈살을 팍 찌푸렸다. 어쩐지 16층에서 만났던 한빈이 얼핏 떠올랐다.

「개판이로군.」

「왜? 보기 좋은데. 으흐흐.」

한령도 연우와 같은 생각이었는지 불쾌한 목소리를 냈다. 반면에 샤논은 여인의 매끈한 각선을 보면서 실실 웃어댔다.

연우는 바닥에다 발을 세게 굴렸다.

쿵!

그러자 마력이 파문을 그리면서 퍼져 나가 건물을 크게 흔들었다. 향로가 깨지고, 특실에서 곤히 잠자고 있던 사람들의 의식도 같이 깨웠다.

"너, 뭐야……?"

여인이 부스스한 모습으로 일어났다. 두루마기가 흘러내렸지만 전혀 개의치 않는 모습이었다. 퇴폐적인 눈매가 연우를 위아래로 훑었다.

"흐응. 가면 페티쉬는 딱히 없는데. 부르지도 않았고. 서비스인가? 뭐, 그래도 몸은 탄탄한 것 같으니 한번 받아 볼까."

여인은 배시시 웃으면서 이 옆으로 앉으라는 듯 손으로 바닥을 두들겼다. 마약으로 흐릿한 눈이었지만, 그래서 오히려 더 뇌쇄적으로 다가왔다.

매혹을 거는 주술이라도 달고 있는 걸까.

연우는 순간 여인에게 달려들고픈 충동을 강하게 받았다. 같이 살을 부대끼고, 거꾸러뜨리고 싶은 욕망. 마약과 분 냄새로 났던 짜증은 순간 갈망으로 변했다. 화를 열락으로 풀어내고 싶다는 생각이 들었다.

['냉혈' 특성으로 이성을 유지합니다.]
[매혹에 대한 내성이 생겼습니다. 주술에 대한 강한 면역력이 생겼습니다.]

하지만 주술은 특성에 의해 단번에 튕겨 나갔고, 여인의 눈도 살짝 동그래졌다.
"아나스타샤, 맞지?"
"날 알아?"
"빅토리아를 찾고 싶은데."
그 순간.
화아악!
흐리멍덩하던 아나스타샤의 눈동자 위로 살의가 번뜩이더니, 곳곳에 흩어졌던 연기 조각들이 갑자기 기괴하게 생긴 생물처럼 변했다. 그리고는 예리한 이빨을 잔뜩 드러내면서 연우에게로 날아들었다.
너무 갑작스레 벌어진 광경이었지만, 이미 그 정도쯤은

예상하고 있던 연우는 준비해 뒀던 스킬을 발동시켰다.

[제3천의 영]
[72선술— 벽]

검은 팔찌를 따라 망령이 대거 쏟아져 나오면서 벽을 둘러쳤다. 여기에 72선술까지 섞이면서 망령으로 만든 벽은 아주 탄탄해졌다.

권능을 획득한 이후, 현자의 돌을 연구하면서도 틈틈이 쉬지 않고 단련한 덕분에, 꽤 강한 주술이 섞인 공격이어도 벽을 뚫지는 못했다.

하지만 아나스타샤는 그런 건 아무래도 상관없다는 듯, 도리어 코웃음을 치면서 손날을 세게 아래로 내리쳤다.

그러자 연기들이 한데 뭉쳐 커다란 칼을 만들어 내면서 연우의 머리 위로 떨어졌다. 망령의 벽과 연우를 한꺼번에 잘라 버리기 위해서.

연우도 마력회로를 돌리면서 마장대검을 뽑았다. 가뜩이나 주술로 자신을 유혹하려던 것도 짜증이 나던 차였는데. 빅토리아에 대해 물었다고 다짜고짜 공격부터 해 대는 꼴이 마음에 들지 않았다.

일단 제압부터 하고 나서 화제를 바로잡을 생각이었다.

쾅!

커다란 폭발이 일어나면서 8층 전체를 날려 버리고 말았다. 미소년과 미소녀들은 휩쓸리지 않게 하기 위해 방향을 틀었지만, 벽 한쪽이 지붕과 함께 통째로 무너지는 것까지 막을 수는 없었다.

그렇게 자욱하게 퍼진 먼지구름 위로, 연우와 아나스타샤가 높이 치솟으면서 각각 멀리 떨어진 마천루의 지붕 꼭대기에 착지했다.

화아악!

연우는 불의 날개를 한껏 펼치면서 마장대검을 따라 성화를 칭칭 감았다.

그리고 잔뜩 일그러진 얼굴로 건너편을 노려봤다. 손끝이 여전히 울렸다. 만만치 않은 실력자란 뜻이었다.

아나스타샤도 첨탑 위에서 노여운 얼굴로 연우를 쏘아보고 있었다.

하지만 그런 모습이, 두루마기가 바람에 펄럭이면서 드러나는 몸의 곡선과 한데 어울리면서, 또 다른 야릇한 느낌을 자아내는 중이었다.

그리고.

그런 아나스타샤의 뒤편으로 연기가 뭉치면서 거대한 형상을 드러냈다. 족히 수십 미터는 될 것 같은 어마어마한 크기를 자랑하는 그림자. 그건 네 발로 서서, 아홉 개의 꼬리를 펼친 여우의 모습을 하고 있었다.

구미호.

신수 중에서도 높은 격을 자랑한다는 녀석이었다.

아나스타샤가 구미호에게서 힘을 빌리고 있는 걸까, 아니면 그녀가 구미호인 걸까.

정확한 건 알 수 없지만, 아나스타샤가 뿌려 대는 구미호의 요기(妖氣)는 주술과 섞여 요술(妖術)로서 큰 힘을 발휘하고 있었다. 주변의 대기가 흔들리면서 보이지 않는 무언가가 언제라도 연우를 노릴 준비를 하고 있었다.

연우도 여기에 맞춰서 용체 각성을 드러내야 하나 싶던 그때.

"둘 다, 그만두세요!"

갑자기 그들 사이로 무언가가 뚝 하고 떨어졌다. 그림자가 열리면서 빅토리아가 나타나 버럭 소리를 질렀다.

순간, 연우는 단번에 그녀를 알아보지 못했다.

새하얗게 변한 머리와 어둡게 가라앉은 눈. 거기다 피골이 상접할 정도로 왜소해진 체구와 탁한 목소리. 그만큼 빅토리아는 오행산에서 헤어졌을 때보다 훨씬 초췌해져 있었다.

미동(美童)들이 바쁘게 돌아다니면서 술상을 차리기 시작했다.

아나스타샤는 뭔가 탐탁지 않다는 표정으로 술상과 한쪽 구석에 조용히 침묵을 지키고 있는 제자 빅토리아를 번갈아 바라봤다.

어느새 옷은 정갈하게 갈아입은 상태였는데, 퇴폐적인 느낌보다는 고혹적인 자태가 더 강했다.

연우는 그런 아나스타샤와 미동들, 그리고 빅토리아를 봤다.

짧게 듣기로, 미동들은 단순히 아나스타샤의 노예가 아닌 권속들이라고 했다. 실제로 녀석들에게서 느껴지는 것은 요기(妖氣)였으니. 몇몇은 직접적으로 부딪친다고 하면 상당히 골치가 아플 것 같았다.

구미호. 꼬리 아홉 달린 신수이자 마수인 그녀라면 충분히 가능한 일이었다.

그리고 실제로 그녀는 웬만한 하이 랭커와 견줄 만큼 대단한 내력을 품고 있었다.

만약 그 자리에서 연우와 부딪쳤다면?

아직 현자의 돌을 완성하지 못한 연우로서도 고전을 면치 못했을지 모르는 일이었다.

연우는 아나스타샤가 원래는 플레이어였지만, 신수와 결

합한 환인(幻人)이 아닐까 싶었다.

11층을 통과한 플레이어들은 대개 환수를 하나씩 데리고 있기 마련이었고, 테이밍 관련 스킬을 주로 단련한 소환술사 계통이 아니고서야 대부분 마력 기관에 품고 다니는 편이었다.

괜히 외부에 노출시켜 저격되어 버리면 전력상으로 큰 손해였으니. 그리고 대부분의 층계가 환수들에게 좋지 않은 환경인 이유도 있었다.

대신에 플레이어들은 마력 기관과 동화된 환수들에게서 힘을 빌려 전력을 증강시켰다. 여태껏 연우가 만났던 대부분의 플레이어들 주변에 환수가 없었던 이유가 바로 이것 때문이었다.

그런데 간혹 환수들이 급격한 성장을 이뤄 합일(合一)을 이루는 자들도 있었다.

인격과 신체의 결합. 전혀 새로운 존재로 태어나는 것이다. 보통 그런 사람을 환인이라고 지칭했다.

환인은 여러모로 신기해 보일 법도 하지만, 따지고 보면 그리 드물지도 않았다. 강해지기 위해서 부단히도 노력하는 플레이어들이, 그런 방법을 놓칠 리 만무했으니까.

다만, 대부분의 경우 플레이어들의 인격이 주를 이루는 반면에, 아나스타샤는 신수의 격이 높아 신수의 인격이 주인 격이 된 경우가 아닐까 싶었다. 요기로 대체된 마력이 그것을 증명했다.

무엇이 되었든 간에, 아나스타샤는 빅토리아의 스승 자격으로 자리에 참여해서 탁상을 사이에 두고 마주 앉은 연우와 빅토리아를 내려다봤다.

에도라는 뒤쪽으로 한 걸음 물러서서 영 뭔가 마음에 들지 않는다는 듯, 비딱한 표정으로 그런 아나스타샤를 노려보는 중이었다. 판트는 밖을 경계하겠다면서 잠시 자리를 비운 상태였다.

객관의 지붕이 무너지고 난 뒤에 옮긴 자리.

"그동안 어떻게 지내셨습니까?"

"……"

연우는 그동안 어떻게 지냈었는지, 어째서 연락이 되지 않았었는지 흔한 얘기를 물었지만, 빅토리아는 섣불리 대답하지 못했다. 말하기를 머뭇거리는 태도에서는 그날의 일을 떠올리기 싫다는 투가 강하게 느껴졌다.

그래서 연우가 재차 물으려 했지만, 아나스타샤는 그런 채근을 용서 못 한다는 듯 둘 사이에 요기를 흘려 왔다.

그때, 연우 앞으로 푸른 기운이 뭉치면서 레베카가 나타났다.

『빅토리아.』

"레베, 카······?"

빅토리아는 자신 앞에 나타난 레베카를 보고 눈을 동그랗게 떴다. 그녀는 분명히 미후왕의 궁전에서 죽었을 텐데. 어떻게?

"정령인가."

당황하는 빅토리아와 다르게 아나스타샤는 레베카의 정체를 꿰뚫어 보고 흥미로운 표정을 지었다. 그녀는 어느덧 긴 곰방대를 물면서 불을 붙이는 중이었다. 후우우— 새하얀 연기가 자욱하게 퍼졌다.

『불쌍한 빅토리아. 얼마나 마음고생이 심했을까. 너의 마음, 이해하지만, 말해 주면 안 될까. 그동안 무슨 일이 있었는지. 나는 그런 말을 들을 자격이 있다고 생각해.』

빅토리아를 구하려다 희생된 레베카. 빅토리아는 20층에서 나온 이후로 언제나 그날의 악몽 속에 갇혀 살았고, 자신을 위해 희생되었을지도 모를 레베카와 연우를 떠올리면서 죄책감에 시달려야 했다. 그녀는 여전히 그날에서 헤어 나오질 못하고 있었다.

주변에서는 뛰어난 룬 마법사니, 붉은 신목이니, 하면서 띄워 주고 있었지만.

사실은 마음이 여린 사람이란 것을, 그녀와 오랫동안 함께했던 레베카는 너무 잘 알고 있었다.

 주르륵—

 빅토리아의 눈가를 따라 눈물이 흘렀다. 레베카와 연우가 무사한 것을 확인할 수 있었다. 비록 레베카는 정령이 되고 말았지만. 그래도 이렇게 눈앞에 있는 것만으로 위안거리가 되었다. 악몽에서 빠져나올 정도는 되지 못해도, 최소한 마주 볼 정도는 되었다.

 "그날……."

 결국 빅토리아는 그동안 있었던 일에 대한 자초지종을 설명하기 시작했다. 초췌해진 모습만큼이나, 목소리에도 힘이 없었다.

 연우의 도움을 빌려 미후왕의 궁전을 무사히 탈출한 이후. 빅토리아와 칸은 숨을 돌릴 겨를도 없이 정체를 알 수 없는 무리로부터 쫓기기 시작했다.

 "정체를 알 수 없어요?"

 "어…… 다들 하나같이 정체를 숨기고 있었어. 하지만 한 가지만큼은 확실했어. 그놈들, 절대 작은 클랜은 아니었어."

 '마군인가.'

 연우는 생각을 속으로 삭였다.

"그렇게 몇 날 며칠을 자꾸 쫓기고…… 칸이 나섰어."

추적대는 집요했고, 빅토리아와 칸은 정말 이대로는 위험하겠다는 생각을 강하게 받았다. 도움을 청할 곳도 없었다. 그때, 칸이 앞으로 나섰다. 자신이 놈들을 상대할 테니, 그녀는 그사이에 도망치라고.

빅토리아는 안 된다며 그를 말리려 했지만. 도리어 칸은 쓰게 웃으면서 그녀를 기절시키기까지 했다. 그리고 다시 눈을 떴을 때, 칸과 추격대는 완전히 사라지고 없었다.

"정신을 차리고 칸을 찾아다녔지만, 결국 찾을 수 없었어. 흔적까지도. 그리고 부끄럽지만."

원래대로라면 그녀도 끝까지 칸을 찾았어야 했겠지만. 언제 다시 추격대가 나타날지 모른다는 불안 때문에, 결국 20층을 빠져나오고 말았다고 했다. 그리고 스승에게로 의탁했다고.

하지만 그 뒤로도 그녀에게 생긴 트라우마는 쉽게 가시지 않았다.

레베카, 연우, 칸. 오행산에서 함께 수련하던 사두들이 차례대로 그녀를 구하려다 희생되었다. 가깝다고 여겼던 킨드레드는 그녀를 농락하기까지 했다. 그런 일들 하나나가, 한때 위대한 마법사였던 그녀의 정신을 바닥으로 추락시키고 말았다.

지금도 마찬가지. 빅토리아는 금방이라도 추적대가 나타나는 게 아닐까 하는 불안한 눈빛으로 주변을 두리번거렸다.

스승이 지켜 주고 있는 공간이라는 것을 알면서도. 이렇게 바깥으로 나오는 일 자체가 그녀에게는 쉽지 않은 일이었다.

결국 아나스타샤는 빅토리아에게로 손을 뻗었다. 곰방대에서 뿜어져 나온 연기가 두둥실 빅토리아 주변을 맴돌았다. 빅토리아는 금세 곤히 잠에 빠졌다.

터벅. 터벅.

아나스타샤는 조용히 일어나 빅토리아의 옆에 앉았다. 수고했다는 듯, 제자의 머리를 가만히 쓰다듬으면서 연우 등에게 축객령을 내렸다.

"무슨 일이 있어 찾아왔는지는 알 수 없으나. 이 아이는 더 이상 너희들을 상대해 줄 정신이 아니니 썩 물러가라."

연우도 고개를 끄덕이면서 물러나는 수밖엔 없었다. 저런 상태인 빅토리아를 마을로 데려가 봤자, 아무런 도움도 없이 그녀의 심병만 더 키울 테니까.

*　　*　　*

『빅토리아의 저런 모습. 처음 보는 거였어.』

건물을 나오는 동안. 레베카는 충격에 젖은 모습이었다. 모든 감각이 닫힌 채로 몇 년을 지내는 사두들은 보통 자기 극복을 이뤄 강인한 자아를 갖기 마련이었다.

그리고 그녀가 아는 빅토리아도 그런 모습이었다.

뻔뻔하고, 이기적인 마법사. 그러면서도 이따금 개인주의자인 다른 사두들을 염려하기도 하는 따뜻한 마음씨의 소유자. 언제나 자기 수양에 바빴던 레베카에게는 유일한 말 상대이자 친구이기도 했다.

그런 사람이 저렇게 무너진 모습은. 레베카로서도 마음이 쓰라릴 수밖에 없었다.

한편, 연우는 잠시간 칸이 어디로 갔을까 하는 생각을 가졌다.

'마군 놈들과 어떤 거래를 한 걸까?'

마군은 절대 한 번 점찍은 목표를 손쉽게 놓치지 않는다. 그런데도 그날 이후로 빅토리아와 자신에게는 일절 얼굴 한 번 내비치지 않았다. 칸이 그들과 어떤 모종의 거래를 했단 뜻이었다.

대체 무엇일까. 알 수 없는 노릇이었다.

다만, 짐작 가는 바는 있었다.

마군은 지금 물밑으로 여기저기에 마수를 뻗치는 중이었다. 아이테르를 회유한 것부터, 세샤를 납치하려던 시도까지. 단편적인 사건들이었지만, 분명히 그것들을 연결하는 뭔가가 있을 게 분명했다.

'도일과 관련된 일인가?'

하지만 그날, 연우는 칸에게서 둘의 이야기를 제대로 듣지 못했기에 어떻게 나설 방법이 없었다. 칸의 행방은 여전히 오리무중이었다.

칸, 마군과 관련된 이야기는 다른 단서가 나올 때까지 기다리는 수밖엔 없었다.

'결국 제자린가?'

연우는 화두를 현자의 돌 쪽으로 가져왔다.

빅토리아는 도움을 주지 못하는 상태다. 아나스타샤의 손을 빌리고 싶지만, 그녀는 연우 등을 적대시하고 있었다. 그렇다면 그에 준하는 사람을 찾아야 하는데, 마땅히 떠오르는 사람이 없었다.

뛰어난 실력자이면서 어느 곳에도 적을 두지 않은 마법사. 그런 사람을 대체 어디서 구한단 말인가. 있다고 해도 연우와는 아무런 접점이 없었다.

'다른 5대 명장들도 따로 소속을 두고 있고.'

연우는 침음을 흘렸다.

'아니면 용병 쪽으로 가닥을 잡아 봐야 하나?'

마법사들 중에는 실력자라고 해도 간혹 연구비가 부족해

품을 팔러 나오는 자들이 있었다. 마법에 들어가는 비용이 한두 푼이 아니기 때문이었다.

그런 자들을 데려다가 마나의 맹세를 걸어 보안을 지킨다면. 어떻게든 돌파구를 마련할 수 있을지도 모른다.

다만, 그러기 위해서 들어갈 고용비가 천문학적일 게 분명하고. 아무리 마나의 맹세를 건다고 해도 어떻게든 소문이 새어 나갈 위험이 컸다.

그랬다가는.

'켈라트 경매장을 이용하는 것도 힘들어져.'

연우가 바라는 건, 단순히 현자의 돌을 완성시키는 것만이 아니었다.

가짜 현자의 돌을 이용해서 탑을 뒤흔들어 놓고, 모든 죄를 발푸르기스의 밤에다 뒤집어씌워서 마녀들을 박멸하는 게 최종 목표였다.

결국 쉽게 선택을 내리지 못해 깊은 고민에 잠긴 연우 앞으로.

갑자기 청량한 바람이 불어왔다. 이질적인 기운. 요기가 섞인 바람이었다.

누렇게 색이 변한 책자가 둥근 막에 둘러싸인 채로 조용히 내려왔다. 연우가 손을 앞으로 내밀자, 책은 곧 그 위에 내려앉았다.

그리고 연우의 머릿속으로 아나스타샤의 어기전성이 울렸다.

『제자가 도움을 줄 수 없어 미안하다며 이것이라도 전해 주라는군. 무엇하러 이런 것까지 주라는지 알 수 없지만. 이것을 받았으니 다시는 나타나지 마라.』

둥근 막이 없어지면서 요기도 흩어져 사라졌다.

레베카가 조용히 옆에 다가왔다. 그녀는 책자의 겉면에 적힌 제목을 보고 놀란 눈이 되었다.

『주인, 그거?』

"어. 빅토리아가 우리 사정을 짐작하고 보내 준 것 같아."

'룬 마법 신요총론: 신령에게서 비롯되는 형이상학적인 힘과 신대문자 간의 연결을 통한 새로운 마법 체계에 대하여' 라는 구구절절한 제목은 딱 보기에도 머리가 아파 왔다.

『이거 원래, 빅토리아가 언젠가 마탑의 학회에다가 발표하기 위해서 준비하던 논문이었어.』

연우는 눈을 가늘게 좁혔다. 쉽게 말해 빅토리아가 그동안 연구했던 것들의 결과물이란 뜻이었다. 이런 것을 고스란히 내준다고?

'그만큼 죄책감이 심했던 건가.'

연우는 그동안 빅토리아를 수소문하는 데 크게 공을 들이지 않았던 자신을 자책했다. 그동안 빅토리아의 마음속에 자리 잡은 미안함이 자신의 생각보다 훨씬 큰 것 같았다. 이것이라도 내줘야 조금이라도 마음의 짐을 덜 수 있을 정도로.

연우는 자신들이 나왔던 자리를 힐끔 돌아봤다.

빅토리아가 조금이라도 빨리 마음의 짐을 훌훌 털어 버리고, 자리에서 일어나기를 바랄 뿐이었다.

* * *

브라함은 연우가 가져온 빅토리아의 논문을 보고 크게 반색했다.

"주술이라. 확실히 그쪽 분야는 내가 약한 만큼 큰 도움이 되겠어. 게다가 이 논문, 슬쩍 훑어보기만 했는데도 대단한 통찰력이 엿보여. 아예 새로운 마법 체계를 정립하려고 시도했었어. 빅토리아. 이름을 듣긴 했었지만, 생각보다 훨씬 대단한 사람이었군."

빅토리아가 오행산에 틀어박힌 채 진행했던 연구들은 브라함도 탄성을 터뜨릴 정도로 깊은 완성도를 자랑했다.

연우는 그 말을 듣고 속으로 적잖게 놀랐다.

마법에 수많은 분야와 학파가 존재한다지만, 현재 구성된 틀은 지난 수천 년 동안 끊임없이 진행된 연구들이 누적된 끝에 만들어진 결과물이었다. 그래서 틀이 고정되어 버린 지 벌써 수백 년이 되었고, 마탑도 점차 보수적으로 변했다.

그런 경직된 마법 학계에서 새로운 체계를 정립하고 제시한다는 건, 새로운 학파를 열겠다는 의미였다.

기존 마법 질서에 대한 도전인 것이다.

결코 쉽지 않은 일이었지만.

빅토리아는 그것에 도전하고자 했고, 브라함은 충분히 가능하다는 판단을 내렸다. 그만큼 빅토리아의 연구 성과는 아주 대단했다.

덕분에 브라함은 한층 더 깊은 지식을 탐닉하면서, 현자의 돌을 연구하는 데 새로운 시각을 더할 수 있었다.

연금술, 연단술, 백마법, 흑마법, 원소 등. 다양한 마법 분야의 지식이 교차하고, 야금술 지식까지 접목되면서 연구는 다시 새롭게 굴러가기 시작했다.

여기에 그동안 탑처럼 쌓여 있던 인트레니안 속의 재화들이 끝내 소모되고 말았다.

하지만 연구는 그치지 않았다.

그동안 쓸 일이 없어 모아 뒀던 헤노바의 가산들이 투입

되고, 대장로도 연우에게 빚을 일부 다는 조건으로 재화를 투입했다.

그리고 다시 석 달이라는 시간이 더 지난 뒤.

"……됐다. 드디어."

일행은 구조식을 완성할 수 있었다.

*   *   *

"아쉽군. 결과물을 내어놓고도, 이런 것을 재도전할 수가 없다는 것이."

브라함의 말에 대장로와 헤노바도 동의한다는 듯이 고개를 끄덕였다.

오랜 시간 동안 밤잠을 설쳐 가면서 완성시키고자 했던 구조식. 비록 에메랄드 타블렛이라는 틀이 있었고, 연우라는 뛰어난 조타수의 방향 지시가 있었다지만, 그래도 완성된 구조식은 그들의 모든 지식과 연구가 총집합된 결과물이라고 할 수 있었다.

하지만 안타깝게도 양산은 불가능할 것 같았다.

돌 하나를 만들기 위해 필요한 것들이 너무 터무니가 없었다.

"인간의 영혼이라. 정말이지 미친 노릇이지."

수천 혹은 수만 명에 달하는 인간의 영혼. 이건 아예 대놓고 제노사이드라도 일으키란 뜻이 아닌가. 게다가 영혼을 그냥 수집해서도 안 된다. 공포에 질린 영혼을 가공하고, 정제하는 과정에서도 여러 요소들이 투입되어야 한다.

그 과정 하나하나가 끔찍하기 이를 데 없었으니. 연우가 갖고 있는 돌이 이미 정제가 끝난 물건이어서 다행이지, 만약 그렇지 않았다면 시도도 못할 뻔했다.

물론, 인간의 영혼이 아니라, 다른 영혼을 사용해서 돌을 구성해도 되긴 되었다. 하지만 영혼만큼 효율적인 물건으로도 수천 개나 필요한 마당에, 다른 재료를 써서 돌을 완성한다는 건 불가능에 가까웠다.

그래서 브라함, 대장로, 헤노바는 자신들이 만들어 낸 결과물을 이번에만 사용하고 다시 묻어 두자는 데에 합의했다.

만약 완전한 구조식이 밖으로 새어 나갔다가는 정말 큰일이 벌어질 수 있었다.

특히 레드 드래곤을 비롯한 거대 클랜들의 경우에는 현자의 돌을 만들어 낼 수만 있다면, 수천수만 명의 인명 따위는 눈 하나 깜빡하지 않고 해치우려 들 테니까.

그리고 어차피 이번 연구를 통해 그들로서도 많은 것을 얻은 상태라, 현자의 돌에 굳이 목을 매달 이유도 없었다.

"그럼 시작하자."

브라함의 말에 따라, 연우는 고개를 끄덕였다. 헤노바와 대장로도 긴장된 표정으로 연우를 지켜봤다.

현재 연우의 심장 옆에 자리 잡은 현자의 돌은 끄집어낼 수가 없다. 그렇다면 연우가 직접 필요한 재료들을 섭취하고, 구조식에 맞춰서 돌을 완성시켜야만 했다.

연우는 인트레니안을 활짝 열어 바할이 그동안 쌓아 뒀던 돌의 재료들 쪽으로 손을 가져갔다.

"삼켜라."

찰칵, 찰칵!

바토리의 흡혈검이 톱니 이빨을 부딪치면서 재료들을 통째로 집어삼키기 시작했다.

그 순간.

[시차 괴리]

연우는 모든 의식을 체내로 돌리면서, 현자의 돌에 의념을 집중시키기 시작했다.

우우웅—

때마침 현자의 돌이 잘게 떨렸다.

당장이라도 자신을 완성시켜 달라는 듯이.

현자의 돌은 거대한 에너지가 응축된 덩어리였다. 수만 명이나 되는 사람의 영혼을 갈아서 만들었으며, 형태는 단단히 굳어져 전혀 풀려질 기미를 보이지 않았다.

현자의 돌을 만드는 데 가장 애를 썼던 빌드가 그렇게 사용하고 싶어 했으나 사용하지 못했던 이유도, 바로 그런 이유 때문이었다.

그래서 연우는 현자의 돌을 완성하기 위해 3가지에 주안점을 뒀다.

첫째는 마력원을 돌에 제대로 정착시키는 것.

둘째는 현자의 돌과 마력원을 결합시켜 완성을 이루는 것.

그리고 마지막 셋째는 완성된 현자의 돌을 마력회로와 연결시켜 육체에 적응시키는 것.

연우는 이 중에서 마지막 파트는 크게 어렵지 않을 거라고 여기고 있었다.

현자의 돌은 일종의 마력 기관. 평범한 육체라면 당연히 수용하는 데 상당한 무리가 따를 것이다. 하지만 연우는 세상의 모든 마나를 품을 수 있는 마력회로를 지니고 있었고, 현자의 돌도 그중 일부에 지나지 않았다. 당연히 수용이 가능했다. 그리고 계산에서도 전혀 무리가 없었다.

하지만 문제는 그릇에 내용물을 잘 담는 것. 마핵과 돌을 잘 결합시키는 데 있었다.

몇 번이나 검산과 역산을 번갈아 한 구조식은 틀린 곳이 없었다. 이미 연우도 식을 완전하게 이해하고 있었기에, 구조식에 따라 돌을 완성하는 데는 전혀 무리가 없었다.
　'기회는 단 한 번밖에 없어. 실패하면 바로 죽는다.'
　시차 괴리에 잠긴 동안, 연우는 실수하지 않기 위해 모든 의념과 감각을 돌에다 집중시켰다.
　시도는 단 한 번뿐. 조금이라도 오차가 생기면 기회는 곧바로 불발로 그친다. 그때는 어렵게 구한 마핵도, 돌도 망가질 수 있었다.
　그래서 연우는 바토리의 흡혈검으로 흡수한 재료들을 하나하나씩, 차근차근히, 순서에 맞게 투입시켜 돌을 완성해 나갔다.
　이미 몇 번이고 시뮬레이션을 해 봤기 때문에, 순서가 헷갈리거나 돌발적인 변수가 생기는 일은 없었다.
　찰칵.
　찰칵.
　마치 퍼즐 조각이 하나둘씩 맞춰지듯이. 여태껏 심장 옆자리에 단단히 박힌 채 조용히 있기만 하던 현자의 돌은 조금씩 모양새를 갖춰 나갔다.
　평소 현자의 돌에 똬리를 틀고 있던 네메시스와 니케는 완성을 위해 잠시 자리를 비운 상태. 그의 정신을 어지럽게 만들 요소는 아무것도 없었다.

그렇게 얼마나 시간이 흘렀을까?

순서에 맞게 조립되던 돌이 어느 순간 완성된 형체를 갖췄다. 사람 주먹만큼 커진 돌은 어느 때보다 거칠게 떨리고 있었다. 금방이라도 부서질 것처럼 굴었다.

이제 마지막 남은 부품은 단 하나. 마력원, 아가레스의 마핵뿐.

연우는 돌과 마핵 사이에 통로를 형성하고, 마핵의 에너지를 그쪽으로 천천히 유도하기 시작했다.

연우는 이대로 뇌가 타 버리는 게 아닐까 싶을 정도로 모든 정신을 돌에다 집중시켰다. 이만한 집중은 아마 미후왕의 궁전에서 72선술을 터득했을 때 이후로 처음인 것 같았다.

마력을 유도하는 손길은 섬세했고, 아주 조심스러웠다. 만약 흐름이 조금이라도 흐트러진다면 모든 게 엉망이 되었다. 웬만한 하급 악마쯤은 손쉽게 만들 수 있을 만큼 많은 마기이기 때문에, 외부로 노출되는 순간 육체가 망가질 뿐만 아니라 새로운 악마가 만들어질 수도 있었다.

그래도 다행히 연우는 지난 4달 동안 연금술과 마법 지식을 아주 깊게 통달한 상태였고, 마력을 다루는 제어력도 웬만한 마법사들쯤은 손쉽게 누를 수 있을 정도로 섬세했다.

게다가 시차 괴리를 통해 한껏 느려진 시간으로 현자의 돌을 내내 관조하고 있으니. 실수가 생길 수 없었다.

찰칵, 찰칵—

그렇게 조심스럽게 마지막 남은 마력까지 현자의 돌 속으로 스며들고, 연우는 통로와 입구를 곧바로 폐쇄시켰다.

아가레스의 마력은 현자의 돌 속을 제멋대로 돌아다녔다. 금방이라도 자신을 가둔 감옥을 부수기 위해서 날뛰었지만, 돌은 꿈쩍도 않았다. 그러다 돌의 성질에 조금씩 동화되더니, 다시 핵으로 변하면서 돌에 완전히 자리를 잡았다.

찰칵!

마치 마지막 부품이 제자리를 찾아가듯이. 말끔하고 경쾌한 소리가 머릿속을 울렸다.

'됐다!'

연우는 쾌재를 외쳤다.

그 순간.

띠링, 띠링—

[추가 정보를 통해 숨겨진 성능이 일부 공개됩니다.]

[타락한 현자의 돌]

분류: ???

등급: ???

설명: 세상에 존재하는 수많은 기운 중에서 가장 순수한 형태는 바로 사람의 영혼이다. 이 돌은 에메랄드 타블렛이 가리키는 방향에 따라 수많은 영혼들을 가공하면서 탄생했다.

공포에 찬 원념으로 가득하기 때문에 다루는 데 있어 반드시 주의를 기울여야 한다. 현재 원념은 돌 속에 스며든 악마 아가레스의 마기를 받아 조금씩 크기를 더해 가고 있는 중이다.

* 원념의 보고

아가레스의 마핵에서 발산된 마기에, 현자의 돌 속에 뭉친 원념 가득 찬 마력을 더해 무한대에 가깝게 증폭시킬 수 있다. 단, 이때 따라오는 마성은 시전자가 감당해야 한다.

**이 아티팩트는 '유니크'입니다. 탑에서도 오로지 단 한 개밖에 존재하지 않으며, 주인에게 완전히 귀속됩니다. 타인으로의 거래나 양도가 불가능합니다.

**주의! 강한 저주가 내려진 아티팩트입니다. 편의에 따라 여러 사용이 가능하지만, 자칫 저주에 휩쓸릴 수 있기 때문에 사용하는 데 있어 각별한 주의를 필요로 합니다.

[아티팩트는 완성되었지만, 아직 사용이 불가능합니다. 기존 마력 기관과 연결시켜야 합니다.]
[아티팩트 속에는 강한 저주가 깃들어 있습니다. 기존 마력 기관과 연결 시, 각별한 주의를 필요로 합니다.]

'각별한 주의를 필요로 한다'는 대목의 설명이 설명 창뿐만 아니라, 메시지에도 언급되었다.
그만큼 지금 완성된 현자의 돌이 위험하단 뜻이겠지.
연우는 그럴 수도 있겠다 싶었다.
처음 이 현자의 돌을 만들기 위해서 아랑단이 얼마나 많은 플레이어들을 희생시켰는지 누구보다 잘 알고 있었으니까.
여태껏 돌이라는 형태에 갇혀 드러나지 않았을 뿐. 아마도 그 속에는 수만 명에 달하는 무수한 원념이 뭉치고 뭉쳐서 걷잡을 수 없을 만큼 불어났을 게 분명했다. 거기다 악마대공의 마기까지 더해졌으니, 날개까지 단 격이었다.
이건 예상했던 범위 밖의 일이었다.

그래서 연우도 순간 위험하지 않을까 하는 생각을 강하게 받았지만. 곧 지체하지 않고 마지막 남은 작업을 개시했다. 여기서 멈출 생각이었다면, 돌을 완성시킬 시도조차 하지 않았을 터였다.

마력회로를 활성화시키고, 순환로를 돌 쪽으로 연결했다. 외부 통로를 회로도 대체하는 작업은 지난했지만 크게 어렵진 않았다.

연우는 현자의 돌을 다른 코어와 똑같이 회로의 한 부품으로 만들 생각이었다. 다른 점이 있다면, 앞으로 회로의 모든 스위치를 돌에서 관리한다는 것뿐.

그리고 폐쇄했던 돌의 통로를 개방하는 순간.

화아악!

여태껏 마력회로를 순환하던 마력과 돌에서 출발한 마력이 연결되었다.

성질 다른 두 마력은 처음에는 물과 기름처럼 서로 어울리지 못하면서 충돌을 빚었지만.

['마룡체' 특성으로 성질 동기화가 이뤄집니다.]

용체에 기반한 마력회로는 곧 두 마력을 하나로 빠르게 섞었다. 그리고 순환이 시작되었다. 이전보다 훨씬 양이 풍부하고 질이 순수한 마력이었다.

 연우는 돌의 위력을 더 확실하게 체크하기 위해서 현자의 돌을 운행해 보았다. 그러자 어마어마한 양의 마력이 단번에 회로를 질주하기 시작했다.

 등골이 오싹해질 만큼 많은 양. 짜릿한 감각이 체내를 달렸다. 희열과 고양감은 감각을 저리게 만들었고, 마치 구름 위에 떠오른 게 아닐까 싶을 정도로 황홀경에 젖게 만들었다.

 용의 인자와 마의 인자가 저절로 깨어났다.

 각성하지 않았는데도 불구하고 용의 비늘이 피부 위로 잔뜩 올라와 기분 좋게 부딪쳤다. 육체에 강인한 힘이 실리고, 권능이 저절로 일어나 사방으로 휘몰아쳤다.

 휘휘휘!

 연우가 있던 실내는 갑작스러운 마력 폭풍으로 모두가 정신을 차리지 못했다.

 대장로는 혹여 연우의 기운이 밖으로 새어 나가지 않도록 재빨리 결계를 둘러치고, 브라함은 연우를 둘러싼 희뿌연 광채에 눈을 크게 떴다. 모든 연금술사들의 비원이라는 현자의 돌이 바로 그곳에 있었다.

 「아아!」
 「이게…… 현자의 돌이라고?」

그리고 연우와 연결된 샤논과 한령은 하나같이 감탄을 터뜨렸다. 특히 한령은 몸을 부르르 떨기까지 했다.

처음 하이 랭커가 되었던 때가 떠올랐다. 세상 그 무엇도 자신을 따라잡을 수 없을 것 같았던 자신감이, 강렬한 힘이 지금 연우를 따라 휘몰아치고 있었다!

레베카 역시 탄성을 터뜨리긴 마찬가지였다. 여태껏 별다른 빛을 보지 못했던 케르눈노스 신의 신성이 유달리 반짝이고 있었다. 이대로라면 정령의 한계를 넘어 신령이 될 수 있지 않을까 하는 기대감까지 들 정도였다.

그리고.

그 중심에 있는 연우는 황홀경에 젖어 도무지 정신을 차릴 수가 없었다.

시차 괴리로 어떻게든 의식을 붙잡고 있는 게 아니었다면. 진즉에 정신을 잃었을지도 몰랐다.

무한한 힘.

강렬한 힘.

그 모든 것이 이 손바닥 안에 있는 것 같았다.

5차 각성을 이뤄야만 완성된다는 드래곤 하트가 이럴까? 현자의 돌이 주는 희열은 어떻게 말로 표현할 수 있는 게 아니었다. 연우는 이대로 있다가 정말 말로만 듣던 우화등선이라도 이루는 게 아닐까 하는 염려까지 들었다.

하지만.

그런 절정에 찬 환희가 쓰나미처럼 한바탕 육체를 휩쓸고 지나간 뒤.

여태껏 현자의 돌 속에 잔뜩 웅크리고만 있던 원념 덩어리가 천천히 일어나기 시작했다.

원념은 외부로 난 길을 따라 몸집을 퍼뜨리기 시작했다. 마치 맑은 물에 떨어뜨린 잉크처럼, 마력이 지나간 자리를 따라 빠르게 확장해 나가다가 단숨에 척추를 타고, 뇌리를 범람했다.

그것은 너무 순식간에 벌어진 일이었다.

연우가 어떻게 막아 볼 새도 없이. 마치 먹잇감이 지나가길 기다리며 오랫동안 잠복해 있던 맹수가 달려들 듯이. 맹금이 먹이를 낚아채듯이. 그렇게 단번에 치달아 연우의 무의식으로 쏟아졌다.

만약 시차 괴리로 의식을 붙잡고 있지 않았더라면, 단번에 원념 덩어리에 장악이 되었을지도 모르는 일이었다.

연우는 퍼뜩 정신을 차렸다. 여전히 고양감과 희열이 정신과 육체를 지배했지만. 지금은 그런 것을 만끽할 때가 아니었다.

원념은 당장이라도 연우를 잡아먹을 것처럼 거칠게 으르렁거렸고, 연우는 어떻게든 밀어내고자 했다.

만약 조금이라도 틈이 내어지고 만다면. 그는 단숨에 마성에 젖을 수 있었다.

원념이 의식을 가지고, 인격을 가지게 된다면. 새로운 악마가, 아니, 새로운 아가레스가 태어나는 것이나 마찬가지였다.

'이 빌어먹을 놈이!'

연우는 어쩌면 이것이 아가레스가 숨겨 둔 한 수가 아닌가 하는 생각이 들었다. 더 이상 하계로 내려올 기회가 없을 놈이 꿍쳐 둔 미끼.

원래대로라면 마핵이나 원념, 둘 모두 혼자서는 연우를 당해 낼 수 없었다.

하지만 두 가지가 섞인다면 이야기는 달랐다. 마기를 머금은 원념. 녀석의 힘은 연우로서도 상대하기 버거울 정도였다. 이대로라면 연우라는 자아가 사라지고, 그 자리를 녀석이 차지할 수 있었다.

하지만.

연우는 이를 악물고 버텼다.

원념을 밀어내는 것과 동시에, 의념을 몽땅 현자의 돌 쪽으로 투영시켰다. 녀석이 자신을 노린다면, 자신도 녀석을 노릴 셈이었다. 먼저 상대의 영지를 빼앗는 놈이 이기는 싸움이었다.

쿠쿠쿵!

몸이 크게 위아래로 들썩였다. 용의 인자와 마의 인자가 서로 증가하다가 낮아지길 반복하면서 연우의 육체도 망가지고 수복되기를 반복했다.

*　　*　　*

연우는 눈을 떴다.

공허한 어둠이 눈앞에 펼쳐졌다. 이곳은 의식 세계. 원념과의 싸움이 끝을 보이지 않을 것 같아, 더 확실한 싸움을 위해 연우가 마련한 무대였다.

그리고 원념도 거기에 응했다.

[히든 퀘스트 / 타락한 망자의 소원]
설명: 아가레스가 남긴 마기는 제 주인의 의지에 따라 호시탐탐 당신을 노리려 했습니다. 그러다 현자의 돌 속에 숨어 있던 원념을 만나 마성(魔性)이 되어 이제 당신의 육체를 강탈하려 합니다.

마성에게서 육체를 보호하고, 싸움에서 이겨 남은 마력을 온전히 흡수하세요.

달성 조건:

1. 제한 시간 내에 마성을 이길 것.

2. 마성의 잔해를 완벽히 흡수해서 현자의 돌을 통제할 것.

제한 시간: 알 수 없음.

보상:

1. 완전한 현자의 돌

2. 마기 속성력 강화

그때, 연우 앞으로 퀘스트 창이 떠오르면서 어둡기만 하던 주변 풍경이 바뀌기 시작했다.

음울하지만 넓은 대지 위에 붉은 하늘이 인상적인 곳. 여러모로 23층의 스테이지와 닮아 있었다.

그리고 저 너머를 따라, 아지랑이가 피어오르면서 이리저리 뒤섞이다가 곧 사람의 형상을 갖추기 시작했다.

회색으로 가득 찬 그림자였다. 이목구비라 부를 만한 것 하나 없었지만, 연우는 녀석이 자신을 바라보고 있다는 느낌을 받았다.

그리고.

연우는 용마안을 통해 녀석을 이루고 있는 수만 마리의

원령을 엿볼 수 있었다. 원령들은 기괴하게 일그러진 채로 녀석에게서 튀어나오려 발버둥을 쳐 댔지만, 뚫고 나오지 못한 채 도로 안쪽으로 들어가야만 했다.

저것이 바로 원념. 아니, 마성이었다.

현자의 돌에 희생된 수만 명에 달하는 망자들이 뿜어낸 마이너스 에너지가 아가레스의 마기를 매질로 삼아 구현된 형태.

씨익!

그때, 마성의 얼굴 부위 아래로 실선이 그어지더니 입이 잔뜩 벌어졌다. 입꼬리를 말아 올리는 녀석은 마치 이 순간이 너무 재미있어 죽겠다는 듯이 어깨 부위를 위아래로 들썩거렸다.

연우는 그런 녀석을 보면서 강한 위화감을 받았다.

마치 거울을 보는 느낌.

마성은 연우를 모방하고 있었다. 생김새, 기질, 행동, 패턴, 습관, 생각, 심지어 특성과 스킬까지. 가장 가까운 존재가 자신이니 그대로 따라 하는 듯했다.

문제는 성격만큼은 완전히 다르다는 점이었다.

포악한 짐승.

그 이상도, 그 이하도 아니었다.

특히 저 웃음.

마치 누군가를 떠올리게 했다.

'아가레스.'

짜증이 치밀었다. 녀석의 집착은 정말이지 사람의 복장을 뒤집어지게 만들었으니까.

하지만.

녀석과는 사뭇 비슷하면서도 뭔가가 달랐다. 어떻게 말로 표현하기는 힘들었지만. 근본적으로 뭔가가 달랐다.

'나와 닮은 것 같으면서도 다른 것 같은…….'

얼핏 보면 21층에서 만났던 동생의 환영과도 닮았다는 느낌을 지울 수가 없었다.

하지만 연우는 고개를 털었다. 어차피 자신을 모방해 탄생한 녀석이다. 자신의 기억 속에서 뭔가를 끄집어내 잡다하게 일그러졌을 게 분명한 녀석을 더 이상 신경 쓸 필요는 없었다.

지금 해야 할 것은 저 보기 싫은 것을 없애는 것뿐. 연우는 퀘스트 창을 한쪽으로 치우면서. 권능을 하나둘씩 깨우기 시작했다.

용의 비늘이 잔뜩 올라오고, 등 뒤로 불의 날개도 활짝 돋아났다.

그리고 달려들려는 찰나.

갑자기 마성이 입술을 달싹였다. 연우는 그것을 보고 인상을 딱딱하게 굳혔다.

그리고 그 순간.

콰르릉—

갑자기 의식 세계가 무너졌다.

* * *

[히든 퀘스트(타락한 망자의 소원)을 무사히 달성했습니다.]

[누구도 쉽게 이루지 못할 업적을 달성했습니다. 추가 공적치가 제공됩니다.]

[공적치를 5,000만큼 획득했습니다.]

[추가 공적치를 3,000만큼 획득했습니다.]

[보상으로 '완전한 현자의 돌'을 획득했습니다.]

[보상으로 마와 악에 대한 속성력이 강화되었습니다.]

[모든 연금술사들의 비원, 현자의 돌을 완성하는 데 성공했습니다. 위대한 업적을 이뤘습니다.]

[98층의 신과 악마들이 당신을 주시합니다.]

......

쉴 새 없이 올라오는 메시지.

연우는 현실 세계로 튕겨 나온 뒤에도, 여전히 기뻐하기는커녕 표정이 딱딱하게 굳어 있었다.

"카인, 괜찮나?"

그때, 연우의 갑작스러운 이상 증세를 보고 걱정하던 브라함과 헤노바, 대장로가 다급히 연우를 흔들어 깨웠다.

연우는 괜찮다고 고개를 끄덕이면서도, 여전히 의식 세계에 있었던 일이 뇌리에 선명하게 남아 도저히 평정심을 찾기가 어려웠다.

싸워 보기도 전에 갑작스럽게 사라진 마성은. 비록 육성은 내지 못했어도, 분명히 이렇게 말을 했었다.

―아직은 아니야. 조금 뒤에. 조금 더 무르익은
뒤에, 그때 널 먹으러 다시 찾아오마.

자신을 삼키러 온다던 마성의 경고.

그것은 분명히 열매가 맛나게 무르익을 때를 기다리는 포식자의 유열(愉悅)이었다.

연우는 재빨리 마력을 회전시키면서 현자의 돌을 체크했

다. 하지만 걱정이 무색하게 현자의 돌은 마력회로에 말끔하게 결착되어, 메인 코어로서의 기능을 성실하게 수행하고 있었다.

이질감이나 저항 같은 건 전혀 없었다. 마치 처음부터 한 몸이었던 것 같았다. 마기가 섞인 마력도 기존 마력에 어느새 동화되어 힘차게 체내를 질주 중이었다.

그렇게 반발이 심하던 마성의 흔적은 어디에서도 찾아볼 수가 없었다.

'착각일까? 아니면 그냥 단순한 마지막 몸부림?'

연우는 그래도 혹시나 하는 생각이 들어 현자의 돌뿐만 아니라, 체내 곳곳을 뒤졌다. 심지어 의식 세계까지 다시 한번 더 훑었지만. 마성은 없었다. 마치 말끔하게 증발해 버린 것처럼.

그래서 연우는 더더욱 찝찝함을 느꼈다. 만약 추론대로 그냥 단순한 마지막 몸부림에 불과했다면 조금이라도 흔적이 남았을 텐데. 말끔해도 너무 말끔했다.

"카인? 카인!"

연우는 자신을 흔드는 손길에 정신을 퍼뜩 차려야만 했다.

브라함이 걱정 어린 눈길로 자신을 쳐다보고 있었다.

"무슨 일이라도 있었나? 호흡이 좋질 않은데."

연우는 고개를 가로저었다. 괜한 걱정을 살 수는 없었다.

"아닙니다. 아무것도. 그저 마지막에 현자의 돌과 마력 회로를 연결시키는 데에 반발력이 생각보다 커서…… 그것을 진정시키느라 심력을 소비해서 피곤했던 모양입니다."

"확실히 그럴 만도 하지. 쉬운 일이 아니었을 테니. 하면 들어가서 쉬는 게 어떤가?"

"아닙니다. 이젠 괜찮습니다. 그보다, 제게 무슨 일이 있었던 겁니까?"

연우는 엉망이 되어 버린 주변을 둘러봤다. 그동안 그들의 연구를 도와주던 갖가지 집기며 도구들이 박살 나거나 아무렇게나 바닥에 나뒹굴고 있었다. 탑처럼 쌓였던 서류들은 와르르 무너진 상태였다.

"역시 외부에서 벌어진 일은 전혀 짐작도 가지 않는 모양이군."

"예."

"사실, 난리도 아니었다네."

연우가 마성을 제압하기 위해서 전념하는 사이.

연우의 육체는 붕괴와 재생을 거듭했다. 마룡체였기에 망정이지, 육체의 주도권을 둘러싼 싸움 때문에 마력 폭풍이 쉴 새 없이 휘몰아쳐 제지하느라 정신이 없었다.

만약 브라함과 대장로가 나서서 육체를 강제로 속박하지

않았더라면 마을의 태반이 날아갔을지도 모르는 일이었다.

연우는 그럴 만하다는 듯이 고개를 끄덕였다. 그냥 마력이 도도하게 흐르는 지금도 이렇게 힘이 넘쳐나는데. 발작을 일으켰다면 위력이 어땠을지 짐작도 가지 않았다.

두 사람이나 되니 제압할 수 있었으리라. 아마 육체에 남아 있는 어릿한 통증은 그때 생긴 후유증인 것 같았다.

"그보다."

대장로는 쓰고 있던 안경을 고쳐 쓰면서 진지한 눈매로 연우에게 물었다.

"현자의 돌은 어떤가? 쓸 만한가?"

브라함과 헤노바도 옆에서 고개를 끄덕였다. 다들 기대에 부푼 눈빛이었다. 희대의 보구를 완성했으니, 제작자로서도 흥미가 생긴 것이다.

연우는 살짝 입꼬리를 말아 올렸다.

"한번 실험해 볼까요?"

* * *

연우는 마을에 머물면서 현자의 돌을 완성하는 데 주력하면서도, 틈이 날 때면 수련하는 것도 게을리하지 않았다.

육체는 단 며칠이라도 수련을 미루면 바로 티가 나기 마련이었으니까. 꾸준한 단련을 필요로 했던 것이다.

더구나 새로운 권능들을 획득해서 이래저래 연습해 봐야 했던 연우로서는 더더욱 단련을 게을리할 수가 없었다.

그래서 이제는 제집 안방처럼 익숙해진 외부 수련장인데도 불구하고.

연우는 왠지 모르게 처음 방문한 것 같은 설레는 느낌을 받았다.

아마도 체내를 타고 흐르는 힘찬 마력의 흐름 때문이리라.

현자의 돌이 공급하는 마력은 시간이 지날수록 점차 양이 불어나 체내 곳곳에 힘을 불어넣고 있었다. 용과 마의 인자를 차례대로 깨워 강화시키고, 마력을 끊임없이 정제해서 순도를 향상시키며, 회로도 더 크고 굵게 확장시켰다.

마치 자체적으로 영성(靈性)이라도 띠고 있는 것처럼. 현자의 돌은 알아서 움직이면서 연우의 육체를 조금씩 개조시켜 나가는 중이었다.

여전히 조금씩 남아 있는 현자의 돌과 마룡체 간의 이질감을 해소시키고, 기능을 더 효율적으로 만들기 위한 작업인 것이다.

이 작업이 모두 끝난 뒤에는. 각성을 이룬 것처럼 또 한 번 더 크게 성장할 수 있겠지.

여름여왕이 드래곤 하트의 대체재로 현자의 돌을 점찍어 둔 건, 그만한 이유가 있었기 때문이었다.

얼핏 마성에 대한 염려도 들긴 했지만. 연우는 어느새 걱정은 머릿속 한편에다가 박아 둔 상태였다. 더 깊게 생각해 봤자 해답이 나오지 않는 데다가, 지금은 달라진 육체를 빨리 확인하고픈 마음이 더 컸다.

수련장 외곽에서 이쪽을 지켜보는 브라함, 대장로, 헤노바만큼이나.

"나와."

츠츠츠—

연우의 명령에 따라 그림자가 길쭉하게 늘어나 두 개로 갈라지면서 위로 불쑥 올라왔다. 샤논과 한령이 완전 무장을 한 채로 모습을 드러내고, 그 위로 레베카가 조용히 내려앉았다.

기능을 확인하는 데 있어 가장 확실한 방법은 직접 실전을 치러 보는 것이다.

연우는 전력을 다해 셋의 합공을 막아 볼 생각이었다.

샤논과 한령은 현자의 돌에서 공급되는 마력으로 격이 몇 단계씩 상승한 상태였다. 그리고 그것을 제외하더라도, 그동안 미후왕의 유산을 연구하면서 정리한 심득도 적잖게 있었다.

레베카 역시 살아 있을 시절만큼은 아니더라도, 전력을 어느 정도 회복한 상태였기 때문에 한 번 자신의 실력을 확인해 보고 싶었다. 특히 케르눈노스 신의 신성이 부쩍 커져 몸이 바싹 달아오른 상태였다.

이들과 직접 부딪친다면.

아마 모르긴 몰라도, 몸이 성하진 않을 게 분명했다.

「이봐, 주인.」

"왜?"

샤논의 부름에 마장대검과 크라슈나의 단검을 매만져 보던 연우가 고개를 들었다.

「얻어맞았다고 해서 질질 짜거나, 꿍하게 있다가 복수하기 없기?」

연우가 피식 웃었다.

"내가 할 말을."

「흐흐. 그래. 그 말을 기다렸다고.」

샤논은 가볍게 몸을 풀면서 헤노바가 만들어 줬던 소드 브레이커를 꺼내 바닥에 떨어뜨렸다.

그것을 보던 헤노바가 아주 잠깐 두 눈을 크게 떴지만, 곧 팔짱을 끼면서 입을 꾹 다문 채 이쪽을 계속 주시했다.

「오늘 바닥에 드러누워서 아예 엉엉 울게 만들어 주지.」

샤논은 생각만 해도 재미있다는 듯이 실실 웃어 댔다. 그 사이 한령은 고유 스킬 '아홉 칼의 무덤'을 발동시키기 위해 아홉 자루의 칼을 꺼내고, 레베카는 어깨에 활을 두르고 한 손에는 각검을 쥐면서 뒤로 빠졌다.

그리고 그 순간.

콰드득—

연우는 용체 각성을 시도했다. 가슴팍에서부터 시작된 용의 비늘이 눈가까지 다다르고, 불길에 둘러싸인 용의 날개가 한껏 치솟으면서 뜨거운 열풍이 사방으로 휘몰아쳤다. 그가 딛고 있던 땅이 삽시간에 시커멓게 그을렸다.

[여신의 성흔]

여기에 아테나의 가호가 더해지자, 화력은 걷잡을 수 없을 만큼 불어났다. 아테나가 건넨 권능은 용체 각성이 미처 건들지 못하는 영역까지 보완해 주고 있었다.

쾅!

그때, 연우가 지면을 세게 박찼다. 마치 포탄이 떨어진 것처럼. 그가 떠난 자리에 구덩이가 깊게 파이면서 먼지구름이 높게 치솟고, 그사이 연우는 단숨에 공간을 쇄도해서 샤논과 맞닥뜨렸다.

하지만 연우의 앞을 가로막아 선 건, 노리고 있던 샤논이 아니었다.

「야!」

「미안하지만, 내가 먼저 나서지.」

어느새 한령이 나서면서 여덟 자루의 칼을 아무렇게나 허공에다 집어 던지고, 대신에 제 몸만큼이나 커다란 시미터를 뽑아 휘두르고 있었다.

「주인님과는 한번 제대로 겨뤄 보고 싶었습니다.」

한령의 말은 진심이었다. 비록 연우의 계략에 의해 기존 소속 집단에서 내쳐지고 데스 나이트로 전락해 버리긴 했지만. 그동안 연우를 지켜보면서 한령은 그에 대한 생각을 많이 바꿀 수 있었다.

연우는 마치 젊은 시절의 자신을 떠올리게 했다. 어떤 위험 상황에서도 물불을 가리지 않고 뛰어들고, 자신이 쟁취하고자 하는 것은 어떻게든 손에 넣었다.

그런 그를 지켜보고 있노라면. 한령은 있지도 않은 심장이 뛰는 듯한 느낌을 받았다. 못난 아들을 둔 이후로 단 한 번도 느껴 보지 못했던 투사로서의 호승심이 들끓었다.

물론, 자신과 다른 점도 많았다.

오로지 싸움에만 미쳐 살던 투견인 자신과 다르게, 연우는 언제나 냉철한 판단력을 자랑했으니까. 생각도 깊어서 이따금 무슨 생각을 하는지 알 수 없을 때도 많았다.

그러면서도 자신이 확실하게 그은 선은 절대 넘지 않으려 하는 수도자로서의 특징도 강하게 보였다.

그래서 한령은 연우라는 존재에 대해서 더 깊게 알고 싶었다.

하지만 말재주가 없는 그가 연우와 깊은 이야기를 나누기란 어려운 일.

하지만 다행히 무사에게는 말보다 더 손쉽게 통하는 방법이 있었다.

칼. 무사의 칼 속에는 천 마디 말보다 더 진실된 한 마디의 말이 숨어 있는 법이었으니.

여태 연우와 직접 칼을 겨뤄 본 적도 없었기에. 한령은 이참에 연우의 마음가짐을 확인해 보고 싶었다. 성취도 파악할 겸.

쾅!

연우가 내려친 마장대검이 시미터에 가로막혔다. 열풍이 사방으로 휘몰아쳤다.

마장대검은 시미터에 비하면 길이가 훨씬 짧았고, 한령은 그런 이점을 놓치지 않고 매섭게 우측으로 크게 돌렸다.

가가각!

쇠가 긁히는 소리와 함께 불똥이 거칠게 위로 튀었다. 시미터는 마장대검을 한껏 크게 밀어내고, 단숨에 방향을 반대로 꺾으면서 연우의 허리를 쓸어 나갔다.

콰콰쾅—

〈칼날 소용돌이〉. 한령이 자랑하는 또 다른 시그니처 스킬이 발동했다.

칼을 휘두를 때마다 휘몰아치는 소용돌이는 단 한 번의 참격(斬擊)으로도 수십 수백 번의 참격을 낳는 효과를 가져다주었다.

하지만 연우는 지면을 박차 허공으로 높이 튀어 오르는 것으로 참격을 피했다. 그가 사라진 자리로 소용돌이가 언뜻 나타났다가 허망하게 사라졌다.

그사이, 연우는 제비돌기를 하는 것과 동시에 크라슈나의 단검으로 한령의 목을 노렸지만.

까앙!

한령은 때마침 발치에 꽂혀 있던 샤브르(폭이 좁은 검)를 뽑아 올리면서 연우의 공격을 옆으로 쳐 냈다. 그리고 오른손에 쥐고 있던 시미터를 다시 대각선으로 그었다.

콰쾅!

연우는 마장대검과 크라슈나의 단검을 교차시키면서 겨우 공격을 막아 낼 수 있었다. 하지만 충격파를 모두 상쇄

하지 못해 몸뚱이가 단숨에 뒤로 튕겨 났다.

재빨리 마력회로를 돌렸다. 불의 날개가 한껏 커지면서 가까스로 균형을 다잡았지만, 어느새 한령이 다시 눈앞까지 다가와 칼을 찌르고 있었다.

헌팅 소드. 찌르기에 특화되어 창의 형태를 띤 검이 미간을 찔러 왔다.

지금 막는 건 불가능하다.

연우는 재빨리 또 다른 권능을 발현시켰다.

[제3천의 영]
[72선술— 벽]

끼아아—

오른쪽 손목에 찼던 검은 팔찌가 시린 빛을 토해 내더니, 끔찍한 귀곡성과 함께 희뿌연 망령 집단이 나타나 단단한 벽을 세웠다.

쾅!

비록 망령의 벽은 구멍이 휑하게 뚫리긴 했지만, 몇 겹이나 두른 탓에 검이 연우에게까지 다다르진 못했다.

그사이, 연우는 자세를 바로잡을 수 있었다. 마장대검을 따라 성화가 깃든 오러가 잔뜩 올라왔다.

하지만.

한령은 한 번 잡은 승기를 놓치지 않겠다는 듯, 어느새 옆으로 떨어지던 샤브르를 잡아 휘둘렀다. 콰르릉. 다시 한 번 더 칼끝에서부터 소용돌이가 터졌다. 남아 있던 망령의 벽이 그대로 부서졌다.

칼을 다루는 솜씨로 연우가 한령을 따라잡기엔 아직까지 여러모로 많은 면이 부족했다.

한령은 죽기 전에도 이미 이름이 널리 알려져 있던 명인급의 인사. 여기에 미후왕의 유산을 오랫동안 궁리하면서 깨달은 것도 있기 때문에, 어느덧 진인 급을 바라보는 중이었다.

부족한 것이 있다면 육체가 아직까지 생전만큼 따라 주지 못한다는 것뿐. 그의 실력은 진짜였다.

때문에 아직 달인 급에 불과한 연우가 그를 당해 내기란 요원했다.

하지만 연우는 그런 실력 차를 만회하고도 남을 만큼의 장기가 있었다. 화력. 현자의 돌을 장착하면서 무한대에 가까워진 마력은 단순한 일격에도 강한 힘을 실어 넣었다.

콰아앙!

마장대검이 시뻘건 불길을 토해 냈다. 성화가 뒤섞인 오러가 터지면서 한령을 강제로 옆으로 튕겨 냈고, 그사이 연우는 블링크를 발동시켜 한령의 후방을 점했다.

한령은 연우의 기척을 읽고 뒤쪽으로 시미터를 휘둘렀다. 하지만 시미터는 다시 치솟은 망령의 벽에 가로막히고 말았고, 그사이 마장대검이 한령의 옆구리를 가르고 지나갔다.

번쩍!

마장대검이 이대로 폭발하는 게 아닐까 싶을 정도로 강한 빛을 토해 냈다. 불의 파도. 이전보다 강한 제어가 이뤄져 한쪽 단면에 집중시킨 것임에도, 폭발력은 훨씬 강해져 있었다.

불길이 수십 미터도 넘게 치솟아 올랐다.

쾅! 콰콰쾅!

콰르르—

결국 한령은 불바다에 잠겨 흔적을 찾을 수 없게 되었다. 그때, 후방에서 불길을 억누르며 샤논과 레베카가 튀어나와 각기 좌우에서 검을 쓸어 왔다.

연우는 다시 한번 더 블링크를 전개해 자리에서 멀찍이 떨어지고자 했다.

하지만 다른 공간에서 나타난 순간, 기다렸다는 듯이 화살들이 매섭게 날아들었다. 레베카가 그의 움직임을 읽고 어느새 활의 시위를 잡아당기고 있었던 것이다.

따다당!

그리고 화살을 쳐 내는 동안, 샤논이 다시 한번 더 연우 앞에 나타나면서 소드 브레이커를 세게 내리쳤다. 시뻘건 불길이 떨어졌다. 〈볼케이노〉. 바할에게서 강탈했던 녀석의 시그니처 스킬이 더해져 있었다.

[시차 괴리]

한껏 느려진 세상 속에서, 연우는 빠른 판단을 내렸다.
근거리와 원거리, 둘 모두 장악된 이상 블링크는 아무런 도움이 되지 못했다.
결국 남은 방법은 하나.
'정면 돌파뿐.'
생각이 끝난 순간, 또 다른 권능이 빛을 발했다.

[흉신악살]

심장 한편에 조용히 자리 잡고 있던 분노가 단숨에 머리 끝까지 치밀어 올랐다. 마치 짐승이 된 것처럼. 연우는 솟구치는 포악함을 참지 않고 터뜨렸다.
"크와앙!"

정말 맹수라도 된 듯이. 연우의 하울링과 함께 성화가 몇 배로 크게 몸집을 부풀리다가, 어느새 흑색으로 물들면서 횡대로 그어졌다.

콰콰콰—

흑염(黑炎)은 눈앞에 있는 것들을 모두 집어삼키는 포식자가 되어 대지를 강타했다. 샤논과 레베카를 단숨에 휩쓸어 버리는 것으로도 모자라, 저 수련장 뒤편에 있던 산의 허리를 크게 훑고 지나갔다.

콰르르!

산자락이 흔들리고, 일대 주변이 온통 폐허가 되었다. 그리고 자욱하게 낀 먼지구름 사이로, 연우는 검은 불길을 한껏 두르면서 살벌한 기세를 잔뜩 흘려 댔으니.

그 모습은 마치.

저 깊디깊은 지저 세계에서 지옥불과 함께 세상에 강림한 지옥의 군주를 떠올리게 했다.

Stage 32.
켈라트 경매장

쿠우우―

먼지구름이 자욱하게 날렸다. 그 아래로 지글거리는 불씨들은 위로 타올랐다가 가라앉기를 반복했고, 깎여 나간 대지는 마치 맹수들의 격전지처럼 모든 게 박살이 나 버린 상태였다.

그리고 그 중심에 있는 연우를 보면서.

「……지랄 맞군.」

샤논은 욕지거리를 내뱉으면서 천천히 자리에서 일어났다.

육체 곳곳에서 삐거덕대는 소리가 났다. 너무 큰 굉음으로 귀에서 이명까지 들리는 것 같았다.

비록 그림자로 형성된 영체(靈體)였지만. 그래도 그는 아직까지 인간으로서의 정체성을 완전히 버리지 못해 감각도 똑같이 느끼고 있었다. 그는 정신적 피로가 육체를 지배하는 경우였다.

쥐고 있던 칼이 여전히 파르르 떨렸다.

이것으로 몸을 재빨리 보호하지 않았더라면. 아마 지금쯤 그림자 속에 처박히고 말았겠지. 육체를 복구하느라 힘이 들었을 테고.

그 와중에도 샤논은 그런 충격파를 받아 내고도 살짝 그을리기만 했을 뿐, 상처 하나 남지 않은 칼을 보고 감탄을 터뜨렸다. 그래도 명장이 만든 물건은 달랐던 것이다.

그리고.

한편으로는 그가 중얼거린 말마따나 이런 일을 만들어 낸 주인이 참 지랄 맞다 싶기도 했다.

현자의 돌을 적용하고 3차 각성까지 이룬 연우는 이제 마주하는 것만으로도 진땀이 흐를 정도로 강해져 있었다.

특히 권능 흉신악살을 전개한 뒤부터는 살벌한 기세로 살갗이 따끔거릴 정도였으니.

그런 모습이 기억 한편에 자리 잡고 있던 다른 누군가들을 떠오르게 했다.

81개의 눈.

레드 드래곤을 대표하던 자들.

다른 곳으로 나서면 충분히 한 세력의 지배자가 되거나, 탑을 오시할 고수가 될 수 있을 만큼 강한 기운이 연우를 감싸고 있었다.

처음에 만났을 때는 세미 랭커도 겨우 이기고, 검술은 입문자에 불과했던 애송이었건만.

불과 1년 사이에 이렇게나 달라져 버릴 줄이야.

이만한 성장 속도는 과거 헤븐윙 차정우 외에는 들어 본 적이 없었다. 아니, 성장세만 따지고 보면 헤븐윙보다도 훨씬 빠른 것 같았다.

보통 사람들이라면 그저 보는 것만으로도 주눅이 들 테지만.

「……짜증은 나도, 여기서 굽힐 수는 없지. 나도 지지는 않아.」

샤논은 그런 연우의 모습에 더 의욕을 불태우면서, 소드 브레이커를 지팡이 삼아 몸을 일으켰다.

연우가 강해진 만큼, 샤논도 한참 강해진 상태. 특히 실력만 따진다면 이미 그는 생전의 실력을 초월해, 어느덧 랭커와도 견줄 만한 실력에 다다라 있었다.

랭커.

살아 있을 시절에는 그토록 높게만 느껴졌던 벽이었는

데. 막상 그 정도의 성취를 이루고 난 뒤에 느낀 감정은 '별것 없네'였다.

분명 이 위치에 다다르면 속이 시원해질 거라고 생각했다. 그리고 세상을 충분히 오시할 수 있을 거란 자신감도 있었다. 십수 년 동안 절치부심 노력하고도 얻지 못했던 비원을 이뤘으니까. 그는 스스로를 믿고 있었다.

하지만 연우와 함께하며 새로운 전장을 겪고. 기라성처럼 수없이 많은 고수들을 만나면서.

샤논은 그동안 자신을 둘러싸고 있던 세계관이 전부 산산조각 나는 것을 느껴야만 했다.

그건 신세계였다.

또 다른 하늘이었다.

여태껏 자신이 보고 있었던 것은 아주 좁디좁은 우물 속 하늘이었을 뿐. 그 너머에 더 넓은 하늘과 세계가 있다는 것을 전혀 모르고 있었던 것이다.

그리고 그런 세계를 겪으면서. 샤논은 자신이 이룬 성취도 전부 덧없다고 여겼다. 부족하다고 생각했다.

불과 1년 전까지만 해도 자신과 동률을 이뤘던 연우는 다른 먼 곳을 보고 있었고, 그는 그저 그 옆에 서 있기를 바랐다.

하지만 연우가 달리는 속도가 너무 빨라 이대로 있다가

는 뒤처질 것 같은지라, 그도 쉴 새 없이 노력해야만 했다.

그리고 덕분에 72선술과 미후왕의 유산을 바탕으로 큰 깨달음을 얻어 명인 급에 다다를 수 있었지만.

샤논은 아직도 갈 길이 멀다고 생각했다. 연우는 이번에도 다시 크게 성장했다. 그렇다면 자신 역시 빨리 따라붙어야 했다.

그런 판국에 여기서 쓰러진다는 건. 도저히 있을 수가 없는 일이었다.

아니다.

그런 것을 다 떠나서라도. 샤논은 한 번쯤 연우를 이겨 보고 싶다는 호승심이 있었다. 세미 랭커로 만나 패배했을 때부터 줄곧 그의 뒤만을 보고 달렸기에, 이번만큼은 뒤처지고 싶지 않다는 생각으로 가득했다.

그 순간.

화아악—

샤논을 따라 감돌던 검은 기운의 색이 점차 뚜렷해지더니 점차 엄청난 양으로 불어나기 시작했다.

연우와의 연결 고리가 강화되었다. 동시에 현자의 돌 속에 남아 있던 마핵의 잔여분이 고스란히 흘러들어오면서 샤논에게 깃들었다.

[강렬한 의지가 새로운 마(魔)의 인자를 각성시켰습니다.]

[암 속성과 악 속성이 각각 30만큼 상승했습니다.]

[화 속성이 15만큼 상승했습니다.]

……

[축하합니다! 강화된 마의 인자를 바탕으로 죽음에 보다 더 가깝게 접근하는 데 성공했습니다.]

[데스 나이트(샤논)이 새로운 변화를 일으킵니다. 기존의 '격'이 한 단계 이상 상승합니다.]

[기존 특성과 능력치를 산정하여 상위 클래스를 탐색합니다.]

[칭호 '죽음을 이끄는 자'의 영향을 받습니다.]

츠츠츠―

샤논이 쓰고 있던 검은색 투구와 갑옷이 점차 또렷해지면서 칠흑색으로 빛나고, 퀭한 어둠만이 자리 잡았던 투구 아래로 시퍼런 불길이 도깨비불처럼 거칠게 타올랐다.

인페르노 사이트(Inferno Sight).

명계에서도 귀족 반열에 오른 강자들만이 지닐 수 있다

는 지옥불이 밝혀지는 순간.

샤논을 따라 감돌던 존재감도 단숨에 몇 배로 증폭되었다. 크기만 커졌을 뿐만 아니라, 마기와 사기도 좀 더 선명한 칠흑색으로 빛나며 불길처럼 이글거렸다.

[데스 나이트(샤논)이 '데스 노블'로 진화하는 데 성공했습니다.]

[데스 노블]
억울한 한을 품은 기사들은 죽어서도 성불하지 못해 귀신이 되어 구천을 떠돈다. 그렇게 탄생한 데스 나이트들 중 일부는 지옥의 군주로부터 권능과 작위를 하사받을 수 있다.
그들이 지나는 자리에는 언제나 죽음이 따라다니며, 작위가 승작(陞爵)을 이룰수록 권능이 닿는 범위도 저절로 높아진다.
또한, 권능이 깊어질수록 작위도 같이 상승해 휘하에 사병 집단을 구성하는 것이 가능해진다.

한 단계 위의 클래스로 전직하는 데 성공한 샤논도 끓어오르는 강렬한 힘을 한껏 만끽할 수 있었다.

샤논은 망토를 한껏 흔들면서 크게 귀곡성을 내질렀다. 대지가 위아래로 들썩였다. 손에 쥐고 있던 소드 브레이커도 어느새 칠흑빛이 젖어 마기를 줄줄 흘려 대고 있었다.

현자의 돌이 준 영향 때문일까. 아니면 샤논의 강한 의지 때문일까.

이유는 알 수 없었다.

하지만 샤논이 뿌려 대는 힘은 이전보다 훨씬 강렬했고, 그런 광경을 지켜보던 한령과 레베카는 크게 놀라고 말았다.

특히 샤논과 같이 어울리면서도 그동안 그를 몇 수 아래로 보고 있던 한령으로서는. 크게 자존심이 상하는 일이기도 했다.

샤논은 격의 속박에서 벗어나 저렇게 성장을 이뤘는데도 불구하고. 한때, 하이 랭커에서도 상위에 해당했던 자신은 여전히 데스 나이트라는 틀에 얽매여 있는 상태였으니까.

그리고 그건 레베카도 마찬가지였다. 그녀가 품고 있는 신성이 샤논의 기세에 잔뜩 짓눌리고 있었다. 아군인데도 불구하고, 위화감까지 들 정도였으니.

샤논은 이미 두 사람을 잔뜩 긴장시킬 정도로 강해져 있었다.

하지만 샤논은 그런 것에 전혀 아랑곳하지 않았다.

오래전의 자신이었다면 한껏 들떠서 경망스럽게 굴었을

테지만. 지금은 모든 신경이 연우에게만 단단히 집중되어 있었다.

강해진 힘에 대해서도, 이것이라면 연우에게 유효타를 먹일 수 있지 않을까, 어떻게 하면 더 활용을 할 수 있을까 하는 생각밖엔 없었다.

그리고.

그런 생각은 한령과 레베카에게도 고스란히 전해졌다.

두 사람도 저마다 무기를 강하게 움켜쥐었다. 그리고 연우를 견제하면서, 살벌한 열풍에 대비했다.

쾅!

그리고 그들은 너 나 할 것 없이, 서로 약속한 것처럼 일제히 연우에게로 달려들었다.

연우도 마장대검을 고쳐 쥐면서 눈을 차갑게 번뜩였다. 흉신악살. 방어력과 저항력을 낮추는 대신에 공격력을 대폭 증가시키는 권능에 따라, 흉신이 내려앉은 눈빛은 다른 어느 때보다 잔혹하게 빛나고 있었다.

검은 불길이 다시 한번 더 대지 위를 휩쓸었다.

* * *

브라함은 못 말린다는 듯이 고개를 절레절레 흔들었다.

"주인이라는 작자나. 권속이라는 것들이나. 어찌 그리도 하는 짓들이 똑같은지."

연우와 세 권속들의 싸움은 결국 무승부로 끝나고 말았다.

지칠 줄 모르고 휘둘러 대는 칼질과 타오르는 불길 속에서. 넷은 정말이지 서로를 죽이려는 게 목적이 아닐까 싶을 정도로 살벌하게 싸웠다.

덕분에 그동안 연우가 수련장으로 애용했던 장소는 아예 초토화가 되고 말았다.

내내 흥미롭게 싸움을 구경하고 있던 대장로도 지금은 땅이 꺼져라 한숨을 내쉬는 중이었다.

온통 새카맣게 그을린 땅은 거북이 등껍질처럼 여기저기 갈라져 있었고, 주변에 있던 숲이며 산은 맨몸이 드러나 보기 흉측했다.

"어떤가? 이제 속이 좀 시원한가?"

브라함은 바닥에 주저앉아 가만히 숨을 고르고 있는 연우를 보면서 물었다.

연우는 대답 대신에 쓰게 웃고 말았다.

그동안 단련을 게을리하지 않았다고 생각했는데. 아무래도 착각이었던 모양이었다. 한 번 날뛰기 시작하니 그동안 쌓여 있던 체증들이 모두 한꺼번에 쏟아져 나왔다.

그래도 이렇게 한바탕 풀어내니 속이 탁 트였다. 몸도 나른해지고, 그동안 알게 모르게 받았던 스트레스며 근심 걱정들도 싹 사라졌다.

 하지만.

 "아쉽습니다."

 모든 게 만족스러운 것만은 아니었다.

 "아쉽다고?"

 브라함은 뭔 이런 미친놈이 다 있냐는 표정으로 연우를 바라봤지만. 연우는 진지하게 고개를 끄덕였다.

 "예. 이 셋의 힘이, 사실 여기서 그칠 게 아니라는 걸 알고 있으니까요."

 연우는 이렇게까지 강해졌는데도 불구하고, 여전히 소싯적의 한령을 따라잡지 못하고 있었다.

 그만큼 일기장 속에 거론되는 도무신의 위광은 너무나 대단한 것이었다. 괜히 창무신과 더불어 청화도의 2인자로 군림했었던 게 아니었다.

 그렇기에 아직까지 전성기의 힘을 되찾지 못한 한령을 볼 때면, 연우는 여러모로 안타까울 수밖에 없었다.

 레베카도 마찬가지. 케르눈노스는 최상급 신에 해당하는 만큼, 그의 선택을 받은 레베카도 당연히 강할 수밖에 없었다. 그러나 지금은 너무 많은 것을 잃은 상태였다.

샤논만은 생전의 힘을 뛰어넘었다지만. 그렇기 때문에 데스 노블이 되고 나서도 여전히 힘을 제대로 쓰지 못하는 중이었다.

이런 이유로, 연우는 그들이 전부 본래의 힘을 되찾게 하기 위해서라도 더 강해져 격을 높여야 한다는 생각밖에 들지 않았다.

이런 속내를 들은 브라함은 질린다는 표정이 되었다가 곧 피식 너털웃음을 터뜨리고 말았다. 연우가 왜 이토록 더 강한 힘을 갈망하는지 잘 알기 때문이었다.

"그럼 앞으로 이 늙은이에게도 계속 재촉을 해 대겠군."

"신격을 빨리 찾으셔야지요."

"후후. 그렇게 말해 주는 것은 고맙다만. 그러기 위해서는 너부터 그것을 뛰어넘어야 하지 않겠느냐."

브라함은 이미 과거로 돌아가길 포기한 지 오래였기에, 가볍게 웃음을 흘렸다. 연우의 말마따나 신격을 되찾으려면, 주인인 연우부터가 그냥 신격도 아닌 대신격을 얻어야 할 판이었으니까.

그리고 당연한 말이었지만. 탑이 세워진 이래로, 플레이어가 신격을 얻은 경우는 단 한 번도 없었다. 올포원이 이루지 않겠냐는 말만 무성할 뿐이었다.

하지만 연우는 고요한 눈빛으로 말없이 브라함을 바라보

고 있었다.

브라함의 눈이 저절로 커졌다.

"너, 설마?"

피식.

연우는 그렇게 가볍게 바람 빠지는 소리를 내면서 엉덩이를 털고 자리에서 일어났다.

"이제 돌의 기능도 확인했으니 다음 차례로 넘어가셔야죠."

브라함은 더 이상 연우에게 묻지 않고 고개를 끄덕였다.

그의 말마따나 신격과 관련된 건 아직도 먼 훗날의 일이었다.

지금 해야 할 일은 따로 있었다.

마녀 사냥.

그리고 딸의 구출.

브라함은 인공 육체인데도 불구하고, 심장이 크게 뛰는 듯한 느낌을 받았다. 쿵. 쿵. 빨리 딸을 만나고 싶다는 생각으로 숨이 가빠졌다.

* * *

"칫. 삼촌 너무해. 그렇지, 짹짹아?"

세샤는 불만 가득한 얼굴로 품에 있는 니케를 꼭 끌어안았다. 분홍색 뺨은 어느새 풍선처럼 잔뜩 부풀어 있었다.

처음 삼촌이 생겼을 때만 하더라도. 세샤는 정말이지 하늘을 날아다닐 것 같았다.

삼촌은 언제나 꿈속에서만 그리던 아빠처럼 자상했고, 맛있는 음식도 많이 만들어 줬다. 그리고 브라함의 눈을 피해서 이따금 손에 간식을 쥐여 주기도 했다.

특히 삼촌이 만들어 줬던 솜사탕이라는 건 너무너무 맛있어서 매번 만들어 달라고 칭얼거렸지만, 이가 썩는다고 안 된다 할 때면 밉기도 참 미웠다.

그래도 자신이 하는 말에 크게 호응해 주고, 밤만 되면 머리맡에서 동화책을 읽어 주는 고마운 삼촌이었다.

늘 행동이 무뚝뚝한 브라함은 그런 걸 잘 못해 줬으니까.

하지만 최근에는 삼촌을 만나기가 정말 하늘의 별 따기였다.

뭔 중요한 걸 만들고 있다나?

브라함도 거기에 몰두하고 있어서 정말 중요한 거다 싶긴 했다. 그리고 또래 애들보다 똑똑한 세샤였기에, 두 사람이 만드는 물건이 자신을 위한 것이기도 하다는 것을 어렴풋이 눈치챈 상태였다.

그래서 연우와 브라함 앞에서는 괜찮다면서 아무렇지 않은 척을 하곤 했지만.

그래도 심심한 것까지 완전히 사라지는 건 아니었다. 그녀는 아직 열 살도 되지 못한 아이였으니까. 자신과 더 많이 놀아 주기를 바라는 어린아이였다.

물론, 21층에 있을 때처럼 마냥 심심하지는 않았다.

수시로 찾아와 언니처럼 놀아 주는 에도라가 있고, 자신을 귀여워해 주는 외뿔부족의 사람들도 많이 있었다.

처음에는 뿔을 갖고 있어서 조금 무서웠지만. 모두 좋은 사람이라는 것을 알고 함께 어울릴 수 있었다. 그리고 또래 '친구'를 사귈 수도 있었다. 이래 봬도 자신을 두고 벌써 사랑 다툼을 하는 남자아이들이 있을 정도로 인기도 많았다.

무엇보다.

가장 친한 친구인 니케를 만났다. 자신이 하는 말을 일일이 다 들어 주는 고마운 친구. 말하는 새인 니케가 너무 귀여워서 세샤는 어딘가를 갈 때면 니케를 꼭 붙잡고 다녔다.

졸지에 인형이 되어 버린 니케는 한숨이 절로 나왔지만. 그는 언제부턴가 세샤의 품에 붙들려 옴짝달싹도 못하는 중이었다.

그리고 수시로 고쳐 줘야 할 것도 있었다.

『세샤.』

"응?"

『나, 짹짹이가 아니라, 니케라고 불…….』

"아냐. 짹짹이는 짹짹이야!"

세샤는 니케를 더 힘껏 끌어안으면서 도리도리 고개를 좌우로 흔들었다.

니케는 부리를 꾹 다물었다. 억울한 마음이 들었다. 저 이름을 탈출하기 위해서 얼마나 고생했었는데! 도로 짹짹이가 되어 버린 현실이 서글펐다. 삼촌이나 조카나. 이 집안사람들은 참 너무 똑같았다.

그러면서도 세샤의 마음이 이해됐기 때문에 날개를 뻗어 그녀의 머리를 쓰다듬어 줬다.

『그럼 세샤는 삼촌이 어떻게 해 줬으면 좋겠어?』

"음, 음, 으음……!"

세샤는 따로 생각한 게 없는 듯 귀여운 얼굴을 잔뜩 찌푸리면서 깊은 생각에 잠겼다. 삼촌이 잘 안 놀아 줘서 조금 삐쳤을 뿐, 삼촌이 싫은 건 아니었으니까. 오히려 좋아서 해 줬으면 하는 게 너무 많았다.

그러다 뭔가 떠오른 듯, 눈을 반짝이면서 소리쳤다.

"솜사탕 만들어 줬으면 좋겠어!"

『솜사탕?』

"응응! 솜사탕 맛있었어! 엄청!"

벌써부터 침이 고이는지 헤실헤실 웃는 입가를 따라 침이 주르륵 흘렀다.

니케는 피식 웃으면서 날개로 그녀의 입가를 훔쳐 주면서 생각했다.

참 귀여운 친구라고.

자신을 짹짹이라고 부르는 것만 빼면.

  * * *

"세샤가?"

『그렇다는군..』

연우는 간만에 모습을 보이면서 말하는 네메시스를 보고 쓴웃음을 지었다.

니케와 링크가 되어 있는 네메시스가 말해 준 것이다. 세샤가 가진 불만 사항을.

연우는 문서를 집필하다 말고, 잠시 펜대를 놓으면서 고민에 잠겼다.

확실히 최근 들어 조카와 너무 못 놀아 주기는 했다. 구조식을 만드는 막바지 작업에 다다르다 보니 철야 작업을 할 게 많아 소홀히 했던 것이다.

'나도 참 멍청한 짓을 했구나.'

연우는 그런 자신에 자책을 해야만 했다.

현자의 돌을 만들고, 이번 계획을 마련하는 이유가 무엇이던가. 세샤를 행복하게 해 주기 위해서였을 텐데. 일에 정신이 팔려 도리어 세샤를 외롭게 만들었으니. 주객전도였던 셈이다.

'솜사탕이라.'

연우는 좀 더 세샤에게 주의를 기울여야겠다고 생각하면서, 사과의 뜻으로 조카에게 뭘 주면 좋아할까 고민했다.

그냥 솜사탕만 만들어 줘도 될 테지만 다른 더 근사한 걸 주고 싶었다. 몸에 좋지 않기도 하고.

그러다 문득 연우는 옆에서 여전히 자신을 빤히 쳐다보고 있는 네메시스의 시선을 느꼈다.

"그런데 넌 왜 세샤 옆에 있지 않는 거지?"

『……험! 그게 어디 중요한가.』

네메시스는 세샤와 한바탕 놀아 주고 나면 진이 다 빠진다는 사실을 차마 이야기할 수가 없었다.

그냥 내내 세샤의 품에 꼭 끌어 안겨 있기만 하면 되는 니케와 다르게, 그는 덩치가 크다 보니 언제나 세샤의 놀이 기구(?) 신세를 면치 못했던 것이다.

머리 위에 태워서 하늘을 난다거나, 숨바꼭질을 한다거나, 마법을 보여 준다거나. 그런 귀찮고 힘든 것들만 잔뜩 해 대야 했다. 계속 자신을 두고 크르릉이라고 부르는 것도 힘들었다.

'조카나 삼촌이나…….'

세샤는 착하고 좋은 아이였지만. 육아는 그런 것과 상관없이 어려운 법이었다.

연우는 그런 네메시스를 보면서 피식 웃고 말았다.

왠지 모르게 녀석이 어떤 심정일지 알 것 같았다.

* * *

"세샤가?"

"예."

브라함은 읽고 있던 책을 덮으면서 깊은 생각에 잠겼다. 읽던 것은 어느덧 절친한 친구가 되어 버린 대장로의 도움으로 무서고에서 빌린 책자였다.

무공 비급만 아니라면 대여는 언제나 허락되었다. 마침 보고 있던 것도 탑의 역사와 정치를 기록한 고문서였다.

언제나 지식을 탐구하는 학자답게 이런 책을 보는 게 즐거운 그였지만. 지식보다 더 중요한 게 바로 세샤였다.

브라함은 세샤가 요즘 외로움을 타는 것 같다는 말에 짧게 한숨을 내쉬었다.

연우로서는 어떻게 하면 좋을지 그에게 자문을 구하려는 것이었지만. 사실 따지고 보면 브라함은 이런 쪽에선 연우보다 더 문외한이었다.

"……어렵군."

"마찬가집니다."

연우는 짧게 한숨을 내쉬었다. 이제 어떻게 하면 좋으려나. 차라리 남자아이였다면 쉬웠을 것이다. 어린아이였을 때를 떠올려 보면 그만이었으니까. 당시에 그와 동생은 아버지가 선물해 주신 합체 로봇 같은 장난감만으로도 즐겁게 잘 놀곤 했다.

하지만 감수성이 남다른 여자아이는 어떻게 대해야 할지 쉽게 감이 잡히질 않았다.

하물며 본격적으로 계획이 시작되면 발푸르기스의 밤을 두들겨 대느라 더 정신이 없을 텐데. 그때까지만이라도 세샤와 잘 놀아 주고 싶었다.

예전에 사귀었던 여자 친구의 딸을 떠올려 보면 조금 쉬울 줄 알았는데. 피붙이다 보니 더 잘해 주고 싶어서, 오히려 어려워지는 것 같았다.

어떻게 해야 하나.

다른 조언자를 찾아 봐야 할 것 같았다.

※　　※　　※

"흐흠."

"……답답하다면 답답하다고, 무슨 말이라도 하는 게 어떨까?"

연우는 자신을 빤히 쳐다보면서 방실방실 웃는 에도라가 처음으로 부담스럽게 느껴졌다.

같은 여자이니 조언을 구할 수 있지 않을까 싶어서 물어본 거였는데. 에도라는 대답 대신에 웃기만 계속 웃어 댔다.

"뜻밖이네요."

"무엇이?"

"오라버니도 힘들어하는 게 있구나 싶어서요. 신기해요."

"……나도 사람이다만."

에도라는 다시 한번 더 소리 죽여 웃고 말았다. 연우가 당황스러워하는 게 그녀에게까지 느껴졌으니까. 언제나 딱딱한 인형 같기만 하더니. 역시 하나밖에 없는 피붙이에게는 다른 모양이었다.

그러면서도 한편으로는 연우의 인간적인 면모를 볼 수 있게 된 것이 반갑게 느껴졌다. 가면을 벗은 그의 얼굴을 본 이후로 가까워졌던 거리가 더 가까워진 느낌이었다.

'세샤에게 나중에 고맙다고 해야 하려나.'

에도라는 문득 세샤가 자신에게 도와줄까 하고 당차게 물었던 모습이 떠올라, 자기도 모르게 피식 웃음이 나왔다.

아버지 무왕이 나선 뒤로도 몇 달 동안 야누를 죽인 범인이 잡히지 않아 신경이 쓰이던 차였는데. 연우와 세샤 덕분에 머릿속이 맑아지는 기분이었다.

"조언해 줄 게 없다면 이만 일어나지."

에도라는 자신이 너무 장난을 쳤다는 사실을 깨닫고, 손을 뻗어 연우의 팔을 붙잡았다.

"굳이 어렵게 생각할 필요는 없다고 생각해요."

일어나려던 연우가 잠깐 멈칫거렸다.

"그럼?"

"중요한 건 진심인걸요."

"진심?"

에도라는 고개를 끄덕였다.

"예. 그러니까 너무 부담 가지지 말아요. 오히려 그럴수록 세샤만 더 어려워할걸요?"

하지만 연우는 그 '진심'이라는 게 어렵기만 했다.

에도라는 섣불리 대답하지 못하는 그를 보면서 고개를 절레절레 흔들었다. 확실했다. 눈앞에 있는 사람은 너무 조카 바보였다.

"그럼 이렇게 해 볼래요?"

* * *

'이쪽으로 와.'

연결 고리를 통해 연우의 목소리가 전해졌다.

니케가 고개를 번쩍 들었다. 수척해졌던 눈가에 처음으로 생기가 돌았다. 이제 인형 놀이를 하지 않아도 된다!

『세샤. 주인이 맛있는 거 준다고 오라는데. 갈래?』

"삼촌이? 응! 갈래!"

니케는 세샤의 말이 바뀔까 싶어 재빨리 발톱으로 그녀의 어깨를 붙잡고 하늘 위로 날기 시작했다.

"아하하! 나 하늘 난다아! 슈우웅!"

하늘 날기는 최근에 세샤가 푹 빠져 있는 놀이었다. 사실 재미만 따지면 네메시스 위에 올라타는 게 놀이기구를 타는 것 같아서 더 재미있었지만, 니케와 같이 나는 것도 재미있었다.

세샤의 말마따나 그들은 '슈우웅' 하고 날아서 연우가 오라고 한 장소에 도착해 있었다.

평소 두 사람이 산책을 자주 다니던 화원이었다. 연우 옆에는 어느새 테이블도 하나 놓여 있었다.

"삼촌!"

세샤는 폴짝 뛰어서 연우의 품에 와락 안겼다. 하늘 날기 다음으로 재미난 게 이거였다. 삼촌 품에 안기기. 탄탄하고, 따뜻해서 너무 좋았다.

"재미있게 놀고 있었어?"

언제나 딱딱한 말투를 쓰던 연우였지만. 조카에게만큼은 달랐다. 따뜻하고, 부드러웠다.

"응응! 짹짹이가 막, 막 같이 놀아줬어!"

연우는 세샤의 머리를 쓰다듬었다. 고개를 들고 방실방실 웃는 세샤의 모습은 강아지처럼 너무 귀여웠다.

세상에 이렇게 깜찍한 아이가 있을까. 없을 게 분명했다. 자신의 조카였지만, 예뻐도 너무 예뻤으니까.

벌써 미래에 남자 친구가 생기면 어쩌지 노파심이 들 정도였다.

아니지, 아니야. 요즘은 아이들이 조숙하다고 하니 먼 일도 아니었다. 일단 마을에 있는 외뿔부족 남자아이들부터 단속해 둬야겠다는 생각이 문득 들었다.

"삼촌, 나 배고파!"

어서 간식을 내놓으라는 눈빛에, 연우는 피식 웃고 말았다.

"오늘은 다른 걸 만들어 봤다."

"다른 거? 뭐뭐?"

"저번에 먹었던 아이스크림 기억나?"

"응응! 그거 어어어어엄처어어엉 맛있었어!"

세샤는 짧은 두 팔을 잔뜩 벌리면서 소리쳤다. 우유를 어떻게 해서 얼려 먹었었는데. 차갑지만 너무 달고 맛있어서 눈이 휘둥그레졌던 기억이 있었다.

맛도 다양했다. 초코 맛, 바닐라 맛, 딸기 맛 등등. 덕분에 2주일 내내 질리지 않고 간식으로 그것만 주야장천 먹어 댔었다.

"그걸로 만든 케이크야."

"케, 케이크? 그, 그것도 아이스크림?"

세샤는 신문물을 접한 사람처럼 두 눈을 동그랗게 떴다. 세상에 그런 대단한 음식이 있다고? 세샤의 머릿속에는 '아이스크림 + 케이크 = 아주아주아주 맛있는 거!'라는 공식이 성립했다. 꼬리가 기분 좋게 살랑거렸다.

연우는 그런 세샤가 너무 귀여운 나머지 미소를 멈출 수가 없었다.

그녀를 조용히 자리에 내려놓으면서 인트레니안을 열어 아이스크림 케이크가 담긴 접시와 포크를 꺼내 테이블에 올렸다.

세샤는 부리나케 의자 위에 올라가 포크를 집어 들었다. 브라함에게 배운 대로 '잘 먹겠습니다!'는 인사만 내뱉고,

재빨리 케이크에다가 포크를 찍었다. 아이스크림은 쉽게 녹기 때문에 빨리빨리 먹어 줘야만 했다.

어느새 그녀의 뺨은 햄스터처럼 잔뜩 부풀어 올랐다. 그러다 한꺼번에 너무 많이 삼켰는지, 몸을 찌르르 떨었다. 비늘이 살짝 일어났지만, 다시 눈을 번쩍 들면서 포크를 놀려 댔다.

연우는 옆에서 손수건으로 세샤의 입가에 잔뜩 묻은 아이스크림 흔적들을 훔쳐 주었다.

바람도 살살 불어서 꽃향기가 확 풍겼다.

정신없이 뛰어다니다가도, 세샤를 보면 이렇게 마음이 따뜻해졌다.

『주인.』

그때, 니케가 연우의 오른쪽 어깨에 올라타 부리로 머리를 쿡쿡 찔러 댔다.

"왜?"

『저거 나도 조금 나눠 주면 안 될까?』

니케의 부리에도 잔뜩 침이 고여 있었다. 그러고 보니 이 녀석도 한 살밖에 되지 않은 꼬맹이였지.

연우는 다른 아이스크림 케이크를 꺼내 녀석에게 내밀었다.

＊　　＊　　＊

　에도라가 해 준 충고는 간단했다.

　그냥 하루 종일 시간을 내서 세샤에게 투자할 것.

　그것만으로도 충분하다고.

　연우는 그걸로 부족하지 않겠나 싶었지만, 곧 에도라의 말이 맞았다는 것을 깨달을 수 있었다.

　하루 종일 어울리는 내내 세샤의 입가에서는 미소가 떠나질 않았다. 자신이 보고 싶었던 미소.

　그리고 에도라의 말처럼 세샤에게 필요했던 건 관심이었다.

　그렇게 어느덧 밤이 되고 난 뒤.

　연우는 잠자리에 누운 세샤의 머리맡에서 동화 이야기를 해 주었다. 어린 시절 어머니가 해 주셨던 추억을 떠올리면서. 동화는 '해님 달님'이었다.

　"아하하! 그게 뭐야! 호랑이 바보 같아! 참기름 바르고 나무에 오르면 당연히 미끄러지지. 바보!"

　세샤는 오빠의 계략에 나무를 오르다 실패한 호랑이의 대목에서 크게 웃음을 터뜨렸다. 그리고 오누이가 동아줄을 타고 하늘로 올라가 해와 달이 되었다는 사실에 눈을 반짝거렸다.

"그럼 삼촌."

그러다 세샤가 연우에게 불쑥 물었다.

"아빠도 해님 달님처럼 별님이 된 거야?"

순간, 연우는 아무 말도 할 수가 없었다. 눈이 살짝 커졌다.

세샤는 그런 연우의 마음을 아는지 모르는지, 살짝 미소를 흘리면서 말했다.

"엄마가 말했어. 아빠는 별님이 되어서 언제나 세샤를 지켜보고 있다고. 그러니까 나쁜 짓 하지 말고, 별님한테 꼭 소원 빌면 아빠한테도 전해질 거라고!"

해님 달님에서 하늘로 오른 오누이는 여동생은 해님이, 오빠는 달님이 된다.

연우는 어쩌면 그 이야기가 자신들의 이야기일지도 모르겠다는 생각이 들었다. 태양처럼 화려하게 빛났던 동생과 달처럼 조용히 뒤를 따르는 자신.

그러다 태양은 빛을 너무 많이 뿌려 별이 되고 말았다. 조용히 뒤따르던 달은 조금씩 흩어진 빛을 주우면서 초승달에서 반달이 되어 가고 있는 중이었다. 그리고 언젠가 보름달이 되겠지.

"그럼. 아빠는 계속 세샤를 지켜보고 계시지."

"히히. 그렇지?"

연우는 희미하게 웃으면서 세샤의 머리를 쓰다듬어 주었다. 세샤가 곤히 잠이 들 때까지.

그리고.

딸칵—

연우는 품에서 회중시계를 꺼내 가만히 매만졌다. 손끝에서 까끌까끌한 겉면이 느껴졌다.

고요하고, 아늑한 밤이었다.

이튿날.

연우는 앞으로의 일을 계획하기에 앞서 부탁할 것이 있어 무왕을 찾았다. 최근에 궁무신을 쫓는 일로 얼굴을 보기 힘들었던 무왕은 평소답지 않게 표정이 딱딱하게 굳어 있었다.

이번 추격 역시 실패로 끝나고 말았다. 그리고 일족이 받은 피해도 제법 컸으니. 이제는 어떤 수를 내야만 했다.

하지만 그는 연우를 보고 언제 그랬냐는 듯이 씩 입꼬리를 말아 올렸다.

"우리 제자님은 나날이 달라지시는군. 요즘 재미난 것을 만드셨다지?"

현자의 돌과 관련된 것들을 묻어 둔다고 합의를 했어도, 무왕에게는 사실이 전달될 수밖에 없었다.

그는 연우를 보면서 확실하게 기질이 예전과는 선명하게 달라졌다는 사실을 깨닫고 재밌는 물건을 본다는 듯이 고개를 끄덕였다.

예전에는 그저 날만 잔뜩 벼린 느낌이었다면. 이제는 제법 기틀이 잡혀 가고 있었다.

"스승님 덕분에 편하게 제작할 수 있었습니다."

피식. 무왕은 바람 빠지는 소리를 내면서 손을 휘저었다.

"마음에 없는 소리를 잘도 하는구나. 하여간 가면 갈수록 점점 더 뻔뻔해져? 아주?"

"그 스승에 그 제자 아니겠습니까."

"주둥이도 잘 나불거리고. 그래도 살판나 보이는 것 같아 다행이다."

무왕이 히죽 웃으면서 말을 이어 나갔다.

"처음 봤을 때는 꼭 닷새는 굶은 늑대처럼 사납기만 하더니. 이젠 좀 사람다워졌어. 어?"

연우는 순간 아무 말도 할 수 없었다. 무왕이 왜 그렇게 말하는지 알 것 같았다. 분명 그를 처음 만났을 때까지만 해도, 연우는 온통 복수에 대한 생각으로 가득 차 있었으니까.

하지만 지금은 달랐다.

강해진 것도 강해진 것이지만, 이제는 마냥 뾰족하지만은 않고 많이 단단해졌다. 공허했던 마음을 채워 준 것들이 많아서일 것이다.

세샤, 브라함, 갈리어드. 판트와 에도라. 그리고 무왕까지. 이젠 그와 뜻을 함께하는 사람들이 많았고, 그들과 마음을 나누면서 정신적으로 성장을 이루기도 했다.

따지자면. '여유'라고 할 수 있지 않을까.

만약 이들을 만나지 못했더라면.

어쩌면 지금쯤 그는 여전히 날을 잔뜩 벼린 채 탑을 오르는 데에만 몰두하고 있었을지도 몰랐다.

"하여간 성장하는 건 좋은 일이야. 내적으로나 외적으로나. 한쪽에만 너무 몰두하게 되면 언젠간 무너지기 마련이지. 넌 그동안 외적 성장에만 치중해서 걱정이었는데, 그래도 다행이다."

무왕은 싱긋 웃으면서 고개를 끄덕였다. 대견하다는 듯한 눈빛.

연우는 자기도 모르게 가슴 한편에 뿌듯함이 차오르는 것을 느꼈다. 무왕이 이렇게 자신을 두고 칭찬하는 건 처음이었다.

"하지만 그래도 조심 또 조심해라. 네가 갖고 있는 것들이 너무 많아. 지금은 잘해 나가고 있더라도, 언제 흔들릴지 모르는 게 사람이니까. 의외로 사람의 정신은, 허약하기 이를 데 없어. 신외지물(身外之物). 이 말만 잊지 않고 있으면 될 거다."

신외지물. 몸 밖에 있는 물건. '나'가 아닌 것에 매달려 본질을 흐리지 말라는 의미였다. 가장 중요한 것은 '나', 즉, 자아였다.

"명심하겠습니다."

"그래. 그럼 됐다."

무왕의 미소가 더 짙어졌다. 뜻하지 않게 인연이 닿아 세 번째로 맞게 된 제자는 생각보다 너무 잘해 주고 있었다.

사실 무왕은 더 이상 제자를 둘 생각이 없었다.

첫 번째 제자는 자기 욕심이 너무 지나친 나머지 자리를 박차고 나가면서 자멸의 길을 걸었고, 두 번째 제자는 스스로가 납득하지 못한 이유로 세상을 등지고 말았다.

태어나면서부터 일족의 왕이 되기까지, 언제나 성공의 삶만을 살았던 무왕으로서는 제자 양성이 계속 실패했기 때문에 많은 생각이 들 수밖에 없었다.

하지만 어쩌다 받게 된 세 번째 제자는 제 갈 길을 묵묵히 잘 걷고 있었으니.

무왕은 부디 이 아이만큼은 앞으로도 제 길을 무사히 걷길 바랐다. 처음에는 자신과 일족의 비원을 이뤄 줬으면 하는 바람으로 맞아들였지만. 이제는 정말 진심으로 그를 응원하고 있었다.

"그럼 잔소리는 여기까지 하고."

무왕은 혹시나 눈치 빠른 제자에게 속내가 들킬까 싶어 재빨리 화제를 돌렸다. 아무래도 생각을 들키는 건 여러모로 부끄러웠다. 판트가 알면 놀려 댈 게 분명했고.

"이렇게 찾아온 이유는 뭐냐? 뭐 부탁할 게 있어서 온 것 같은데."

"꼭 제자가 용건이 있어야 스승님을 찾는 법은 아니지요."

"그래? 그럼 내 도움은 아무것도 필요 없단 거지?"

"그래도 스승님의 손길을 거부하는 건 제자로서의 도리가 아니지 않겠습니까?"

"하여간 주둥이는. 뭔데?"

무왕이 피식 웃으면서 물었다.

연우가 고개를 끄덕이면서 말했다.

"인피면구를 구하고 싶습니다."

"인피면구를?"

무왕은 이놈이 또 무슨 짓을 하려는 건가 싶어 눈을 동그랗게 떴다. 인피면구는 일족에서도 비밀리에 취급되는 물건. 외부에는 잘 알려지지 않은 것이었다.

하지만 무왕은 대수롭지 않게 말했다.

"대장로에게 말해서 몇 개 챙겨 가. 그리고 앞으로 그런 건 굳이 나 찾아올 필요 없다."

그러다 보니 놀란 쪽은 연우였다.

"인피면구는 귀중하게 취급되는 게 아니었습니까?"

"그래서? 내가 그런 거 하나 제자에게 안 빌려줄 정도로 쪼잔해 보이디?"

"아니셨습니까?"

"어쭈? 말하는 본새 봐라. 취소한다?"

"아닙니다. 감사합니다."

연우는 무왕의 말이 바뀔까 싶어 고개를 숙이고 황급히 집무실을 벗어났다.

무왕은 그런 연우의 뒷모습을 보면서 피식 웃고 말았다.

"이제는 나한테 농담까지 한다 이거지? 많이 컸네. 많이 컸어."

* * *

연우가 가장 먼저 시도하려는 건, 브라함에게 미리 언질을 줬던 것처럼 현자의 돌의 가짜 구조식을 뿌려 탑을 혼란케 하는 데 있었다.

그래서 연우는 사흘 동안 브라함과 머리를 맞대서 가짜 에메랄드 타블렛을 만드는 데 성공했다.

하지만 말만 가짜일 뿐. 수많은 플레이어들을 속여야 하기 때문에 내용은 진짜와 크게 다르지 않았다.

아니, 오히려 처음 연우가 입수했던 에메랄드 타블렛보다 더 내용이 상세했다. 여러 개의 항목에는 자세한 주석이 붙었고, 심지어 진짜 구조식도 일부 섞었다. 실제로 실험을 해 보면 어느 정도 결과물을 볼 수 있는 수준이었다.

하지만.

딱 거기까지였다.

결과물만 볼 수 있는 수준. 현자의 돌이라고 하기엔 턱없이 부족한 수준. 거기에 빠져 있는 부분들은 절대 찾아낼 수 없을 수준으로만 제작했다.

그리고 연우는 이것을 4개의 파트로 분리시켰다.

"이것을 차례대로 풀 거란 말이지?"

브라함은 분리된 에메랄드 타블렛을 살피고, 그답지 않게 크게 웃음을 터뜨렸다. 그러다 미소는 차갑게 변했다.

"다들 미쳐 환장하겠군."

특히 레드 드래곤이 가장 크게 날뛰겠지. 하지만 브라함은 다른 거대 클랜들이며 하이 랭커들도 다르지 않을 거라고 자신할 수 있었다.

무한한 마력 기관에 대한 갈망은. 드래곤 하트가 망가진 여름여왕만큼이나 모든 플레이어들에게 간절한 염원이나 다름없었으니.

브라함은 하루라도 빨리 잿더미가 된 발푸르기스의 밤을 보고 싶었다.

그의 눈빛이 흉흉하게 빛났다.

"그럼 시작하지."

* * *

연우는 가면을 벗고 인피면구를 뒤집어썼다. 아주 얇은 막이 피부 위를 덮었다. 떨어지지 않도록 흡수된 약초가 피부를 따끔거리게 만들어 조금 답답한 느낌이었다.

"이렇게 하면 되나?"

"이곳이 삐져나왔잖수."

연우는 판트를 돌아봤다. 판트는 옆에서 어색하다 싶은 부분을 매만져 주고, 거울을 가져와서 연우 앞에 비췄다.

"어떻수? 감쪽같지 않수?"

연우는 거울에 비친 자신을 보고 고개를 끄덕였다. 아주 평범한 인상을 지닌 낯선 얼굴이 거기에 있었다.

얼굴을 이리저리 돌려 보면서 곳곳을 꼼꼼하게 체크했

다. 보면 볼수록 신기했다. 그는 정말 다른 사람이 되어 있었다.

내친김에 연우는 마력도 최대한 안쪽으로 갈무리하면서 기질을 유약한 형태로 변질시켰다. 현자의 돌을 얻고 난 뒤에 생긴 이 점 중 하나는, 마력을 제어하는 솜씨가 이제 다른 누구도 따라잡을 수 없을 만큼 깊어졌다는 점이었다.

마력 통제까지 마치고 나니 정말 다른 사람이 되어 있었다. 평범하고, 유약한 인상. 어딜 가더라도 흔히 볼 수 있는 얼굴이라 쉽게 잊힐 것 같았다.

"그럼 다녀오지."

"이따 21층에서 뵙겠수."

"몸조심하세요."

연우는 봇짐을 등에 짊어지면서 마을을 빠져나왔다. 연우가 켈라트 경매장을 찾는 동안, 판트와 에도라는 갈리어드, 브라함과 함께 21층으로 먼저 가서 지시한 것을 해 둘 예정이었다.

스테이지 곳곳에 흩어졌을 아가레스의 마기 파편을 한데 모으고, 드 로이 호수에다 던져 하급 악마를 만들기 위해서였다. 녀석은 세샤의 병을 낫게 하는 데 쓰일 예정이었다.

「으흐흐. 이제부터 악당의 세계 정복 음모가 시작되는 건가?」

그때, 샤논이 재미있어 죽겠다는 듯이 키득거렸다.

'악당?'

「그럼 아냐?」

'악당이라. 틀린 말은 아니지.'

연우는 피식 헛웃음을 흘렸다. 사실 샤논의 말이 정확했다. 어쨌거나 이제부터 탑을 혼란의 구렁텅이로 몰아넣을 생각이었으니까.

그가 노리는 건 발푸르기스의 밤만이 아니었다. 탑, 그 자체였다.

연우는 붉은 혀로 입술을 축였다. 눈빛이 냉랭하게 빛났다. 마치 먹잇감을 포착한 포식자의 눈처럼.

* * *

켈라트 경매장은 여러 사설 마켓과는 다르게, 모든 플레이어들에게 개방되는 마켓이었다.

다만, 그 속에는 총 9개의 구획이 있어, 철저한 등급제로 운영되었다.

이용자의 명성, 업적, 랭킹, 층계, 소유 재산, 이용 빈도 등 복합적인 요소를 바탕으로 점수가 매겨지며, 여기에 따라 이용할 수 있는 경매장에 한계가 있었다.

하지만 그런데도 불구하고, 이곳은 이름만 '경매장'으로 지칭될 뿐, 하루에도 수천 수만 개의 물건들이 거래될 정도로 방대한 규모를 자랑했다.

이유는 간단했다.

관리국에서 승인한 공식 지정 장소이기 때문이었다. 항상 관리자들이 자리를 지키고 있어 만약에 있을 분쟁에 대비되어 있었고, 꼼꼼한 관리 아래 물품들은 흠결 하나 놓치지 않고 세세하게 파악되어 사기를 당할 우려도 없었다.

게다가 필요에 따라서는 물품을 제공한 사람에 대한 익명도 철저하게 보장되니. 우연히 구한 장물을 처분하기 쉽다는 이점도 있었다.

그렇다 보니 여러 거대 클랜에서도 대량으로 필요한 물품이나, 비밀리에 구할 물건이 있으면 이곳을 많이 찾는 편이었다.

그 때문일까.

켈라트 경매장은 오늘도 평소와 마찬가지로 수많은 사람들로 북적거렸다.

덕분에 연우도 아무런 눈길 한 번 받지 않고 그 속에 자연스레 섞일 수 있었다.

허름한 옷차림에 등에 짊어진 봇짐 하나. 그리고 딱딱하게 굳은 표정은 이제 막 장사를 시작하려는 초보 장사꾼의 그것이었다.

「이야! 여긴 언제 와도 떠들썩하네. 사람이 뭐 이렇게 많아? 무슨 장날도 아닌데.」

샤논은 간만에 사람 많은 장소에 와서 즐거웠던지 크게 웃음을 터뜨렸다. 한령도 말은 하지 않았지만 옛 추억에 잠긴 것 같았다.

탑의 플레이어 치고 좋은 물건을 구하기 위해서 켈라트 경매장을 찾지 않은 사람은 아무도 없을 테니까.

그동안 이곳을 한 번도 방문하지 않았던 연우가 특이한 케이스였다.

경매장은 거대한 장터를 이루고 있어서, 하나의 건물만 있는 게 아니었다. 넓은 부지를 따라 아홉 개의 크고 작은 구획으로 나눠져 있고, 그 구획 안에서도 여러 분야로 세세하게 구분되어 있었다.

실질적인 경매가 이뤄지는 중심 건물을 비롯해 물건을 구경할 수 있는 가판대며 노점상은 물론, 물건을 내다 팔 수 있는 거래소도 따로 배치되어 있었다.

그중에서 연우가 향하는 곳은 거래소가 밀집된 구획이었다.

물건을 내다 팔고자 하는 판매자들은 보통 이곳을 방문했다. 거래 방법은 총 두 가지였다. 위탁과 판매.

전자는 거래소에 일정 수수료를 지불하고 물건을 경매장에 올려 팔리는 액수만큼 돈을 벌 수 있었고, 후자는 그런 과정 없이 경매장 내에 정해져 있는 가격에 그냥 파는 것이었다.

보통 자신의 물건에 자신이 있는 사람들은 전자를, 급하게 목돈이 필요하거나 시장가가 매겨진 물건을 가진 사람들은 후자를 채택하는 편이었다.

연우는 한쪽에 갖가지 병장기를 짊어지고 서 있는 플레이어들이 가득한 인력 시장을 지나쳤다.

그들 앞에는 가능한 층계 숫자가 적혀 있어, 언제든지 용병으로 차출될 수 있었다. 켈라트 경매장에서는 용병도 하나의 거래 물품이었다.

'여기 어디에 있을 텐데?'

연우는 일기장에 남아 있는 거래소 구획의 지도를 상기하면서 주변을 둘러봤다.

거래소도 한 곳만 있는 게 아니었다. 그렇다면 상인들 사이에 경쟁이 되지 않을 테니까.

관리국은 어디까지나 켈라트 경매장을 관리만 할 뿐, 실질적인 거래는 전문 상인들이 도맡아 하고 있었다.

연우가 튜토리얼에서 만난 적 있었던 신비 상인들. 그들은 플레이어도, 관리자도 아니면서 탑을 구성하고 있는 또 다른 주축 중 하나였다. 여러 세계와 차원을 오고 가면서 갖가지 물건들을 교역하고, 이문을 남기는 자들이었다.

그중에서 연우가 찾는 사람은 따로 있었다. 아니, 정확하게는 단체였다.

플레이어들이 클랜을 이루듯, 신비 상인들은 조합(Union)을 구성했다.

그중에서 연우가 찾고자 하는 곳은 '하늬바람 조합'이었다.

과거에 동생이 자주 거래하던 곳.

거래 방식이 아주 깔끔하고, 여러 조합 중에서도 다섯 손가락 안에 꼽힐 만큼 대규모를 자랑했다.

'이런 곳에다 물건을 내다 판다면 쉽게 팔려 나가겠지. 소문도 금세 퍼질 테고.'

그런 생각과 함께, 어느덧 발견한 '하늬바람 조합 거래소'라고 적힌 건물의 문을 열고 들어갔다.

"이용해 주셔서 감사합니다. 사랑합니다. 호객, 아니, 고객님. 다음에도 저 상인 A를 이용해 주시기 바라겠습니다."

동시에 들리는 목소리. 때마침 거래가 하나 끝났던지 로브를 뒤집어쓴 상인이 방실방실 웃고 있었다.

그런데.

어딘지 모르게 목소리가 낯이 익었다.

연우는 상대가 누군지 금세 알아채고 눈이 살짝 커졌다.

'저놈은?'

상인 A.

튜토리얼에서 한창 뛰어다닐 당시. 연우와 수시로 거래를 했었던 신비 상인이었다.

이름은 가르쳐 주지 않고, 지나가던 배역 A라고 우스갯소리로 말했었는데. 설마 이런 곳에서 만나게 될 줄이야.

로브를 뒤집어써서 얼굴 생김새가 잘 보이지 않아도 우스꽝스러운 말투와 몸짓 때문에 쉽게 알아챌 수 있었다.

물론, 지금은 신분을 가리고 있었으니 아는 척할 수 없었다.

다만, 잘되었다는 생각은 들었다. 어느 정도 성격을 잘 파악하고 있는 녀석이니, 쉽게 다룰 수 있을 것 같았다.

녀석은 쉬운 호구가 하나 걸려들었다면서 즐거워하겠지만.

연우는 최대한 내색하지 않으려 노력하면서. 잔뜩 긴장된 표정으로 봇짐을 고쳐 쥐며 녀석에게 다가갔다.

* * *

상인 아트란은 원래 하늬바람 조합에서도 제법 직급이 높은 편이었다.

대행수를 제외하면, '행수'라는 직급은 충분히 임원급이라고 할 수 있었으니까.

실제로 그는 최근에 튜토리얼 내의 여러 마정석 광산을 획득하고, 여러 클랜들과 비싼 값에 거래하면서 큰 차익을 남기기도 했다.

다만, 언동이 가볍고 성격이 괴팍한 탓에 수시로 상사들과 충돌하곤 했다.

지금도 마찬가지. 그는 재수 없던 대행수의 머리통을 후려친 죗값으로 켈라트 경매장 내 하급 거래소의 관리자로 쫓겨나다시피 해 버린 상태였다.

그리고 당연한 말이지만. 하급 거래소는 딱히 할 게 그리 많지가 않았다.

있더라도 그저 그런 플레이어들이 와서 내놓는 물건을 싼값에 후려치는 게 전부일 뿐. 그래도 한때 마정석 시장을 좌지우지했던 그로서는 지금 만지는 액수는 코 묻은 돈으로밖에 보이지 않았다.

"이용해 주셔서 감사합니다. 사랑합니다. 호객, 아니, 고객님. 다음에도 저 상인 A를 이용해 주시기 바라겠습니다."

그래도 일은 일이니, 양손을 흔들어 가면서 거래가 끝난 플레이어에게 알랑방귀를 뀌고 있던 중이었는데.

'에휴. 또 호구 한 마리 왔구만.'

마침 문이 열리면서 다른 플레이어 한 명이 들어왔다.

어수룩한 외모에 봇짐 하나를 거머쥐고 주변을 두리번거리는 녀석. 별다른 기질도 느껴지지 않았다.

딱 보기에도 후려치기 좋은 호구, 아니, 먹잇감이었다.

보아하니 여태 모은 물건을 바탕으로 작게나마 장사를 시작해 보려는 초보 상인인 것 같은데. 그런 놈일수록 때리기가 훨씬 좋았다.

경매장 내에 시세 거래가가 잘 측정되어 있다고 해도, 상인들은 자기들 재량껏 플레이어들을 후려치는 게 가능했다.

하물며 이제 막 장사를 시작하려는 햇병아리면 어떨까. 말할 필요가 없었다.

그래도 그런 속내를 드러내는 건 멍청한 놈들이나 저지르는 실수. 자신 같은 베테랑이 할 짓은 아니었다.

"무슨 일로 오셨습니까, 호…… 아니, 고객님?"

녀석은 아트란이 부르자 움찔 몸을 떨기까지 했다. 여전히 어수룩한 태도. 저런 배짱으로 어떻게 플레이어가 됐는지 궁금할 정도였다.

순간, 아트란은 저 초보 장사꾼이 연기를 하는 건가 싶은 마음도 들었지만.

이깟 하급 거래소에서 뭔 연기를 하겠나 싶어 대수롭지 않게 여겼다.

"무, 물건을 좀 팔고 싶어서 왔는데요."

"판매를 하시고 싶으신 거군요. 하면 저희 거래소는 처음 이용하시는지요?"

"예. 그렇습니다."

"오오. 그럼 더 잘 찾아오셨습니다. 저희 하늬바람 조합이야말로, 여러 상인 조합 중에서도 가장, 단연, 최고의 양심적인 운영과 시세의 최고 거래가로 거래를 하는 곳이니까 말이지요."

"그렇습니까?"

그러자 녀석은 다행이라는 듯이 빙긋 웃었다. 역시 딱 촌티 나는 웃음이었다.

"그럼 감정을 해야 하니 잠깐 가져오신 물건을 보여 주시겠습니까?"

녀석은 엉거주춤한 자세로 카운터에 봇짐을 풀기 시작했다.

아트란은 별 볼 일 없는 녀석이니 그냥 최저가로 후려치고 보내야겠다는 생각밖엔 하지 않았다.

하지만 봇짐 안에 든 물건을 본 순간, 아트란은 속으로 적잖게 놀라고 말았다.

'이런 놈이, 어디서 이런 걸?'

가져온 물건들은 대개 검이나 창 같은 병장기였다. 그것도 재질이 단단하고 날이 바짝 선 상등품들. 절대 초보 상인이 취급할 수 있는 물건이 아니었다.

"그래도 물건이, 좀 괜찮지 않습니까? 하하."

녀석도 자기 물품이 괜찮은 걸 알고 있는지 눈치를 보면서도 슬쩍 자신 있는 미소를 띘다.

'까마귀로군.'

아트란은 단번에 녀석이 어떤 존재인지 알 수 있었다. 속칭 까마귀. 망가진 전장을 전문적으로 돌아다니면서 시체들을 '파밍'해서 장물을 끌어모으는 놈들을 뜻하는 은어였다.

탑의 세계는 아주 크고 넓었고, 사람들의 시선이 잘 닿지 않는 곳에서도 전투는 빈번하게 벌어지곤 했다.

보아하니 꽤 한몫 두둑하게 챙긴 모양이었다. 조금 낡은 흔적이 있지만, 사용에는 무리가 없어 경매장에 내놓는다면 꽤 비싼 값에 거래될 것 같았다.

물론, 속내를 드러낼 수는 없기 때문에, 지금부터는 값을 후려쳐야만 했다.

"예. 하나같이 품질이 꽤 괜찮은 것들이로군요. 좋습니다. 이 정도면, 아주. 게다가 몇 개는 마법이 내장된 상급 아티팩트구요."

"그럼 값을 어느 정도……!"

"다만, 조금 안타깝군요."

"무, 엇이 말입니까?"

"여길 보세요. 보시다시피 검면에 적힌 룬 문자들이 관리가 제대로 되지 않아 부식이 심해져 알아볼 수 없을 만큼 망가졌고, 내구도가 많이 닳아 버렸습니다. 이래서는 값이 4분의 1 정도로 확 떨어져 버립니다. 그리고 이것 같은 경우에는……."

관리국의 깐깐한 관리 때문에 코를 베어 갈 만큼 값을 깎을 수는 없었지만, 그래도 말하기에 따라서 눈탱이를 후려칠 정도는 되었다.

조합 내에서도 아트란의 말솜씨는 손꼽힐 정도였기 때문에, 그의 설명이 이어질수록 촌놈의 안색은 점점 시퍼렇게 질려 갔다.

큰 몫 단단히 챙길 수 있을 거란 부푼 마음으로 왔다가, 기대가 단번에 박살 나 버렸으니 오죽할까.

아트란은 이쯤 하기로 했다. 그는 값을 너무 후려쳐도 거래가 불발된다는 사실을 잘 알고 있었다. 값이 마음에 들지 않는다고 다른 거래소로 가 버리면 닭 쫓던 개가 되는 거니까.

"……하지만 관리가 안타깝게 이뤄졌다고 해도, 진주가

모래 속에 파묻힌다고 해서 가치를 잃지는 않는 법이지요. 조금 보수를 한다면 아주 괜찮은 값에 파실 수 있을 겁니다."

"그, 그렇죠?"

잔뜩 주눅 들었던 녀석의 얼굴에 다시 혈색이 돌았다.

아트란은 미끼에 단단히 걸려들었다는 것을 알고, 계산기를 적당히 두들기면서 앞에다 내밀었다.

"그러니 원래 이 정도 가격이지만, 물건도 많이 가져오셨고, 또 앞으로 고객님과 좋은 관계를 유지하기 위해 제가 이만큼을 재량껏 올려 드리겠습니다. 어떠신지요?"

"조, 좋습니다! 당장 거래하죠!"

비록 처음에 기대했던 가격에는 미치지 못했지만, 그래도 처음에 비해 많이 올라간 가격을 보고 녀석은 아트란의 손을 붙잡았다. 제대로 낚인 것이다.

아트란은 사람 좋은 미소를 지으면서 손을 맞잡았다.

그렇게 거래가 즉각 이뤄졌다.

아트란은 머릿속으로 거래하고 있는 대장장이들에게 보수를 맡기고, 경매장에 올렸을 때에 남을 차익을 빠르게 계산했다.

조합에 일정 수수료를 넘겨도 꽤 많은 이문이 남았다. 이런 호구는 언제나 대환영이었다.

"아, 저 그리고…… 이런 것도 거래가 가능한지 여쭙고 싶습니다만."

그때, 녀석이 주변을 두리번거리면서 조심스레 품속을 뒤적거렸다. 뭐 얼마나 대단한 물건을 내놓으려는 건가 싶어서 보는데, 생각지도 못했던 물건이었다.

아티팩트나 장신구가 아니었다. 탁본이었다. 상당히 낡은 비석을 떠냈던지 글자들이 대부분 망가져 알아보기 힘들었다.

하지만 암호 해독 관련 스킬을 발동한 순간. 아트란은 억지로 기함을 삼켜야만 했다.

'이건……!'

여러 물건을 취급해야 하는 상인들은 잡지식에 능할 수밖에 없었다. 특히 아트란은 연금술에도 어느 정도 일가견이 있었다.

그런데 탁본의 내용이 심상치 않았다.

꽤 수준 높은 내용의 연금술 지식이 적혀 있었다. 그것도 고대 지식인지, 하나같이 낯선 지식들이었다.

간혹 왕왕 이런 경우가 있었다.

탑은 여러 세계의 이주민들이 교차하는 곳. 플레이어들 중에는 고향의 보물을 몰래 훔쳐 달아나 탑에 온 자들도 꽤 많았다.

하지만 대개 그런 자들의 경우에는 보물을 습득할 만한 재능이 없었고, 결국 비명횡사해 버리곤 했다. 그리고 가져온 보물은 가치를 알아보지 못한 사람들에 의해 아무렇게나 내버려졌다가, 다른 어느 인연자들의 손에 닿는 것이다.

이 물건이 딱 그랬다.

조금 아쉬운 점이 있다면 후술된 뒷부분이 잘렸다는 점이었지만. 분명 이것만으로도 지니고 있는 가치는 대단했다. 망가진 글자들쯤은 연구하면 쉽게 수복할 수 있었다.

'이건 어떻게든 손에 넣어야 해.'

보통 상인들은 이런 물건을 만나면 '심봤다'는 표현을 사용했다. 아트란은 제대로 '심봤다'를 외치고 싶었다.

탁본을 쥔 손길에 힘이 바짝 실렸다.

이것이라면 지난 손해를 뒤집고, 다시 제자리로 되돌아갈 수 있을지도 모른다는 생각이 번쩍 들었다.

뒤집어쓴 로브 사이로 눈이 강렬하게 빛났다.

*   *   *

'그래도 값어치를 알아본 것 같으니 생각보다 쉽게 일이 풀리겠어.'

연우는 거래소를 빠져나오면서 가볍게 웃음을 터뜨렸다. 원래대로라면 여러 사람들의 손을 옮겨 다니게 하다가, 가치를 알아본 사람에 의해 소문이 나기를 기다리려 했는데.

아니면 소문이 나게끔 조작을 하거나.

하지만 굳이 그렇게까지 할 필요는 없을 것 같았다.

신비 상인을 속이기 위해서 까마귀인 것처럼 행세하고, 적당히 두들겨서 가져온 물건을 장물처럼 속였다. 여기에 조작한 에메랄드 타블렛의 탁본을 내보였으니, 준비를 철저히 한 만큼 정체를 들킬 염려는 없었다.

씨앗은 뿌렸다.

이제 열매가 맺히기를 기다리기만 하면 되었다.

* * *

아트란은 탁본을 손에 넣은 뒤에도 곧바로 움직이지 않았다. 오히려 머릿속은 이 뒤를 어떻게 처리해야 할까 하는 생각으로 복잡했다.

'그냥 경매장에 올리는 걸로는 안 돼. 제대로 포장을 해서, 소문이 나도록 만들어야 해.'

경매장에서는 여론을 형성하는 것이 가장 중요했다.

소비자로 하여금 '다른 사람들을 제치고 값어치 있는 물건을 손에 넣었다'는 만족감과 희열을 느끼도록 해야 가격이 천정부지로 치솟기 때문이다.

그러기 위해서는 물건에 대한 소문을 넌지시 퍼뜨려서 기대와 흥미를 갖게 만들어야만 했다.

그러다 아트란은 한 가지 방법을 떠올리고, 탁상 위에 있던 종을 흔들어 수하를 불렀다.

따랑, 따랑—

"부르셨습니까?"

"혹시 손이 빠른 서사(필사를 직업으로 하는 사람)를 알고 있나?"

"아마 인력 시장에 가면 있지 않겠습니까?"

"그럼 열 명만 수소문해서 데려와. 최대한 빨리!"

* * *

아트란은 서사들을 시켜 탁본의 상단 2할 정도만 똑같이 베껴 쓰게 했다.

샘플을 만든 것이다.

그리고 질 좋은 비단으로 곱게 포장하고, 갖고 있던 고객 명단 중 VIP들 앞으로 샘플을 보냈다.

몇 줄 글귀를 같이 실어서.

—이 편지를 받으신 분들께 행운이 깃들길. 이 안에 있는 것이, 당신에게 그러한 행운이 되길 간절히 기원합니다.

편지를 받은 사람 중 일부는 별달리 신경을 쓰지 않았다.
그럴듯한 편지 봉투 안에는 이상한 문자들만 나열되어 있었고, 미처 샘플의 값어치를 알아보지 못한 전사 계통의 플레이어들은 이게 뭐냐면서 편지지를 구겨 쓰레기통에다 던지기도 했던 것이다.
하지만 성직자나 사도, 마법 계통의 플레이어들은 단번에 탁본의 값어치를 알아볼 수 있었다.
에메랄드 타블렛!
여태껏 전설처럼 전해지던 연금술의 진리, 그중 일부가 그곳에 적혀 있었던 것이다.
단순히 일부만 본 것인데도 불구하고.
많은 사람들이 편지를 본 그 자리에서 감탄을 터뜨렸다. 그동안 막혔던 연구가 풀리고, 놓치고 있던 진리가 재탄생되었다.
덕분에 마탑의 여러 학파를 비롯해서 연금술사 클랜, 발푸르기스의 밤, 그리고 여러 종교 및 종파들이 구름 떼처럼 켈라트 경매장에다 문의를 넣기 시작했다.

대체 이것이 무엇이냐고.

어디서 구했으며, 나머지 완본은 언제 경매장에 나오는 것이냐고.

하루에도 수백 명이 하늬바람 조합을 방문했고, 수천 개의 편지가 아트란 앞으로 도착했다.

반향은 아트란이 예상했던 것보다 훨씬 클 정도라, 아트란의 이름은 순식간에 랭커들 사이에 퍼져 나갈 정도였다.

심지어 신의 말씀을 깨닫겠다면서 오랫동안 은둔 생활을 자처했던 성직자며 수도승들도 찾아올 정도였으니.

덕분에 소문을 접한 8대 클랜에서도 호기심을 갖기 시작했다.

상황이 이렇다 보니, 그동안 아트란을 한직으로 내보내고 수수방관하고 있던 하늬바람 조합은 다시 아트란을 중앙직으로 '모셔' 와야만 했다.

처음에는 강제로 강탈하려 했지만, 아트란이 샘플을 만들자마자 탁본을 숨겨 버린 까닭에 울며 겨자 먹기로 그를 우대할 수밖에 없었다.

그리고 직급도 대행수 직을 내리면서, 간만에 조합에 찾아온 빅 이벤트를 무사히 이끌 수 있도록 주문했다.

아트란은 그런 호기를 절대 놓치지 않았다.

5%의 분량이 추가된 샘플을 한 번 더 제작해 더 많은 사람들에게 편지로 보냈고, 탁본의 내용이 '진짜'라는 것을 깨달은 사람들이 더 크게 호응하게끔 만들었다.

그렇다 보니 관리국에서도 아트란과 탁본에 대해 크게 신경을 쓸 수밖에 없었다.

호응도가 크면 클수록 다른 물품들의 거래량도 늘어날 수밖에 없었으니까. 오히려 판을 더 크게 키울 생각을 가졌다.

그들은 많은 사람들이 모이는 시간대에 일정을 잡고, 가장 큰 규모를 자랑하는 메인 경매장을 내놓았다.

또한, 켈라트 경매장의 이름을 걸어 메시지를 이용한 대대적인 광고까지 띄웠으니.

덕분에.

경매 당일, 경매 참여자들을 비롯해 랭커며 클랜들, 여러 장사꾼과 구경꾼들까지.

수많은 플레이어들이 구름 떼처럼 경매장으로 몰려들었다.

"트리메기투스의 탁본은 크로이 님에게 낙찰되었습니다!"

트리메기투스.

탑의 역사상 가장 위대한 선구자이자 연금술사로 알려진 플레이어.

아트란은 자신이 가진 신비의 탁본에다 그의 이름을 붙였고, 사람들은 그것이 정말 트리메기투스가 남긴 유산이라도 되는 것처럼 열광하면서 입찰에 참여했다.

수많은 연금술사며 마법사, 마녀, 여러 부호들이 나서서 탁본을 손에 넣으려 경쟁적으로 값을 올려 나갔다.

하지만 결국 탁본의 주인은 탑의 세계에서 가장 많은 황금을 지녔다는 황금충 크로이가 되고 말았다.

크로이는 객석에서 일어나 단상으로 걸어가는 내내 자신에게 쏟아지는 시선이 너무 기분 좋았다.

돈을 쓴다는 즐거움이 바로 이런 것일 테다.

수많은 사람들의 질시와 시샘이 가득한 눈빛을 받는 것. 이런 눈빛을 받을 때면 언제나 가슴이 짜릿했다.

이때만큼은 이 넓은 경매장에 참여한 모든 사람들이 자신의 발아래에 있는 것이나 마찬가지였으니까. 전력으로는 절대 이길 수 없는 자들도, 재산만큼은 그를 따라올 수가 없었다.

크로이는 인력 시장에서 구한 용병들로 하여금 구름 떼처럼 몰려드는 사람들의 접근을 차단시키고, 트리메기투스의 탁본을 수령해 그대로 자신의 영지로 돌아갔다.

그리고 자신의 클랜 아래에 있는 연구소에 선물하듯이 툭 던져 줬다.

전리품은 취할 때에나 자신을 기쁘게 만들 뿐, 취한 뒤에는 별반 관심이 없었다. 그래도 금고에 썩혀 두는 것보다는 뭐라도 찾을 수 있도록 조사를 시켜 보는 게 좋았다.

만약 정말 가치가 있는 것이라면 프리미엄을 붙여서 더 비싸게 팔 수 있을 것이고.

단순한 헛소문에 불과한 것이었다면 그냥 전리품으로써 금고에다 처박아 둘 생각이었다.

그리고 다행히.

연구소에서는 그의 전리품이 아주 귀중한 보물이었다는 것을 입증했다.

보랏빛으로 빛나는 새로운 마나 포션을 내놓은 것이다.

이것은 시중에 나와 있던 어떤 마나 포션보다도 효력이 뛰어나다는 게 입증되었고, 고체화시켰을 때에는 탁월한 1회용 마도구로 사용하는 것도 가능했다.

연구소에서는 그 외에도 수많은 결과물들을 쏟아 냈으니.

탁본을 놓치고 손가락을 빨던 곳들도, 탁본의 가치에 대해 의심하던 자들도, 깨닫고 말았다.

그들이 판단했던 가치는. 사실 진짜 가치의 발끝에도 미치지 못했다는 걸.

곧 트리메기투스의 탁본에 대한 이야기는 경매장을 넘어, 탑 전체로 확산되었다.

* * *

"으흐흐. 이것 참 기분이 좋구만."

아트란은 넓은 집무실에 홀로 앉아 의자를 뱅그르르 회전시키면서 크게 웃음을 터뜨렸다. 대행수에서 이사로 한 번 더 진급한 뒤에 따로 배정된 그의 개인 집무실이었다.

반짝이는 대리석 바닥이며 갖가지 비싼 도자기, 그림, 장식물들까지.

이번 경매는 그야말로 근 10년 안에 있었던 이벤트 중에서도 가장 성황리에 끝난 이벤트였고, 그것을 성공적으로 진두지휘한 아트란은 이미 하늬바람 조합을 상징하는 얼굴이 되어 있었다.

게다가 트리메기투스의 탁본에 대한 소문이 계속 눈덩이처럼 불어나면서. 아트란의 명성도 덩달아 계속 커지는 중이었다.

지금 이 시간에도 탁본의 필사본이라도 따로 구할 수 없냐는 문의가 들어오고 있었으니까. 아니면 다른 샘플은 없냐고 묻는 경우도 많았다.

그리고 당연한 말이지만.

아트란이 따로 꿍쳐 둔 필사본은 몇 개가 있었다.

소문이 더 퍼져 나가면 그때 다시 하나둘씩 풀 생각이었다. 그런다면 훨씬 더 많은 돈을 쓸어 담을 수 있겠지.

다만, 많이 만들어 두지는 않았다. 보물은 희귀할 때 그 빛을 발하는 법. 괜히 가치를 떨어뜨리는 멍청한 짓은 절대 하지 않았다.

'그래도 아쉽단 말이지. 그만한 가치가 있다는 것을 알았다면 최소 10배, 아니 20배 이상으로 낙찰받을 수 있었을 텐데.'

트리메기투스의 탁본이 이렇게까지 광풍을 부를 줄은 몰랐기에. 아트란은 입맛을 다시고 말았다.

그리고 한편으로는 그런 생각도 들었다.

'분명히 탁본만 봤을 때는 뒷내용이 더 있는 게 분명했는데. 그걸 구할 방법은 없을까?'

만약 뒤 내용을 추가로 찾을 수 있다면. 그때는 정말 탑을 크게 흔들어 놓을 자신이 있었다.

'사람들을 더 풀어서 까마귀를 다시 수소문해 봐야 하나?'

아트란은 어느새 감쪽같이 사라진 까마귀를 떠올리면서 인상을 살짝 찡그렸다.

녀석이 탁본을 어디서 찾았는지만 알 수 있다면, 원본을 추적할 수 있을 텐데.

그는 관리자나 플레이어와 다르게 여러 차원을 수시로 오고 갈 권한이 있는 신비 상인이었기에. 설사 탁본의 출원지가 지옥이라고 해도 뛰어들 자신이 있었다.

그렇게 아쉬움에 입맛을 다시고 있을 무렵.

똑, 똑, 똑—

갑자기 노크 소리와 함께 비서가 문을 열고 들어왔다.

"무슨 일이지?"

"누군가가 이사님을 다급하게 찾고 있습니다. 내쫓으려 했지만 워낙에 행패가 심해서……."

"필사본이라도 내놓으라는 놈인가 보지. 그럼 용병 시켜서 쫓아내. 머리 식힐 일이 있으니 아무도 들이지 말라고 일러뒀을 텐데."

"그런데 그것이 그가 탁본의 원주인이라고 말하는 까닭에……."

"뭐?"

아트란은 자리에서 벌떡 일어나고 말았다.

"어디냐, 거기가?"

아트란은 비서를 따라 녀석이 소란을 피우고 있다는 1층 홀로 내려갔다.

아니나 다를까. 거기엔 여전히 촌티를 벗지 못한 까마귀 녀석이 고래고래 소리를 질러 대고 있었다.

"상인 A인지 뭐시긴지 하는 놈 나오라고 그래! 책임자가 됐다며! 나오라고 하라고! 그 탁본은 내 것이었어! 이따위로 사기 쳐 놓고 내가 가만히 있을 것 같아? 어?"

아트란은 살짝 인상을 찡그렸다. 그러고 보니 입을 털어서 녀석이 탁본을 제시가에 팔게끔 유도하긴 했다.

당시만 하더라도 탁본의 가치는 아직 탑의 시스템에 인정을 받은 게 아니었으니까. 아티팩트가 아니면 시스템의 허가가 쉽게 떨어지지 않는 맹점을 이용한 것이었다.

아트란은 비서에게 눈짓을 보내 까마귀 녀석을 타일러 접객실로 오게끔 지시하고, 자신이 먼저 그곳으로 가서 기다렸다.

곧 문이 열리면서 까마귀가 들어왔다.

녀석은 심통이 가득한 얼굴로 아트란을 노려봤다. 불만과 짜증, 억울함이 섞인 눈빛. 하지만 아트란은 녀석의 눈빛 아래에 담긴 탐욕과 겁을 놓치지 않았다.

이곳은 수많은 돈이 오고 가는 거대 조합. 자꾸 행패를 부린다면 쥐도 새도 모르게 사라질지 모른다는 공포에 질린 것이다. 하지만 탐욕이 그런 공포를 마비시키고 있었다.

"어떻게 할 겁니까, 당신! 네?"

제 딴에는 겁박한답시고 소리를 꽥 질렀지만. 아트란의 눈에는 가소롭게만 보일 뿐이었다.

'이럴 때는 그자가 생각나는군. 카인이었나. 그놈이 참 대단했었지. 감히 말로 날 후려치기까지 했던 놈이었으니까.'

아트란은 이제 추억이 되다시피 한 독식자를 얼핏 떠올렸다. 이제는 저층 구간을 한창 휘젓고 다닌다는 최고의 루키. 여러 고객을 만났지만, 쥐뿔도 없으면서 배짱 하나로 자신과 맞먹었던 녀석은 그밖에 없었다.

아트란은 독식자에 대한 기억을 누르고, 살짝 인상을 찡그리면서 까마귀 녀석을 노려봤다. 그러자 녀석은 주춤 뒤로 물러서고 말았다.

"호객, 아니, 고객님. 저희의 거래에는 일절 아무런 이상이 없습니다. 고객님은 탁본을 제시가에 거래하셨고, 탑의 시스템은 그것을 인정했습니다. 시스템이 버젓이 잘 작동하고 있는데, 어디서 억지를 부리시려는 겁니까?"

"이, 이······!"

까마귀 녀석은 이를 악물며 주먹을 부르르 떨었다.

역시 애송이로군. 아트란은 속으로 비웃음을 던지면서 새로운 미끼를 던졌다.

Stage 32. 켈라트 경매장

"하지만."

찌푸린 인상을 화사하게 바꾸고. 비틀린 입술을 반대로 뒤집어 산뜻한 미소를 지었다. 분위기가 확 반전되었다.

"저희가 너무 터무니없는 이문을 취한 것도 사실이니, 이익의 4할은 고객님께 돌려 드리겠습니다."

까마귀 녀석의 눈이 커졌다. 동공이 돌아갔다. 멍청한 짱돌을 열심히 굴리는 소리가 여기까지 들리는 것 같았다.

낙찰가는 이미 파다하게 퍼졌으니. 수수료 등등을 떼고 남은 이문의 4할까지, 열심히 계산기를 두들겨 대는 것이다.

그리고 결과를 알아챈 순간. 녀석은 이제 헛바람까지 들이켰다. 금방이라도 숨이 넘어갈 것처럼.

아트란은 이제 물 밖으로 나와서 힘차게 퍼덕거리는 녀석에게 작살을 꽂았다.

"대신에 탁본의 다른 파트들, 갖고 계시겠지요? 그것을 저희들에게 위탁해 주지 않으시겠습니까?"

녀석은 의표를 찔린 듯 흠칫 떨고 말았다. 이마에 송골송골 식은땀이 맺히는 게 보였다.

"무, 무슨 말을……."

"고객님 같은 영특하신 분이 다시 찾아오셨다는 건, 그만한 무기를 챙기고 오셨단 뜻이 아니겠습니까?"

녀석은 우물쭈물하면서 아무 말도 하지 못했다. 하지만 아트란은 입에 발린 말로 적당히 녀석을 띄워 줬고, 곧 까마귀는 콧구멍이 잔뜩 벌어지고 말았다.

"이번에는 판매가의 5할을 고객님 앞으로 돌려 드리겠습니다. 사실 더 챙겨 드리고 싶지만, 저희도 이것저것 떼야 할 게 많아 이문이 그만큼 대단히 남지는 않아서요. 어떠십니까?"

5할.

까마귀 녀석은 이제 멍청한 머리로는 도무지 환산도 불가능한 값을 떠올리고, 얼굴에 붉은 기가 잔뜩 돌았다.

갑작스러운 일확천금에 눈동자가 뒤집어진 것이다.

"여기 있소!"

그러면서 내놓은 탁본은 2개.

아트란의 입꼬리가 저절로 말려 올라갔다.

'멍청한 놈.'

고작 5할을 가지고 저렇게 기뻐하는 꼴이라니. 녀석은 아직 탁본의 정확한 가치를 모르는 게 틀림없었다. 9할을 불러도 이쪽에서 응해야 할 판인데 말이다.

탁본의 가치며 이벤트를 열었을 때에 추가적으로 생기는 긍정적인 영향 등을 따져 본다면 부르는 게 값이었다.

계약을 이렇게 맺었으니 수수료라는 명목으로 중간에서

장난을 치기도 좋을 테고. 무엇보다 이번 경매가 끝나면 아트란은 자신의 명성이 어디까지 치솟을지 짐작도 가질 않았다.

비틀린 입술은 부푼 미래에 대한 기대를 잔뜩 담아 더 짙은 호선을 그려 냈다.

덕분에 아트란은 볼 수 없었다.

까마귀가 흡족한 얼굴로 자신을 쳐다보고 있는 것을.

* * *

조합에서 아트란의 이름으로 다시 한번 더 편지가 발송되었다.

하지만 이번에는 가장 최상위 등급에만 있는 소수의 VVIP들에게만 발송되었고, 비밀 경매라는 점이 강조되었다.

편지지에 실린 초대장을 갖고 있어야만 참여할 수 있는 비밀 경매.

당연히 탑은 다시 한번 더 뒤집히고 말았다.

탁본의 새로운 파트가 나타났다는 것만 해도 놀라운 일인데, 이것을 공개하지 않고 소수끼리만 비밀리에 진행한다니 참여할 수 없는 플레이어들은 뿔이 단단히 날 수밖에 없었다.

하지만 하늬바람 조합은 원칙을 절대 깨지 않았고.

미처 초대장을 받지 못한 랭커와 클랜들은 어떻게든 초대장을 구하기 위해 발에 땀이 차도록 뛰어다녀야만 했다.

특히 첫 번째 경매 때 그냥 지켜보기만 했던 거대 클랜이며 하이 랭커들도 이번에는 참여를 선언했다.

덕분에 아직까지 두 번째 경매가 시작되기 전인데도 불구하고.

초대장의 가격은 천정부지로 치솟았고, 덩달아 아트란의 명성도 같이 상승해 어느새 VVIP의 최상위 플레이어들 머릿속에는 그의 이름이 단단히 각인되었다.

그렇게 수많은 이목이 쏠린 가운데.

두 번째 경매에서 나온 새로운 파트는 황금충 크로이가 아닌, 클랜의 모든 자산을 털어 버릴 기세로 달려든 마탑에 낙찰되었다.

* * *

─그 망령에서 벗어나지 못하는 한, 너는 모를 거다. 영원히. 아마 마지막까지 외로움에 몸부림치다. 그렇게 눈을 감고 말겠지.

불이 타오른다.
 잿더미가 될 정도로 뜨거운 불길 속에서도. '그놈'은 희미하게 웃으면서 그녀를 바라보고 있었다.
 그래.
 그녀는 저 미소가 너무 싫었다.
 정말이지, 끔찍할 정도로.

　―불쌍하고 가련한 이스메니오스. 마지막 용이여…….

 그리고 타오른 불길은 녀석을 집어삼켰다.
 미소도 함께.
 "……!"
 여름여왕은 헛바람을 들이켜면서 눈을 번쩍 떴다. 그녀는 주변을 둘러보고, 자신의 레어(Lair)란 사실을 깨닫고 인상을 팍 찡그렸다.
 옷이 눅눅했다. 이마를 따라 식은땀이 흘러내렸다.
 "또 이딴 놈이…… 꿈속에."
 여름여왕은 이를 바득 갈았다.
 언제부터였을까. 아마 그놈이 죽고 난 뒤부터였을 것이다. 제대로 잠을 자지 못하기 시작했던 것이.

본디 용종은 수면기와 활동기를 번갈아 보내면서 마력과 권능을 유지해 왔다. 거대한 육체와 뛰어난 정신을 지탱하기 위해서는 그만한 에너지를 비축시켜야 했기 때문이었다.

하지만 그런 수면기가 망가지면서 그녀의 패턴도 전부 엉망이 되어 버렸다.

그렇지 않아도 위험했던 드래곤 하트는 더 이상 마력 충전이 진행되지 않으면서 복구도 이뤄지지 못하며 망가지고 말았고, 이에 따라 권능이 무너진 독에서 물 새 듯 계속 새어 나갔다.

타오르는 불길처럼 붉었던 머리카락이 푸른색으로 변하다, 이제는 은빛으로 가라앉은 것도.

더 이상 본체로의 폴리모프는 꿈도 꾸지 못하게 된 것도. 전부 그놈 때문이었다.

악몽.

이건 차라리 저주나 다름없었다.

아니, 저주보다 더 지독하고 악랄했다. 그냥 저주였다면 해소해 버릴 수 있었겠지만. 이건 그러지도 못했다.

언제나 끈질기게 그녀에게 달라붙었고, 정신을 좀먹었다.

눈만 잠깐 붙이려고 들면 나타나는 그놈의 모습은. 언제나 웃고 있어서 더더욱 그녀에게 두려움으로 다가왔다.

차라리 그놈이 악을 쓰기라도 한다면 편했을 텐데.

그러지도 않기 때문에 도무지 떨쳐 낼 수가 없었다.

그녀의 머릿속 한편에 남아 있는 그놈은 언제나 웃는 낯으로 남아, 두고두고 그녀를 괴롭힐 터였다.

패배감.

위대한 용으로 태어나, 혼자서가 아닌 '합공'으로 한 명을 쓰러뜨렸다는 좌절감은. 이제는 멍에가 되어 있었다.

그리고 그 멍에는 이제 그녀를 죽음의 위기로 몰아넣는 중이었다. 시시각각 사라지는 권능과 마력 때문에, 여름여왕은 갈수록 조바심을 느껴야만 했다.

'헤븐윙, 헤븐윙……!'

이제는 만나지 못할 놈을 저주하면서.

여름여왕은 시뻘겋게 충혈된 눈을 한 채, 드래곤 하트를 복구할 다른 방법이 없나 다시 용의 지식 창고, 호크마에 접속하려 했다.

여전히 길은 보이지 않지만, 어떻게든 수를 써야만 했다. 궁무신 장웨이가 외뿔부족에게 쫓긴 이후로, 녀석에 대한 기대는 이미 버린 지 오래였다.

하지만 여름여왕은 갑자기 알현을 요하는 텔레파시를 받고, 접속을 중단해야 했다.

"무슨, 일이지?"

오랜만에 입을 떼서 그럴까. 평소 고혹적이던 목소리가

착 가라앉아 있었다. 짐승의 하울링이 섞여 있어, 텔레파시 너머에 있던 트로이는 바닥에 납작 엎드려야만 했다.

그들이 모시는 위대한 존재의 심기가 심상찮다는 것을 눈치챈 것이다.

외부에서는 81개의 눈으로서, 탑을 호령하는 절대자인 '호크 아이'라지만. 레드 드래곤 내에서는 여름여왕의 종복이자 사도에 지나지 않았다.

『여왕님께 사죄의 말씀을. 급히 보고드릴 것이 있어, 이리 무례를 범하게 되었습니다.』

"뭐지?"

『우선 이것을 봐 주십시오.』

여름여왕은 트로이의 의식을 경유해, 그가 보고 있는 시야를 그대로 엿볼 수 있었다.

트로이의 손에는 손톱만 한 크기의 아주 작은 돌멩이 같은 게 들려 있었다. 보라색 광채로 반짝이는 원석.

여름여왕은 트로이의 시그니처 스킬, 〈맹금의 밤눈〉을 통해 원석 안에 응축된 막대한 양의 마력을 읽었다.

순간, 여름여왕의 눈이 커지고 말았다.

"그건!"

『현자의 돌을, 발견했습니다.』

"……!"

여름여왕은 주먹을 꽉 쥐었다. 현자의 돌. 그토록 가지고 싶었지만 가질 수 없었던 것. 이제는 영영 사라진 줄로만 알았던 것이 바로 눈앞에 있었다!

『비록 현자의 돌이라고 하기에는 많이 어설픈 미완성품에 불과합니다만. 작동 체계나 구성 원리는 분명히 저희가 청화도에서 파악했던 것과 동일합니다. 아니, 오히려 더 체계화가 잘 이뤄져 있습니다.』

여름여왕은 억눌린 목소리로 물었다.

"그것을, 어디서 구했느냐?"

『마탑에서 보내온 것입니다.』

"마탑?"

트로이는 미완성품이 레드 드래곤에 흘러 들어오게 된 경위를 차분히 설명했다.

최근에 켈라트 경매장에서 괴상한 탁본이 나돌면서 한창 소란스러워졌고, 마탑이 이것을 구해 시제품을 만들어 레드 드래곤 앞으로 보내왔노라고.

『일전에 비밀리에 요구했던 것을 떠올리고, 마탑의 장로들이 따로 보낸 듯합니다.』

여름여왕은 잠시 침묵을 지켰다.

『그리고 어젯밤에 세 번째 탁본이 비밀 경매에 붙여질 거란 공시가 붙었습니다.』

세 번째 탁본.

그 말이 여름여왕의 침묵을 깨뜨렸다.

"어떻게든 낙찰받아. 무슨 수를 써서라도."

『예. 알겠……!』

"아니."

트로이는 물러나려다 말고 도중에 숨을 삼켜야만 했다. 연결 고리를 통해, 여름여왕의 짙은 분노가 고스란히 전해졌다. 찌르르. 그가 두려움에 젖어 몸을 떨었다.

무슨 수를 써서라도. 이 말이 뜻하는 바는 간단했다.

만약 돈으로 해결이 안 된다면, 설사 관리국이 직접 관리하는 경매장이라고 하더라도 직접 무력행사에 나서란 의미였다.

그것이 의미하는 바는 아주 무거울 테지만. 그녀는 그만큼 갈망이 깊었다.

여름여왕은 악다문 입술 사이로 으르렁거렸다.

"다른 것들도 가져와. 전부. 내 앞으로. 당장!"

* * *

많은 사람들의 이목이 집중되는 가운데, 탁본의 세 번째 경매 날이 찾아왔다.

캘라트 경매장의 아홉 구획 중 가장 높은 1급의 경매장에서 치러지는 비밀 경매인데도 불구하고.

경매장은 많은 인파들로 북적거렸다.

하늬바람 조합에서는 VVIP만 선별해서 초대장을 발송했다지만, 두 번째 경매가 끝나고 난 뒤에 워낙에 항의를 많이 받아 이번에는 조금 더 많은 양의 초대장을 찍어 내야만 했다. 거대 클랜의 눈치를 보지 않을 수 없기 때문이었다.

당연하지만, 그런 거대 클랜들이 한두 사람만 보낼 리 없는 일.

대표자들은 많아야 네다섯 명이더라도, 그들을 호위하는 병력들도 따르면서 객석을 가득 채웠다.

거기다 여러 연금술사의 모임이나 마탑의 학파, 개인적인 자격으로 찾아온 하이 랭커들도 숱하게 많았으니.

당연히 경매장은 비밀 경매라는 말이 무색해질 수밖에 없었다.

그래서 조용한 것을 좋아하는 이들로서는 마음에 들지 않는 듯, 대놓고 인상을 찡그리기도 했다.

하지만 어느 누구도 여기에 대해 조합에 따지지는 못했다.

자신들도 대개 억지를 쓰면서 찾아온 이들이 대부분이었고, 이참에 탁본을 구하기 위해 경쟁할 자들이 누군지 체크

할 수도 있었기 때문이다.

"엘로힘에서도 왔군. 원로원 의원 네 명에 집정관 한 명? 하나같이 미쳤는데."

"'생명의 가문'의 가주도 보이는군. 엉덩이가 꽤나 무겁다더만, 저 작자가 밖으로 나올 때도 있나 보군."

프로토게노이 족의 일가(一家)를 이끄는 가주, 아이온은 이름만 널리 알려져 있을 뿐 세상 밖으로는 모습을 잘 드러내지 않는 것으로 유명했다.

하지만 지금 이곳에 바로 그가 있었다. 1급 객석에 앉아 단상을 보는 아이온의 눈빛은 차갑게 번들거리고 있었으니.

그는 어중이떠중이들이 많은 것이 불쾌할 뿐. 조금이라도 빨리 경매가 시작되길 기다리고 있었다.

게다가 좌우로 앉은 원로들이며 집정관도 하나같이 엘로힘을 이끄는 수뇌라 할 수 있는 자들.

그쪽만 보더라도 이번 경매가 절대 만만치는 않을 거라는 것쯤은 쉽게 파악할 수 있었다.

하지만 그러한 분위기는 엘로힘 쪽에만 있는 게 아니었다.

"혈국에서는 나겔링 후작과 스크렙 후작이 왔군. 안쪽에 있는 사람은…… 아르드바드 공작인 것 같은데."

아르드바드 공작은 혈국의 왕, 식탐황제를 지킨다는 괴·력·난·신의 4명 수신호위 중 '용력'을 상징하는 자였다.

검을 들었을 때에는 바다마저 가른다는 무용담이 전해질 정도로 뛰어난 실력을 자랑하기에, 식탐황제도 웬만한 일이 아니고서는 절대 밖으로 내보내지 않기로 유명했다.

그런데도 그가 나타났다는 것은 식탐황제가 얼마나 이번 경매에 관심을 기울이는지를 알 수 있는 대목이었다.

"마군에서는 네 번째와 다섯 번째 주교가 온 듯하고."

"시(時)의 바다? 저들도 왔나? 미쳤군. 미쳤어."

좌측 편에는 외딴 섬처럼 어느 군중에도 섞이지 않고, 홀로 동떨어져 앉은 두 명이 있었다.

검은 로브를 푹 뒤집어쓰고 있어 얼굴을 알아보기 힘들지만, 짙은 마기를 숨기지 않고 흘려 대고 있어 마군에서 왔다는 것을 쉽게 알 수 있었다.

하지만 그들보다 더 이목을 집중시키는 자들은 따로 있었다.

마군의 좌석에서 얼마 떨어지지 않은 곳에 앉은 다섯 사람. 그들은 무료하다는 표정으로 늘어져라 하품을 해 대거나, 가져온 책을 읽으면서 주변에는 눈길도 주지 않았다.

마치 그들만 따로 공간이 유리된 것처럼 아무도 섣불리 그 근방으로 다가가지 못했다.

시(時)의 바다.

8대 클랜 중에서 가장 베일에 싸여 있다는 은둔 집단.

탑의 세계에는 오래전부터 이런 속설이 있었다.

'그들은 어디에나 있고 어디에도 없다'는 속설. 시의 바다를 가리키는 경구(警句)였다.

그들은 속세에 전혀 모습을 드러내지 않는 것으로 유명했다. 조직 체계나 구성원이 어떻게 이뤄져 있는지도, 본단이 어디에 있는지도, 전혀 알려진 바가 없었다.

원래대로라면 단순한 비밀 집단으로만 취급받아야 할 테지만.

시의 바다는 이따금 속세에 모습을 내비칠 때마다 충격적인 활약을 선보였다.

특히 가장 큰 충격적인 사건은 올포원의 준동 당시, 유일하게 그를 막아 77층으로 되돌려 보낸 사건이었다.

당시까지만 해도 유일하게 올포원에 대항할 수 있다는 평가를 받던 레드 드래곤은 큰 충격을 받아야 했으니.

그때부터 레드 드래곤에 유일하게 대적할 수 있는 집단을 꼽으라 한다면, 시의 바다가 아닐까 하는 평가가 사람들 사이에 나돌기 시작했다.

물론, 그런 말을 직접 입 밖으로 내는 멍청한 놈은 아무도 없었지만.

여하튼 그런 까닭에 시의 바다는 8대 클랜 중에서도 수위권으로 평가받으면서 아무도 경시할 수 없는 세력으로 군림할 수 있었다.

그 외에 8대 클랜에는 미치지 못하더라도, 거대 클랜의 반열에는 들어갈 수 있다고 평가받는 다른 클랜들도 모습이 보였다.

철사자단, 스트레이 칠드런, 마탑 등…….

탑의 현세대를 이끈다고 할 수 있는 자들이 거의 다 모인 셈이었기에.

경매장은 용광로처럼 금방이라도 끓어오를 것 같이 긴장감으로 가득했다.

하지만.

그런 광경 속에서도, 소란스러운 분위기를 종결시키고, 모든 이목을 집중시키는 등장은 따로 있었다.

끼이익—

활짝 열린 정문을 따라, 일단의 무리들이 뚜벅뚜벅 무미건조한 발걸음으로 나타나기 시작했다.

"드디어 왔군."

"레드 드래곤……."

레드 드래곤의 등장이었다.

시의 바다가 그들과 견줄 만하다는 평가를 받는다고 해

도, 최강의 클랜이 레드 드래곤이라는 사실만큼은 예나 지금이나 달라진 적이 단 한 번도 없었다.

특히 어느 정도 맞수를 이룰 수 있지 않을까 하던 세간의 평가와 다르게, 압도적인 힘으로 청화도를 짓밟았던 위용은 여전히 그들이 건재하다는 사실을 말해 주고 있었으니.

그런 클랜의 위용만큼이나, 카펫을 밟으면서 차례대로 나타나는 자들도 하나같이 살벌한 기세를 자랑했다.

망상망귀, 가라비토.

철혈 재상, 비스마르크.

검노(劍老), 하난.

라이온 하트, 리처드.

독나비, 당희.

살인마 쌍둥이, 잭과 리퍼.

호크 아이, 트로이.

면면이 세간에도 널리 알려진 81개의 눈들.

레드 드래곤에 저항하는 자들은 씨앗도 남기지 않고 짓밟는다고 알려진 이들이기도 했다.

하지만 그들을 지나 마지막에 입장한 사람을 봤을 때. 사람들은 더욱 격한 기함을 터뜨리고 말았다.

조각한 것처럼 아름다운 얼굴에 차가운 눈빛을 지닌 사내가 등장했다.

여름여왕이 직접 '용의 피'를 수혈하면서 자식으로 삼았다는 아홉 명의 용아병, 용생구자(龍生九子).

사내는 그중에서도 막내인 초도, 탐이었다.

용생구자는 81개의 눈의 총수로서, 사실상 레드 드래곤을 경영한다는 평가까지 받을 정도로 막강한 권력을 쥐고 있었다.

그런 이가 무려 여덟 명이나 되는 눈을 데리고 나타났으니. 당연히 모든 사람들이 잔뜩 경계를 할 수밖에 없었다.

하지만 탐은 그런 것 따위는 아무래도 상관없다는 듯이, 가볍게 코웃음을 치는 것으로 모든 시선을 무시하고 자신에게 배석된 자리에 다리를 꼬고 앉았다.

그렇게.

팽팽한 긴장감이 흐를 때.

"이렇게 누추하신 곳까지 찾아와 자리를 빛내 주신 분들께 감사하다는 인사 말씀, 올리겠습니다."

단상 위에 아트란이 나타나 VVIP들의 면면을 일일이 훑으며 공손하게 인사했다.

"모두 공사가 다망하신 분들이니, 잡설 없이 바로 경매를 진행토록 하겠습니다. 그럼 먼저, 오늘의 경매품인 트리메기투스의 세 번째 탁본을 공개하겠습니다."

아트란은 자신 옆에 놓인 휘장을 힘차게 거뒀다. 그러자 유리 상자 속에 보관된 탁본이 모습을 드러냈다.

깊은 침묵이 흘렀다.

하지만 그만큼 뜨거운 열기가 잔뜩 부풀어 올랐다. 탁본을 보는 사람들의 눈에 담긴 감정은 동일했다.

탐욕.

탁본이 가진 비밀이 현자의 돌과 모종의 연관이 있다는 사실을 알아낸 건, 비단 레드 드래곤만이 아니었다.

현자의 돌까지 유추하지는 못하더라도, 대부분의 거대 클랜과 하이 랭커들이 뛰어난 마력 기관의 탄생을 점치기 시작했고, 이 비법을 조금이라도 얻기 위해 음지에서는 수없이 많은 다툼이 벌어지고 있는 중이었다.

자칫 그중에서 일부가 양지로 치솟기만 하더라도 전쟁이 발발할 수 있을 정도로. 이미 탁본은 세간의 관심을 받는 중이었다.

그들의 머릿속에는 오로지 단 한 가지 생각밖에 담겨 있지 않았다.

―무슨 일이 있더라도 저것을 손에 넣고 만다!

설사 클랜이 가진 모든 재산을 터는 한이 있더라도. 혹은 낙찰자와 전쟁을 치러 강탈하는 수가 있더라도. 어떻게든 획득해야만 했다.

아트란은 경매장 내에 흐르는 이런 분위기가 너무 흡족했다. 탐욕이 커지면 커질수록, 그의 입지도 덩달아 커질 테니까. 이대로라면 조합을 손에 넣는 것도 문제가 없을 듯 싶었다.

경매가 끝난 뒤에 새로운 분쟁이 발발할 위험이 컸지만. 알 게 뭔가? 자신은 대금만 비싸게 받고 팔아 치우면 그만인데.

"자, 그럼 이제 경매를 시작하겠습……!"

아트란이 경매 선언을 시작하기도 전에.

갑자기 여태껏 가만히 앉아 있던 탐이 짜증 섞인 목소리로 입찰패를 들며 말했다.

"엘릭서."

"……!"

"……!"

"저, 저 미, 미친!"

"레드 드래곤! 대체 무슨 짓을 저지르려는 거냐!"

하이 랭커들의 표정이 단번에 잔뜩 일그러졌다. 몇몇은 분개한 나머지 자리에서 벌떡 일어나 소리를 질렀다.

하지만 탐을 비롯한 레드 드래곤은 전혀 그런 난리는 신경 쓰지 않는 눈치였다.

도리어 아트란에게 계속 진행하지 않느냐며 눈빛으로 핀잔까지 줬다.

 아트란도 얼떨떨해하다가 곧 충격에 젖어 몸을 부르르 떨었다.

 엘릭서.

 천금을 주고도 구하지 못한다는 최고의 신약(神藥).

 오래전에 헤븐윙 차정우도 그것을 어떻게든 구하고자 애를 쓰다가 크게 다쳤을 정도로, 엘릭서의 값어치는 현자의 돌에 버금간다는 말이 있을 정도였다.

 낫지 못하는 병이 없고, 환골탈태와 만독불침을 이뤄 준다는 신약을 내놓겠다는 말은. 어느 누구도 탁본에 손을 대지 말라는 레드 드래곤의 경고장이나 마찬가지였다.

 하지만 탐과 레드 드래곤으로서는 엘릭서에 대한 미련이 없었다. 아무리 뛰어난 만병통치약이라 해도, 그들의 왕이 안고 있는 병마를 씻어 낼 수 없다면 길가에 구르는 돌멩이보다도 가치가 없었으니까.

 "대금 대신에 물건으로 값을 치러도 된다고 알고 있는데. 그새 규칙이라도 바뀌었나?"

 탐이 으르렁거리듯이 물은 뒤에야, 아트란은 허겁지겁 정신을 되찾을 수 있었다. 그래도 여전히 충격에서 헤어 나오지 못해 목소리는 잔잔하게 떨렸다.

"에, 엘릭서가 나왔습니다. 다, 다음에 입찰하실 분, 계, 계십니까?"

플레이어들의 얼굴에 다급함이 어렸다.

하지만 그들에게 엘릭서 이상으로 뛰어난 가치를 지닌 물건이 당장 있을 리 만무한 일.

모든 가산을 털어 온 하이 랭커들도 가만히 자리에 앉아 있을 수밖에 없었다.

"더, 더 이상 이, 입찰하실 분이 계시지 아, 않는다면 바로 카운트를 시작하겠습니다. 10, 9……."

"있을 리가. 보는 눈 하나 없는 소경밖에 없는데."

탐은 카운트를 들으면서 가볍게 코웃음을 쳤다.

그때, 혈국의 아르드바드 공작이 제자리에서 일어나 대추처럼 붉어진 얼굴로 소리쳤다.

"레드 드래곤! 예나 지금이나 오만하긴 다를 게 없구나. 너희들이 저걸 제대로 가져갈 수나 있을 것 같은가?"

아르드바드 공작은 자신이 억지를 부리고 있다는 것을 알고 있었지만, 전혀 개의치 않았다. 자신의 위명이 더럽혀지는 것보다 더 중요한 것은 레드 드래곤의 독주를 막는 것이었다.

탁본이 저들의 손에 들어가게 된다면, 레드 드래곤이 또 얼마나 성장하게 될지는 전혀 짐작할 수조차 없었다.

그리고 그런 아르드바드 공작의 생각은 자리에 있던 다른 플레이어들과도 무언의 공감대를 형성할 수 있었다.

그들 모두가 살벌한 기세를 잔뜩 흘려 댔다.

만약 여기서 레드 드래곤의 손으로 낙찰이 이뤄지게 되면, 곧바로 칼부림이라도 일으킬 태세였다.

채채챙!

트로이를 비롯한 8명의 눈들은 일제히 자리에서 일어나 탐을 지키듯이 에워싸면서 무기를 천천히 뽑았다.

콰콰콰—

막대한 기파가 자욱하게 퍼져 나갔다.

"6, 5……."

아트란은 조금 떨리는 목소리로 카운트를 세야만 했다. 데구루루 돌리는 눈알은 어째서 이런 소동이 벌어지는데도 불구하고 관리국이 개입하지 않는지 혼란에 차 있었다.

왜 나타나지 않는 걸까? 아직 칼부림이 일어나지 않아서? 하지만 관리국은 켈라트 경매장에 대한 관리만큼은 아주 엄중하게 했다. 뭔가 이상한 개입이 있었던 게 분명했다.

"4, 3……."

그때, 탐이 차갑게 웃으면서 자신을 노려보는 모든 이들에게 말했다.

"아무래도 다들 착각한 것 같아서 한마디 덧붙이자면. 우리가 원하는 건, 저 하나가 아니야."

그러다 재미나다는 듯, 짧게 말을 끊으면서 뒷말에 힘을 실었다.

"모든 탁본이지."

플레이어들이 무슨 말이냐며 소리치려는 순간.

갑자기 각 클랜 수뇌들의 얼굴이 잔뜩 일그러졌다. 텔레파시 및 어기전성 스킬을 통해 외부에서 갖가지 소식이 실시간으로 그들에게 전달되고 있었다.

마탑 소속 황색 학파의 수장이 시뻘게진 얼굴로 벌떡 일어나 소리를 질렀다.

"대체 무슨 짓을 저지르는 거요, 초도! 어떻게…… 어떻게! 이런 식으로 배신을!"

"마탑과 황금충의 장원을 기습하는 것으로도 모자라, 경매장의 거래소까지 노려? 레드 드래곤! 드디어 미친 것인가!"

"탑과 전쟁이라도 치르려는 것이냐!"

곳곳에서 높은 언성이 터져 나왔다.

지금 탑 곳곳에서 레드 드래곤이 대대적인 공세를 가하고 있었다.

황금충 크로이의 장원을 습격해 크로이의 목을 잘라 버리고, 마탑에는 용생구자 몇 명이 뛰어들어가 황색 학파를 학살하다시피 하는 중이었다. 게다가 관리국의 엄중한 보호를 받고 있는 켈라트 경매장의 거래소 기록원에 일단의 무리가 기습하기까지 했으니.

막장까지 내몰린 상황에, 아트란의 얼굴은 새하얗게 질리고 말았다.

거래소 기록원을 습격한다는 것. 원래대로라면 철저하게 신상이 가려져야 할, 탁본 판매자의 신원도 파악하겠다는 의사나 다름없었다.

그렇다는 건, 상인인 자신의 처지도 위험하단 뜻이었다. 히끅. 히끅. 계속된 딸꾹질에 이제는 카운트를 세는 것까지 잊어버리고 말았다.

탐은 비웃음을 피식 던지면서 자리에서 일어나 단상으로 올라갔다.

레드 드래곤이 뒤도 돌아보지 않고 저지른 일에 어느 누구도 그를 제지할 생각조차 하지 못했다.

와장창—

탐은 아주 가볍게 유리 상자를 부수고, 안에 있던 탁본을 움켜쥐었다.

"드디어……!"

위대하신 어머니의 병을 낫게 하고, 레드 드래곤을 탑의 지배자로 만들어 줄 비원이.

바로 이곳에 있었다.

＊　　＊　　＊

"지금쯤 개판이 되었겠군."

21층, 악마의 숲.

브라함은 연우를 보면서 세상이 떠나가라 파안대소를 터뜨렸다. 지금쯤 경매가 시작되었을 켈라트 경매장을 떠올리니 도저히 웃음이 멈추질 않았다.

연우가 열심히 준비한 무대는 정말이지 정교했다. 탑에 사는 주민이라면 어느 누구도 빠져나갈 수 없을 정도로. 아주 촘촘했다.

욕심 많은 레드 드래곤은 현자의 돌을 독식하기 위해 판매자의 신원을 알아보려 노력할 테고, 아무것도 찾을 수 없을 것이다.

신원 미상으로만 뜰 테지. 이미 기록원의 데이터베이스에는 손을 써 둔 상태였다.

"게다가. 놈들은 생각도 못 하겠지, 아마?"

브라함은 탁본의 내용을 떠올리면서 한쪽 입술 끝을 비틀었다. 사실 그들은 아무도 알아보지 못하게 탁본에다 교묘한 장난을 쳐 둔 상태였다.

"그 속에 마독의 구조식이 있다는 것을."

탁본의 내용에 따라 현자의 돌을 구성한 여름여왕은 곧 뭔가 심상치 않은 낌새를 느낄 것이다. 하지만 그때는 이미 악마의 독에 중독된 뒤일 테고. 그것은 그녀의 육체를 좀먹고 있겠지.

그렇지 않아도 망가진 드래곤 하트로 버거운 육체가, 더 크게 망가지는 것이다. 악마와 천적인 용종으로서는 치명적인 상처였다.

그때.

다친 몸으로 뿔이 단단히 났을 여름여왕의 분노는 과연 어디로 향할까?

뻔했다.

탁본의 출처로 향하겠지.

그리고.

아마도 레드 드래곤은 지난 수천 년 동안 구축했던 방대한 정보망을 통해, 탁본의 원본이 에메랄드 타블렛이며, 발푸르기스의 밤에서 새어 나왔단 사실을 어렵지 않게 밝혀낼 것이다.

마녀들의 연회는 거기서 끝장이었다.

"이건 쓸데도 없겠습니다."

연우는 손에 쥐고 있던 탁본의 남은 파트를 성화로 불태웠다. 반응이 미적지근할 때를 대비해서 만들어 둔 것이지만. 이제는 굳이 필요도 없었다.

새카맣게 탄 재가, 때마침 불어오는 바람에 흩어져 사라졌다.

"그럼 이 일은 이대로 두고. 저흰 저희대로 움직이죠."

연우는 브라함, 갈리어드, 판트와 에도라를 돌아봤다.

모두가 무겁게 고개를 끄덕이는 가운데. 연우는 인트레니안을 열어 여러 개의 문서를 꺼냈다.

드 로이의 탐험일지. 경매장에서 구한 다른 파트들이었다. 켈라트 경매장은 이런 게 좋았다. 돈만 충분하다면, 연계 퀘스트를 쉽게 해결할 수 있다는 것.

['드 로이의 탐험일지(3번째 파트)'를 파괴하였습니다.]

[숨겨져 있던 히든 피스가 드러납니다!

[스킬 '악마학'의 등급이 한 단계 상승하였습니다.]

['드 로이의 탐험일지(6번째 파트)'를 파괴하였습니다.]

['드 로이의 탐험일지(4번째 파트)'를 파괴하였습니다.]

......

드 로이의 탐험일지는 총 10파트. 이중 연우가 구한 건 모두 6개였다.

악마학의 스킬 등급은 금세 BB+등급까지 올라갈 수 있었다. 이에 호응하듯이 마의 인자가 꿈틀거렸다.

연우는 악마학을 발동시키면서, 권능을 곧바로 개방했다.

검은 팔찌가 잘게 떨리면서 검은 빛을 토해 냈다.

[제3천의 영— 백귀야행]

끼아아!

귀곡성과 함께 다량의 망령들이 쏟아졌다.

판트와 에도라는 그것을 보고 자기도 모르게 살짝 흠칫거렸다. 가면을 벗은 이후로, 연우는 그들 앞에서도 여태껏 숨겨 뒀던 기술이나 권능을 조금씩 보여 주고 있었다.

딱 봐도 수천 마리가 넘을 것 같은 망령은 보는 것만으로도 소름이 끼쳤다.

무섭고 무섭지 않고의 차이가 아니었다. 망령들이 안개처럼 군단을 형성하며 돌아다니는 모습이 풍기는 괴기하고 으스스한 느낌에 산 사람이라면 당연히 거부감을 가질 수밖에 없었다.

 연우는 자신을 따라 뱅글뱅글 배회하는 녀석들을 깊게 가라앉은 눈으로 바라봤다.

 [수집한 망령의 수: 3,511]

 그동안 죽은 자에 대한 이해도가 깊어지고, 권능까지 손에 넣으면서 컬렉션의 용량은 몇 배로 불어나 있었다.
 이렇게 3천 마리를 넘게 채웠는데도 여전히 여유 공간이 남아 있을 정도였다.
 하지만 더 놀라운 건.
 예전에는 망령들이 단순히 자신을 따라다니는 수집품에 불과했다면, 지금은 그것들 하나하나를 손가락 움직이듯이 자연스럽게 다룰 수 있게 되었다는 점이었다.
 새삼 권능이 가진 영향력이 얼마나 대단한지 실감할 수 있었다.
 '권능…… 나도 언젠가 이런 걸 스스로 창안할 수 있을까?'
 천재였던 동생도 권능까지 만들어 내진 못했다. 하늘 날개가 거기에 근접했다지만, 결국에는 마지막 한계를 벗어나지 못했으니까.

연우는 그런 생각을 하면서, 망령들에게 명령을 내렸다.

"흩어져."

수천 마리에 달하는 망령들이 일제히 붉은 하늘을 따라 사방으로 뿔뿔이 흩어지기 시작했다.

망령들은 악마의 숲을 마구잡이로 누비면서 근방에 있던 마족들을 노렸다.

한 마리당 한 개체씩. 망령들은 마족들의 머릿속으로 스며들었고, 마족들은 뭔가 불안한 낌새를 눈치채고 본능적으로 달아나려 했지만 망령의 속도에서 벗어날 수는 없었다.

그리고 망령이 마족의 뇌리를 침범하고 중추 신경계를 장악하는 순간.

마족들은 통나무처럼 몸이 빳빳하게 굳어지더니, 곧 두 눈은 이채가 사라지면서 망령을 닮은 탁한 색으로 물들었다.

'됐다.'

연우는 수천 마리의 망령들을 따라 수많은 군중 의식이 느껴지자 눈을 빛냈다.

이매망량.

연우는 그동안 망령을 자유롭게 움직일 수 있게 된 것을 바탕으로, 몬스터나 마족에게 빙의시키는 작업을 계속 연습했다.

그러면서 깨달은 건, 지능 수준이 낮거나, 몸 상태가 좋지 않을수록 빙의가 훨씬 순조롭다는 점이었다.

다행히 마족들은 몬스터들 중에서도 지능이 한참 낮은 편이었고, 따라서 다루는 건 생각보다 훨씬 손쉬웠다.

"움직여라."

그리고 새로운 명령에 따라, 망령에 빙의된 마족들은 일제히 연우가 있는 쪽으로 우르르 몰려와 옆에 있던 드 로이 호수로 첨벙첨벙 뛰어들었다.

마족들은 호수 아래에서 서로가 서로를 물어뜯기 시작했다.

한 놈이 한 놈을 잡아먹으면 그 뒤로 다른 놈이 뛰어들었고, 또 그 뒤를 따라 다른 놈들이 수십 마리씩 난입해 잡아먹고 먹히기를 반복했다.

호숫가는 순식간에 아수라장이 되었다.

키아아!

"끔찍하군."

브라함은 그런 광경을 보면서 고개를 절레절레 흔들었다. 그러면서도 흥미 가득한 학자의 눈빛을 한 채 호숫가에서 시선을 거두지 못했다.

악마수를 직접 양식하며 각룡을 여러 마리 만들어 본 적이 있던 그로서는. 지금 연우가 보이는 방식이 신기했다.

망령을 이용해서 아귀다툼을 벌이게 만들고, 여기서 죽은 영혼은 곧바로 망령으로 타락시켜 새로운 제물을 끌고 오게 한다.

덕분에 부릴 수 있는 망령의 숫자는 눈덩이처럼 계속 불어나고, 아귀다툼에 뛰어든 마족도 늘어나 호수 아래에 있던 포식자가 끊임없이 성장을 이룰 수 있었다.

크와앙!

곧 한계를 벗어난 각룡이 수면 위로 대가리를 뽑아 올렸다. 하지만 그 옆으로 또 다른 각룡이 나타나더니 녀석의 목덜미를 왈칵 물어뜯었다. 그렇게 여러 각룡이 나타났다.

아수라장은 이제 지옥도가 되었다.

새빨갛게 물든 호수에는 살점들이 둥둥 떠다녔다. 주변에 있던 악마수들은 죄다 박살이 났다.

뼛속부터 악마를 싫어하는 갈리어드는 시원하다는 표정이었고, 에도라는 고운 얼굴을 찌푸렸다 판트는 두 눈을 초롱초롱하게 빛내면서 주먹을 꽉 쥐었다.

"쩐다……!"

그때, 브라함이 소리쳤다.

"시작한다. 대비해."

일행들은 일제히 정신을 차리면서 각자 병장기를 꺼내 드 로이 호수를 경계했다.

각룡과 마족들이 펼치던 연회는 끝이 났다.

수만 마리에 달하는 마족들을 갈아 넣은 끝에, 마지막 남은 각룡이 갑자기 대가리를 제 몸에다 처넣더니 제 몸을 먹어 치우기 시작했다.

괴기한 광경이었다. 결국 머리통만 남게 되었을 때. 번데기를 가르고 나비가 나타나듯, 각룡의 두개골이 열리면서 한 남자가 나타났다.

새하얀 나신에 한 쌍의 검은 날개를 늘어뜨린 남자.

녀석이 환희에 찬 얼굴로 연우 등을 보면서 말했다.

"아아! 상쾌한 공기로다."

[인위적으로 최하급 악마를 양식하는 데 성공했습니다!]

[축하합니다! 죽음을 사역하는 새로운 방법을 찾아냈습니다. 어둠의 힘을 지배할 수 있는 영역이 훨씬 넓어지게 됩니다.]

[마와 악의 근본을 파헤치는 데 성공했습니다. 이해도가 대폭 상승했습니다.]

[속성력과 지배력이 각각 30만큼 증가합니다.]

[다량의 마의 인자를 터득했습니다.]

[다량의 마의 인자를 터득했습니다.]
……

[영혼에 대한 이해도가 깊어집니다.]
[컬렉션의 용량이 늘어납니다.]
[망령을 다루는 능력이 더 깊어졌습니다. '제3천의 영'의 권능 숙련도가 대폭 상승했습니다. 21.5%]

[특성 '암군(暗君)'을 획득했습니다.]
[칭호 '마의 인도자'를 획득했습니다.]

[누구도 쉽게 이루지 못할 위대한 업적을 달성했습니다. 추가 공적치와 추가 보상이 제공됩니다.]
[공적치를 15,000만큼 획득했습니다.]
[추가 공적치를 30,000만큼 획득했습니다.]
[추가 보상으로 '악마학'의 진화가 이뤄집니다. 플레이어의 특성과 능력치를 산정하여 새로운 스킬을 탐색합니다.]
[특성 '암군'의 영향을 받습니다.]

[상위 스킬 '악마술(惡魔術)'이 생성되었습니다.]

[악마술]

넘버링 19

숙련도: 0.0%

설명: 악마학이 몇 단계 이상으로 승급된 형태. 비록 마계에도 들지 못하는 최하급 악마지만, 악마를 탄생시킨 것만으로도 마에 대한 뛰어난 이해도와 속성력을 갖게 된다.

이를 바탕으로 펼쳐 내는 흑마술과 여러 권능은 기존의 한계를 훨씬 넘어선다.

* 마기

마의 인자를 자극해 스킬을 발동시키는 데 있어 필요한 마기를 꾸준히 생성한다.

* 마의 저주

스킬북으로 습득한 흑마법을 발현시킬 때, 등급을 상승시킨다. 마의 인자의 보유량과 비례해서 등급의 상승폭이 달라진다.

* 마왕독(魔王毒)

마독보다 효과가 뛰어난 마왕독을 생성한다. 마의 인자의 보유량에 따라 분비하는 양과 질이 달라진다.

쉴 새 없이 떠오르는 메시지.

특성과 칭호, 스킬까지 획득했다는 내용이었다. 시스템이 인정할 정도로 엄청난 업적을 쌓은 것이다.

그리고 브라함을 권속으로 삼았을 때와 마찬가지로, 98층의 반응은 온통 혼란으로 가득했다.

　　[98층의 여러 신과 악마들이 탄식을 내뱉습니다.]
　　[여러 신의 사회가 당신을 묘한 눈길로 바라봅니다.]
　　[대다수 신의 사회가 당신에 대한 평가를 유보합니다. 소수의 신들이 당신에게 흥미를 가집니다.]

　　[아테나가 당신을 흐뭇한 시선으로 바라봅니다.]
　　[헤르메스가 흡족하게 고개를 끄덕입니다.]
　　[포세이돈이 다른 누군가와 깊은 의논을 나눕니다. 당신에 대한 평가를 유보합니다.]

　　[아즈라엘이 당신에 대한 탐욕을 드러냅니다.]
　　……

　　[여러 악마의 사회가 들끓습니다.]

[소수의 악마들이 당신이 행한 방식에 대한 심도 있는 의논을 나눕니다.]

[아가레스가 당신에 대한 탐욕을 드러냅니다.]
[혼돈이 입맛을 다십니다.]
['절교'의 악마, 도올이 당신에 대한 호기심을 드러냅니다.]

다만, 브라함 때와는 미묘하게 다른 부분이 있었다.

당시 관련되었던 신의 사회는 권위를 중시하여 길길이 날뛰는 편이었지만, 지금 악마들은 오히려 연우를 흥미롭게 바라보고 있었다. 도리어 노골적으로 연우를 탐내하는 자들이 많았다.

'권능의 목록이 더 늘어났어.'

연우는 오픈해 놓았던 채널을 따라 권능의 숫자가 대폭 늘어난 것을 확인할 수 있었다.

이번 일을 통해, 그동안 연우에 대해 긴가민가해하던 자들도 슬슬 뛰어든 것이다.

앞으로 새로운 업적을 쌓을 때마다 목록의 숫자도 계속 늘어나겠지.

그럼 연우가 가진 힘도 그만큼 커지는 것이다.

그런 상황을 아는지 모르는지.

새롭게 태어난 최하급 악마는 입꼬리를 말아 올리면서 웃었다.

"기나긴 잠에서 깨어나게 해 주었으니. 고마움을 이루 말로 표현할 수 없구나. 너희들을 충실한 충복으로 삼……!"

"닥쳐."

"큽!"

녀석은 말을 하다 말고 갑자기 헛바람을 들이켜더니 무릎을 꿇었다. 무거운 짐이 얹힌 것처럼 어깨가 부들부들 떨렸다. 창백한 피부 위로 핏대가 잔뜩 올라섰다.

"너, 내게 무슨 짓을 했……!"

녀석은 체내를 타고 도는 수천 마리 망령의 저주에 숨이 턱 막혔다. 여러 마족이 뒤엉켜 만들어지다 보니, 그 속에 있던 망령들이 단단히 뿌리박혀 있던 것이다.

악마는 망령들을 내쫓기 위해 마기를 순환시키려 했다. 하지만 그보다 먼저 브라함이 호수 일대에 새겨 놨던 연성진을 발동시켰다.

촤르륵!

다량의 신진철이 튀어나와 녀석을 구속하고, 그 위로 새로운 마법진이 발동하면서 녀석을 둘러싼 공간이 차례대로 접히기 시작했다.

현자의 돌의 구조식을 가미한 봉인진. 당연히 갓 태어나서 별다른 권능도 없는 최하급 악마가 버틸 수 있을 리 만무했다.

"아, 안 돼애애앳!"

"돼."

쾅!

연우의 싸늘한 조소와 함께 마지막 공간이 압축되면서 녀석이 그대로 짜부라졌다. 뭔가가 호수 위로 퐁 하고 떨어졌다. 망령이 그것을 주워 연우 앞으로 가져왔다.

"이것이로군."

브라함이 일렁이는 눈빛으로 옆에 다가왔다. 연우의 손에는 새카만 보석이 들려 있었다. 최하급 악마가 봉인된 마핵이었다.

연우는 그것을 브라함에게 넘겨줬다. 이제부터는 브라함의 몫이었다.

마핵을 받는 브라함의 손길이 잘게 떨렸다. 이것이라면 세샤의 병을 낫게 할 수 있으리라. 그토록 바라던 순간이 찾아왔다는 사실이 너무 기쁘기만 했다.

연우는 그 모습을 보면서 코어를 가동시켰다.

겉보기엔 간단해 보이는 작업이었지만. 사실 악마를 구속하느라 그 많던 마력이 몽땅 소모되고 말았다. 체력도 바닥나 탈진하기 직전이었다. 역시 악마는 악마. 두 번은 못 할 작업이었다.

그래도 다행히 현자의 돌이 맹렬하게 움직이면서 마력을 공급해서 금세 기운을 되찾을 수 있었다.

그런데 판트가 자신을 묘한 눈길로 바라보고 있는 게 느껴졌다.

"그거 아시우?"

"뭘?"

"형님이 악마를 보고 내뱉은 말이 딱 두 마디였다는 거."

"……?"

"닥쳐. 돼. 이거였다우."

"……."

연우는 못 들은 척 고개를 돌렸다.

"하여간 인성……."

뒤에서 판트가 구시렁대는 소리가 들렸지만, 의도적으로 무시했다.

지금은 녀석을 상대할 겨를이 없었다.

이곳으로 수많은 플레이어들이 몰려오는 게 느껴졌다. 최하급 악마를 만들기 위해서 주변 일대에 있던 마족들을 싹 다 털었으니 난리가 날 수밖에 없었다.

게다가 연우는 23층을 망가뜨렸던 주범. 몇 달 동안 얼굴을 내비치지 않으면서 많은 이들의 주목을 받던 차였다.

당연히 일을 소상히 파악하기 위해서 많은 인파가 몰려들 수밖에 없었다.

에도라와 판트도 기척을 느끼고 병장기를 꽉 쥐었다. 갈리어드도 한쪽으로 시선을 돌렸다.

때마침 여러 인파 중 한 무리가 모습을 드러냈다.

붉은 갑옷을 입은 무리들. 마치 한 나라의 군대처럼 일사불란한 모습을 갖추고 있었다.

선두에 있던 자는 일기장에서 본 탓에 연우도 낯이 익었다.

혈국. 그중에서도 식탐황제가 각별히 아낀다는 여러 보검 중 하나.

'칼리번 후작.'

녀석이 입을 열었다.

"독식자, 맞나?"

    ＊ ＊ ＊

여름여왕은 트로이와 탐이 진상한 세 개의 탁본을 내려다봤다.

"이것이, 현자의 돌……."

여름여왕의 눈가를 따라 기이한 광망이 번들거렸다. 탁본을 쥐는 손길에는 힘이 바짝 실렸다.

사실 따지고 보면, 이 탁본들의 등장은 너무 갑작스러웠다. 마치 하늘에서 선물을 내려 준 것 같다. 마치 그녀에게 '의도적으로' 보라는 것처럼.

세상에 우연이란 건 없다는 게 그녀의 평소 지론이었다.

최후의 용으로서, 오랜 삶을 살면서 터득한 진리였다. 사소한 돌멩이 하나도 수많은 과정이 인과율이라는 포장 아래 씨줄과 날줄처럼 엮여 만들어지듯이, 이 탁본이 등장한 것도 어떤 손길이 닿아 있는 것 같았다.

그래서 평소의 그녀라면 의심이 가서라도 탁본을 버리거나, 배후를 캐 보려 했을 테지만.

현재 그녀에게는 그럴 여유가 없었다.

석화된 드래곤 하트는 이제 쪼개지기 시작했고, 육체는 붕괴되기 일보 직전이었다. 이대로 있다가는 겨우겨우 붙들고 있는 여러 권능들도 사라질 게 분명했다.

다행히 탁본의 경위는 의심스러워도, 내용은 이상한 곳이 없었다. 용의 지식을 열어 면밀히 살펴봤지만, 수준 높은 연금 지식만 담겨 있었다.

도리어 용의 지식이 미처 개척하지 못한 분야의 지식까

지 있었으니. 오히려 여름여왕은 그동안 정체되어 있던 경지가 한층 더 진척된 느낌을 받았다.

내용에 이상은 없다. 함정도 없었다.

'신쯤 되는 작자가 나서서 의도적으로 장난쳤다면 또 모를까.'

하지만 그럴 일은 없을 테니 걱정은 없었다.

여름여왕은 탁본의 내용을 바탕으로 마력을 운용했다. 수하들이 현자의 돌을 만드는 동안, 그녀는 임시방편으로 드래곤 하트부터 봉합시킬 생각이었다.

츠츠츠—

그러자 그동안 빠른 속도로 갈라지던 드래곤 하트의 붕괴 속도가 늦춰지더니, 어느 표면에서는 미약하지만 복구까지 이뤄졌다.

여름여왕은 환희에 들떠 몸을 부르르 떨었다. 그동안 그녀를 저주처럼 옭매던 속박이 끝났다. 어쩌면 금방 옛 모습으로 돌아갈 수 있을지도 몰랐다.

그녀는 웃고 싶었다. 그리고 헤븐윙 앞에서 대놓고 비웃어 주고 싶었다.

보아라. 너는 나를 이렇게 망가뜨렸지만, 결국 너는 죽었고 나는 살아남았다. 여름여왕은 죽지 않았다. 오히려 더 강해진 모습으로 곧 다시 태어나 올포원을 잡아먹고, 98층으로 오를 것이다. 바로 너를 제물로 삼아!

그렇게 웃음을 터뜨리려는 순간.

"아아아악!"

여름여왕은 자기도 모르게 비명을 지르고 말았다.

복구되는 것 같던 드래곤 하트가 갑자기 부서졌다.

갈 곳을 잃은 마력이 단번에 쏟아져 나오면서 폭주를 일으켰다. 마력회로가 망가지고, 용의 인자가 붕괴되었다.

그리고 육체가 시커멓게 죽으면서 붕괴에 가속도가 붙었다. 마력 속에 섞인 독이 빠른 속도로 육체를 좀먹어 가기 시작했다.

마독이었다.

"여왕님!"

"이게 무슨……!"

여름여왕이 내지르는 비명은 곧 레드 드래곤 진영 전체로 퍼져 나갔다.

그래서 외부에서 대기하고 있던 사람들은 다급하게 그녀의 방문을 벌컥 열고 들어갔다. 허락 없이는 절대 들어설 수 없는 장소였지만, 지금은 그런 규율을 따질 겨를이 없었다.

그곳에서.

그들은 끔찍한 광경을 볼 수 있었다.

여름여왕의 몸뚱이 위로 균열이 잔뜩 퍼지고 있었다. 마치 내구도가 다해 산산조각 나는 도자기처럼. 가뭄에 메마른 논두렁처럼. 균열은 발끝에서부터 얼굴까지 거미줄처럼 잔뜩 퍼져 붉은 열을 토해 내고 있었다.

 좀 전까지만 해도 찬란한 은발로 빛나던 머리카락은 시커멓게 죽어 검은색으로 물들고 있었으니.

 금방이라도 폭발할 것 같은 모습에 그들은 다급하게 움직였다.

*　　*　　*

 수뇌부의 발 빠른 대처로 일단 여름여왕의 문제에 대한 소문이 새어 나가는 것은 막을 수 있었다.

 하지만 레드 드래곤 내에 남아 있는 81개의 눈은 모두 신경을 바짝 곤두세워야만 했다.

 여름여왕은 단순히 클랜의 수장이기만 한 게 아니었다.

 그녀야말로 레드 드래곤의 근간이고, 레드 드래곤 그 자체였다.

 탑이 레드 드래곤을 두려워하는 이유는 여름여왕이 군림하고 있기 때문이며, 레드 드래곤의 플레이어가 강한 이유도 여름여왕으로부터 힘을 공유받기 때문이었다.

특히 81개의 눈은 모두 여름여왕의 사도라고도 할 수 있는 자들.

갖가지 권능이 그녀로부터 비롯되었고, 온갖 지식들이 그녀로부터 전달된 것들이었다.

그런 그녀가 혹여 잘못되기라도 한다면?

81개의 눈은 물론, 클랜 자체가 무너질 수 있었다. 그리고 그것은 그들의 인생도 곧바로 나락으로 떨어지는 것이나 마찬가지였다.

그것만큼은 기필코 막아야 했다.

특히 탁본을 가져왔던 탐과 트로이는 더 다급했다.

"마독입니다."

"말도 안 되는!"

탐은 침중한 표정에 잠긴 트로이를 보면서 주먹을 꽉 쥐었다. 악다문 입술 사이로 짙은 분노가 흘러나왔다.

마독.

위대한 용종에게 해를 입힐 수 있는 유일한 물건이 있다면, 악마들이 분비한다는 마독밖엔 없었다.

"우선 초빙한 고위 사제들이 손을 써서 급한 불은 껐습니다만. 이건 단순한 임시방편일 뿐, 해독은……."

트로이는 뒷말을 삼켰다. 탐도 더 자세하게 캐묻지 않았다. 무슨 말인지 빤히 알 것 같았다.

마독이 그렇게 쉽게 해소될 리 없겠지. 게다가 현재 여름여왕은 계속된 악몽 때문에 동면도 취하지 못하는 상황. 자체적인 치유도 불가능했다.

이래저래 악화될 수밖에 없는 형편이었으니.

탐은 벌써부터 머리가 터질 것 같았다. 하지만 그래도 어떻게든 수를 써야만 했다. 경쟁자인 다른 형제들에게 물어뜯길 것도 걱정이었지만, 이대로는 클랜 자체가 파멸될 판이었다.

"탁본의 원주인이란 놈은? 판매자는 찾았소?"

트로이는 고개를 저었다. 관리국과 트러블을 일으킬 각오까지 하면서 기록원을 들이쳤지만, 거기엔 아무 흔적도 남아 있지 않았다. 인상착의를 바탕으로 목격자를 뒤져 봤지만, 하나같이 돌아온 대답은 '기억이 안 난다'였다.

"아예 작정하고 온 놈이로군."

"그렇습니다."

탐은 이를 바득바득 갈았다.

그러면서도 어처구니가 없었다. 감히 레드 드래곤에게 이딴 수작질을 해? 게다가 원흉은 여름여왕이 현자의 돌을 필요로 한다는 것도 정확하게 알고 있었다. 절대 단순한 테러가 아니었다. 정확하게 여름여왕을 겨눈 테러. 규모가 큰 곳에서 자행했단 뜻이었다.

어느 놈이지? 엘로힘? 혈국? 시의 바다? 청화도의 잔당? 아니면 도망친 검무신?

누가 되더라도 한 가지만큼은 확실했다.

놈은 절대 그들의 눈을 피해 갈 수 없었다. 끝까지 쫓아서 물어뜯고, 관련된 모든 것을 부술 것이다.

이미 탁본을 모두 입수하기 위해 관리국, 마탑, 황금충을 보호하던 혈국까지 모두 적으로 돌린 것이나 마찬가지인 상황이었지만.

탐은 그런 것 따위는 개의치도 않는 눈빛이었다. 그의 머릿속에는 여름여왕의 생존과 원수의 파멸밖에 들어 있지 않았다.

"하면. 탁본이 발견된 경로는? 누군가 우리를 노리고 손을 썼다면, 어디엔가 흔적은 남았을 것 아니오?"

트로이는 고개를 끄덕이면서 서류를 하나 건넸다.

"혹 6년 전에 있었던 파우스트 유적지를 기억하십니까?"

"파우스트? 그곳이라면 가짜라고 판명 난 곳이 아니었소?"

파우스트. 지금은 기억하는 사람도 없을 정도로 오래전에 사라진 존재였지만, 그래도 한때 '빛의 경멸자'라는 특이한 별칭으로 여름여왕과도 대립각을 세웠던 자였다. 오늘날로 치면 무왕에 해당한다고 할 수 있었던 플레이어.

특히 그가 유명했던 것은 별다른 소속 없이도 최강자로 분류되던 악마, 메피스토펠레스의 유일한 계약자였다는 점 때문이었다.

메피스토펠레스는 수많은 지식을 가진 보고였고, 파우스트는 그의 영향을 받아 여러 업적을 수도 없이 기록했다.

다만, 문제라면 이런 업적을 세간에는 크게 알리지 않았다는 점이었다. 그의 곁에는 언제나 친구도 동료도 없었다.

그래서 파우스트가 머물렀을 거라고 판단된 옛 연구실이 발견되었을 무렵. 탑은 꽤나 들썩였다.

하지만 곧 관심은 수그러졌다. 거창한 소문과 다르게 정작 연구실에는 이상한 것들만 있었던 것이다. 별 볼 일 없는 마법사의 던전이었던 셈이었다.

"저도 여태 그런 줄로만 알았습니다만. 한데, 그게 아니었던 모양입니다."

"하면?"

"그런 소란이 있고 1년 뒤에 청화도와 발푸르기스의 밤이 손을 잡고 유적지를 재탐사했었더군요. 그리고 당시 청화도의 책임자는 리언트였습니다."

탐의 눈이 번들거렸다. 리언트. 현자의 돌을 제작하던 놈.

"그 말은?"

트로이는 일그러진 얼굴로 고개를 끄덕였다.

"정확하게 그곳에서 무엇이 발견되었는지는 알 수 없습니다만. 리언트와 발푸르기스의 밤이 유적지 탐사에 들어가고, 석 달 뒤에나 나오면서 어떤 석비 같은 것을 챙겼다는 목격담이 있습니다. 혹 이와 관련이 있지 않겠습니까?"

탐은 주먹을 꽉 쥐었다. 주먹 위로 시퍼런 핏줄이 잔뜩 올라왔다. 리언트는 이제 죽고 없다. 그렇다면 남은 용의자는 단 하나. 발푸르기스의 밤뿐.

한낱 마녀들 따위가 왜 여름여왕을 노렸는지는 모른다. 어쩌면 정작 마녀들은 이 일에 별 연관이 없을지도 몰랐다. 유적지에서 발견한 것이 탁본과 관계가 없을 수도 있으니까.

하지만 분명한 것은 그녀들이 리언트와 수상쩍은 행동을 벌였고, 그 사실이 레드 드래곤의 눈에 포착되었다는 점이었다.

혐의가 조금이라도 있다면. 의심이 조금이라도 간다면. 싹 다 털어 보면 될 일이었다.

그러다 보면 발푸르기스의 밤이 원흉이 아니더라도 진짜 범인을 금세 찾을 수 있겠지. 꼬리를 잡았다는 게 가장 중요했다.

"그년들이 감히 이딴, 깜찍하지도 않은 짓을, 저질렀단 말이지?"

으드득!

탐은 이가 으스러져라 갈면서 트로이를 봤다. 트로이는 고개를 끄덕였다.

발푸르기스의 밤과 싸운다면 레드 드래곤으로서도 상당한 출혈을 각오해야 할 테지만.

이미 레드 드래곤은 물불 가릴 때가 아니었다. 정말 탑과 정면에서 전쟁을 치르는 한이 있더라도, 원흉을 찾아 해결책을 마련해야 했다.

* * *

연우는 칼리번 후작을 봤다. 일기장에 나와 있던 대로 날카로운 인상이 강한 중년인이었다.

식탐황제가 가장 아낀다는 12자루의 보검. 그중 4개는 네 공작들을, 8개는 후작들 중 가장 뛰어난 무위를 가진 자를 가리키는 말이었다.

칼리번 후작은 거기에 꼽힐 만큼 뛰어난 실력을 가진 하이 랭커였다.

연우는 아주 잠깐 녀석과 싸운다면 이길 수 있을까 고민했다. 아직 현자의 돌을 완벽하게 다루는 게 아니니 일대일로는 힘들 것 같았다. 하지만 샤논 등이 가세한다면?

'잡을 수 있다. 충분히.'

이제는 하이 랭커도 노릴 수 있을 만한 전력을 갖춘 셈이다.

연우는 부쩍 강해진 스스로의 힘을 느끼면서 칼리번 후작을 바라봤다.

"그런데?"

무뚝뚝한 짧은 말.

순간, 칼리번 후작의 한쪽 눈썹이 꿈틀거렸지만, 별다른 내색 없이 고개를 끄덕였다.

"맞나 보군. 확실히. 추방자에 뱀 사냥꾼, 거기다 청람가의 남매까지 있으니 아닐 수가 없겠지."

칼리번 후작은 눈을 가늘게 좁히면서 물었다.

"난 여태껏 그대가 밖으로 나오길 기다렸다. 몇 달 전에는 탑 외 지역의 사창가 일대를 방문한 것 같던데. 찾으러 가니 이미 자리를 비우고 없더군."

"라오 남작 때문에 그런 건가?"

"역시! 그대와 관련이 있는 건가?"

칼리번 후작의 두 눈이 광망으로 번들거렸다.

"라오는 내가 각별히 아끼던 수하였다. 폐하의 명에 따라 그대와 추방자를 초빙하기 위해서 사절로 갔다가 여태 돌아오지 못했지. 그때의 일에 대해서 알고 싶은데."

"이미 어느 정도 파악하지 않았나?"

혈국은 엘로힘이 브라함을 쫓고 있는 것을 진즉에 알고 있었다.

게다가 복원된 23층의 데이터는 아가레스가 강림하기 직전의 것. 그렇다면 드 로이 호수 곳곳에 남아 있던 엘로힘과의 충돌에 대해서도 파악했을 것이다. 거기다 연우가 동기화를 이용해서 꾸며 놓은 것들도 많았다.

"소상히 알고 싶어서."

"그쪽이 말한 대로 라오는 나와 브라함을 혈국으로 초대하고 싶다는 의사를 밝혔어. 그 뒤에……."

연우는 전혀 흔들리는 기색 없이 담담하게 생각해 뒀던 거짓말을 늘어놓았다.

라오의 방문. 연우의 승낙. 그 뒤에 각룡을 잡으려는데 라오가 호의로 도와주겠다고 나섰다. 하지만 엘로힘이 갑자기 나타나 훼방을 놓았고, 너무 큰 전력 차에 라오의 도움으로 그들만 겨우 빠져나올 수 있었다는 내용이었다.

"믿을진 모르겠지만. 라오는 황제의 손님들을 위험으로 내몰 수 없다면서, 자기가 시간을 버는 동안에 도망치라고 했어. 덕분에 우리는 살았지만……."

연우는 뒷말을 흐렸다.

하지만 그것만으로도 충분했다.

칼리번 후작은 주먹을 꽉 쥐었다. 칼처럼 날카롭던 눈빛이 흔들리고 있었다.

충정.

이것만큼 혈국의 플레이어들을 다루는 데 편한 것은 없었다.

"녀석의 마지막은…… 어땠나?"

"기사, 그 자체였다."

"그런가? 그럼 되었다."

칼리번 후작은 침음을 삼키면서 두 눈을 질끈 감았다. 라오. 국가와 황제를 위해 스스로를 희생한 충신의 이름을 입 안에 몇 번이고 담았다.

뒤따라온 무리들은 분개하면서 엘로힘의 비겁함에 대해 성토했다. 분노가 들끓고 있었다.

그들 중 누구도 이상한 낌새를 눈치채지 못했다. 애초에 눈썰미가 뛰어난 신비 상인마저 속인 연우의 연기력이었으니. 머릿속에 돌만 가득 찼다는 혈국이 눈치챌 수 있을 리 없었다.

연우는 비웃음이 삐져나오려는 것을 가면으로 겨우 숨길 수 있었다. 어쩌면 그는 생각지도 못한 재능을 발견한 건지도 몰랐다.

'이것으로 혈국도 확실하게 끌어들인 셈이군.'

포석(布石)은 이제 끝났다.

곧 레드 드래곤이 발푸르기스의 밤을 쫓을 것이다. 연우는 브라함과 아난타를 명분으로 들어 개입할 생각이었다. 그런다면 엘로힘도 즉각 나설 것이고, 뒤따라 혈국도 그 뒤를 치려 할 것이다.

단숨에 거대 클랜 중 세 곳이 분란에 휩싸이는 것이다.

여기에 이미 끌려온 마탑이며 황금충 상단, 관리국에 탁본의 원본을 확인하고자 하는 자들도 여럿 뛰어들 테니.

아마 탑의 역사와 전례를 통틀어 봐도, 이만한 이전투구의 장이 마련된 적은 없었을 것이다.

연우는 그런 혼란의 도가니 속에서 아난타를 비롯해 필요한 것만 챙기고 나올 생각이었다.

'가능하다면 아이테르나 비에라 듄의 머리도.'

판트는 어떻게 입술에 침 한 번 안 바르고 저렇게 청산유수처럼 거짓말을 할 수 있는지 기가 찬다는 표정이 되었지만. 그래도 칼리번 후작 쪽으로 얼굴을 보여 주지는 않았다.

그러다 칼리번 후작은 감정을 조금씩 추스르면서. 연우에게 도로 물었다.

"그럼 그때 당시 그대의 대답은?"

"가겠다고 했다."

"지금도 대답은 동일한가?"

"당연히. 우리를 구해 준 전우, 아니, 동지가 있던 곳인데."

"동지라, 동지…… 그래. 그대의 말이 맞도다. 라오의 동지라면 나의 동지이기도 하며, 또한 혈국의 동지이기도 하지."

칼리번 후작의 눈이 스산하게 빛났다.

"이곳에서 맹세하지. 라오의 뜻에 따라. 그대가 우리 혈국을 배반하지 않는 한, 우리는 영원토록 그대를 맹우로 생각하며, 어떤 위험이 온다 해도 그로부터 그대를 보호해 주겠노라고. 그대의 뜻이 있는 곳에, 혈국과 폐하의 뜻이 함께할 것이다."

목소리에 마력이 잔뜩 실렸다.

"그리고 이런 일을 저지른 엘로힘은 그만한 응분의 대가를 치러야 할 것이다."

치이잉—

['칼리번 후작'의 맹약이 선언되었습니다.]

칼리번 후작과 연우를 따라 보이지 않는 실이 연결되었다. 방금 전 그가 내뱉은 말들이 전부 마나의 맹세에 따라 언령으로 작용하여 시스템에 적용된 것이다. 엘로힘에 대해서는 선전포고라고 봐도 무방했다.

절친한 동료들 사이에서도, 군신 관계에서도 절대 쉽게 맺지 않는 맹약이었지만.

그만큼 칼리번 후작의 울분이 극심하단 뜻이었다.

칼리번 후작은 맹약이 제대로 이뤄진 것을 확인하고 고개를 끄덕였다. 그리고 연우를 돌아보면서 다시 한번 더 혈국으로 초빙을 하고자 했다.

하지만.

"후작님."

그때 갑자기 수하가 다급히 달려와 칼리번 후작의 귀를 빌렸다. 곧 칼리번 후작의 인상이 딱딱하게 굳었다.

연우는 그의 표정 변화를 읽고 무슨 일이 벌어졌는지 눈치챌 수 있었다.

'시작했군.'

칼리번 후작은 조금 찝찝한 얼굴로 연우를 돌아보면서 말했다.

"아무래도 초빙은 다시 또 미뤄야 할 것 같다. 여름여왕이 무슨 사고를 친 것 같아서."

레드 드래곤이 움직이는 만큼 촉각을 곤두세울 수밖에 없겠지. 연우는 이해한다는 듯이 고개를 끄덕였다.

"급할 건 없으니까. 이야기는 다음에."

"이해해 줘서 고맙군."

칼리번 후작은 몸을 반대로 돌리면서 수하들과 함께 스테이지를 빠르게 벗어났다.

그 모습을 보고 있던 브라함이 연우에게 다가왔다.

"카인."

연우가 고개를 끄덕였다.

"예. 저희도 가도록 하죠."

연우와 일행은 활짝 열린 포탈 위로 몸을 날렸다.

〈다음 권에 계속〉

DREAMBOOKS

DREAMBOOKS★

DREAMBOOKS

DREAMBOOKS★